古典文獻研究輯刊

二四編

曾永義 主編

第 7 冊

湯學探勝（上）

龔重謨 著

國家圖書館出版品預行編目資料

湯學探勝（上）／龔重謨 著 -- 初版 -- 新北市：花木蘭文化
事業有限公司，2021〔民110〕
序 4+ 目 2+194 面；19×26 公分
（古典文學研究輯刊 二四編；第 7 冊）
ISBN 978-986-518-569-5（精裝）
1.（明）湯顯祖 2.學術思想 3.明代戲曲 4.戲曲評論
820.8   110011664

ISBN-978-986-518-569-5

古典文學研究輯刊
二四編　第七冊
ISBN：978-986-518-569-5

湯學探勝（上）

作　　者　龔重謨
主　　編　曾永義
總 編 輯　杜潔祥
副總編輯　楊嘉樂
編　　輯　許郁翎、張雅淋、潘玟靜　美術編輯　陳逸婷
出　　版　花木蘭文化事業有限公司
發 行 人　高小娟
聯絡地址　235 新北市中和區中安街七二號十三樓
　　　　　電話：02-2923-1455 ／傳真：02-2923-1452
網　　址　http://www.huamulan.tw 信箱 service@huamulans.com
印　　刷　普羅文化出版廣告事業
初　　版　2021 年 9 月
全書字數　301319 字
定　　價　二四編 20 冊（精裝）台幣 45,000 元

湯學探勝（上）

龔重謨　著

作者簡介

龔重謨，江西黎川人。畢業於中國藝術研究院戲曲史論專業。供職於海南省屬文化單位。海南省作家協會會員。中國戲劇家協會會員。中國國學院大學特邀研究員。撫州湯顯祖國際研究中心學術委員、客座研究員。主要論著有：《湯顯祖大傳》《湯學探勝》《明代湯顯祖之研究》（臺灣版）、《湯顯祖研究與輯佚》《湯顯祖傳》（合著）；參與了上海古籍出版社《湯顯祖集全編》「詩文續補遺」整理工作；撰稿紀錄片《湯顯祖的海南「情」》；主編了國家藝術科研重點項目《中國歌謠集成·海南卷》（獲文化部編纂成果獎）和《海南歌謠情歌集》。另撰寫了「撫州湯顯祖紀念館」陳列提綱（1982年），尋找到了湯顯祖家傳全集木刻殘版，輯逸到湯顯祖佚文數十篇。其業績入編《世界華人文學藝術界名人辭典》《中國專家大辭典》和《中國戲劇家大辭典》等多部辭書。

提　　要

　　懷鄉情，寫鄉賢。定位湯顯祖是戲劇家政治家，他用戲劇救世，以情悟人，並有精深的戲曲理論；提出了「湯學」的定義及其濫殤時間；對湯的「情」作了專論；考證了湯家是「耕讀世家」；從戲劇中的時間處理研究了「四夢」；對《紫簫記》寫作時間、地點及其價值有新見；論《牡丹亭》原創地立足考據去偽存真；尋獲了湯的家族始祖萬四公墓；對湯家的世系、居所玉茗堂、去世時間、死因及歸葬墓地都有考論；對李贄、利瑪竇、鄧渼等與湯的交遊關係有一家之言；論述了貶官徐聞（包括遊海南）的心態、講學倡貴生及對「四夢」創作的影響；介紹了發現與尋找湯顯祖家傳全集殘版的經過與晚明以來戲寫湯顯祖的形象；對湯顯祖與塞萬提斯作了全方位的比較研究；論析了湯公肖像的以假亂真。

序　言

沈達人

　　重謨從海南鄭重地寄來他的大作《湯學探勝》打印稿，要我為這本書寫一篇序言。我參加過張庚、郭漢城主編《中國戲曲通史》的編寫與修訂。由於工作需要，閱讀了湯顯祖的劇作和詩文；但是不等於讀懂了湯顯祖。重謨惠賜的《湯學探勝》，激起了我極大興趣，希望讀後能更加接近湯顯祖。讀了全書，果然大有收穫，使我對湯顯祖有了進一步的理解，也有了為《湯學探勝》寫前言的依據。

　　首先，重謨的大作猶如「湯學」的一部小型的百科全書，為關注「湯學」者提供了方方面面情況。無論湯氏的家世、生平、著作，特別是他的「臨川四夢」，都可以從書中得到較多的瞭解。這也顯示了作者研修湯氏諸作的紮實功底。

　　其二，作者在論述做為政治家的湯顯祖一些篇章中，涉及文藝——戲劇創作的一個規律性問題。這就是《作為政治家的湯顯祖》一文中所說的：「官場不能實現的政治理想，在劇場演繹著百態人生。」也就是政治的失落，成全了戲曲的偉業。湯顯祖「本來是務政」的，志在「做賢臣良吏，拯救世風」。沒想到在官場「沉浮了 28 年」，終未能實現「變化天下」的宏願。最後只能「棄官歸隱」，把「胸中塊壘」「發而為辭曲」。

　　其實，不僅明代的湯顯祖有這樣的遭遇。往前看，元代的雜劇作家同樣有這樣的遭遇。元雜劇的奠基人關漢卿最有代表性。鍾嗣成的《錄鬼簿》說：「關漢卿，大都人。太醫院戶。號已齋叟。」朱經的《青樓集·序》說：「我皇元初並海宇，而金之遺民若杜散人、白蘭谷、關已齋輩，皆不屑仕進，乃嘲風弄月，留連光景。」鍾嗣成、朱經都是元代人，他們說關漢卿是「金之遺

民」，入元後「不屑仕進」，只是個「太醫院戶」，轉而從事雜劇創作，可信度應該是很大的。可知關漢卿在金末元初北雜劇形成期間開始雜劇創作，到元朝大德年間，總共編成了 60 多個雜劇劇本（天一閣本《錄鬼簿》收錄 62 種）。不僅數量驚人，而且達到極高成就。他把自己胸中的強烈愛憎化為奔騰的激情，歌頌了一些代表著正義力量的被壓迫者、被戕害者，鞭撻了蒙古貴族、皇親國戚、貪官污吏、衙內惡少、地痞流氓等元代社會的惡勢力。而且以正義力量終於取得勝利，宣告了傳統的社會理想、道德文明的不可湮滅。

往後看，明末清初的「蘇州派」傳奇作家也不例外。以他們的代表人物李玉來說，明末崇禎年間，考中副榜舉人；明朝覆亡後，「絕意仕進」，致力於戲劇創作。作劇約 40 種，以《一捧雪》《人獸關》《永團圓》《占花魁》馳名，《萬民安》《清忠譜》還歌頌了明代後期的市民運動。他的傳奇作品在當時劇壇傳唱極盛，作者也因此頗負盛名。李玉的生平與創作再一次印證：「政治上的失意，成全了戲曲的偉業」，確是古代戲曲作者生平遭遇的一個規律性問題。

其三，《湯學探勝》對湯顯祖的交遊也作了有意義的探討。比如萬曆二十七年（1599），李贄是否來臨川，與湯顯祖會見。重謨認真研究後，在《湯顯祖和李贄未曾在臨川相會》一文中認定，李贄來臨川與湯顯祖會見一事，「誠為子虛烏有」。根據是：（一）2005 年問世的林海權《李贄年譜考略》敘述，萬曆二十七年全年，李贄寓居南京永慶寺，「每月都有可考的活動蹤跡」。此外，1957 年出版的容肇祖《李贄年譜》也明確記載，萬曆二十七年，李贄住在南京的「永慶禪室」。是年冬，山東河漕總督劉東星召李贄赴濟寧。當時李贄已是 73 歲的古稀老人，故而覆信其子劉用相（字肖川）說，「此時尚大寒，老人安敢出門」。「自十月到今，與弱侯（焦竑）刻夜讀《易》」。李贄整整一年未離開南京。（二）如果萬曆二十七年李贄與湯顯祖在臨川會見，李贄是湯顯祖「心目中所崇拜的一『傑』，不能兩人都沒有詩文記述」。所以「李贄與湯顯祖只是神交，始終沒有見過面」。這樣的探討不僅有意義，而且有必要，以免引起誤讀。

再如湯顯祖與鄧渼的「忘年至交」。1992 年出版的黃芝岡先生的《湯顯祖編年評傳》，提及鄧渼兩次到臨川拜訪湯顯祖。指出鄧渼是「新城人」。「萬曆二十六年（1598）進士」，「除浦江縣知縣」；萬曆二十七年「調秀水縣知縣」；萬曆二十九年，秀水縣令鄧渼赴京「上計」，「便道訪湯」，兩人「暢談文學」。

不久，「詔拜河南道御史」。萬曆四十年（1612），鄧渼第二次到臨川「訪湯」，從當年的「閏八月」到次年的「立夏節後」，住在「沙井新居」的「芙蓉西館」。所述較簡略。

　　重謨的《湯顯祖與新城鄧渼》有充分論述。對第一次「訪湯」，強調了兩人見面後「上下古今，無話不談」，「論文說政，推心置腹」；對第二次「訪湯」，說明是在鄧渼調任雲南巡按以前，回新城老家探親時。至於湯顯祖對鄧渼的影響，不僅在文學主張方面，而且在為官施政方面，兩人是「亦師亦友」的「忘年至交」。又在對鄧渼的兩次「訪湯」記述中，交待了鄧渼的生平。鄧渼生於隆慶三年（1569），逝於崇禎元年（1628），建昌府新城人；中進士後歷任知縣、道御史、巡按副御史、巡按御史、監察御史等。特別記述了鄧渼任監察御史後，為巡城御史林汝翥「疏辯」，被閹官魏忠賢陷害，流放貴州。崇禎即位，魏忠賢被誅，召復原職時，不幸病死。表明鄧渼一生為官都是以「純吏」來要求自己的。這就使讀者對鄧渼及鄧渼與湯顯祖的交往有了全面的瞭解。

　　其四，開掘、闡明了湯顯祖的編劇理論。周育德《湯顯祖論稿・前言》做了這樣的統計：「湯顯祖的文章有 108 篇」，涵蓋了序、題詞、記、碑、文、說、頌、哀辭、誌銘、墓表、解、疏等門類。1973 年，上海人民出版社出版的《湯顯祖集》，收錄的湯顯祖尺牘更有 449 封之多。重謨從如此大量散見的篇章中開掘、審訂有關素材，為疏理、闡明湯顯祖的編劇理論打下了堅實的基礎。

　　對湯顯祖的編劇理論，在《湯顯祖的作劇理論》中，重謨有自己的解讀。一曰「世總為情，情生詩歌」。二曰「凡文以意趣神色為主」。三曰「予謂文章之妙，不在步趨形似之間。自然靈氣，恍惚而來，不思而至」。四曰「以若有若無為美」。從戲曲藝術產生的「底因」這個「根本問題」，到戲曲創作應當遵守的「原則」，再到戲曲「作劇主張」，終結於戲曲創作如何「反映生活」——如他在結語中所說，是「自成體系」的。僅以「作劇的主張」一項來看，重謨認為包含的內容主要有四方面：「重神似」、「尚真新」、「主靈感」、「信天才」。比如「重神似」，是針對「後七子」的「文必西漢，詩必盛唐」的口號，以及沈璟、臧懋循的「曲必宋元」的口號，反對戲曲創作的「步趨形似」，主張戲曲創作要有「靈性」。從而富有「實踐性」，沒有「空泛之論」，是從「本人創作實踐在」中「總結出來的理論」。重謨的結論是：湯顯祖雖然沒有王驥德、李漁那樣的曲論專著，但他的「散見」劇論深刻地論述了作劇的肯綮。王驥

德的《曲律》「重在論『律』」，李漁的《閒情偶寄》「重在論『技』，湯顯祖的劇論「重在論『意』」，三家理論「各成體系」，都有「重大價值。故此，湯顯祖、王驥德、李漁的作劇理論是「中國古典戲曲理論鼎立而峙的三座高峰」，三家作劇理論的「總體面貌」，才可以稱為「全面、完備的戲曲理論體系」。

　　總之，《湯學探勝》是一部言之有據、言之成理、具有新銳觀點的著作，值得向「湯學」愛好者、乃至戲曲理論界推薦。當然，這並非說這部著作完善無缺憾。如果書中的某一見解引起討論，促使對問題的認識深化，於學術研究來說總是好事。我對《湯學探勝》的這些看法只是一家之言，僅供識者參考。

2017 年仲春，北京草橋欣園

（作者係中國藝術研究院資深研究員，博士生導師）

道光十八年陳作霖臨摹徐侶雲萬曆三十六年的湯顯祖畫像

目次

綜觀散論

永遠的湯顯祖

　　十六世紀的晚期，東西方的劇壇同時升起兩顆璀璨巨星，一顆是英國的莎士比亞，另一顆是中國的湯顯祖。而且又是這樣的巧合，他們都在 1616 年駕鶴西歸。造物注定他倆的名字要交織在一起。然湯顯祖就是湯顯祖，他是中華民族文化的品牌。他「因情成夢，因夢成戲」探索世界、針貶社會、拯救蒼生！他是世界劇壇難有人出其右的戲劇政治家。

一、故里家世榮顯

　　公元 1550 年 9 月 24 日，湯顯祖降生在江西東部臨川縣。這是自古有名的「才子之地」，在北宋，經略天下的宰相晏殊，甘冒矢石的政治改革家王安石，醉臥花陰的詞人晏幾道，唐宋八大家曾鞏都是這裡人。而「絕代奇才，冠世博學」的湯顯祖，則以其傳奇戲曲贏得東方戲聖的盛譽。

　　臨川湯氏自古是名門望族。始祖湯季珍（又稱萬四公）在唐僖宗朝詔任撫州宣慰大夫，因入閩追剿黃巢之亂而殉國，敕葬臨川縣城北郊飛雁投湖山（其墓尚存），後舉家從蘇州入籍臨川。據其家譜載，湯顯祖家族的前八代已居在城東文昌里。這是個詩禮人家，好道信佛，好善樂施，遇到災荒之年，慷慨捐穀賑饑。到其曾祖家有藏書四萬餘卷，高祖、曾祖、祖父都是「望重士林」學者。因明初苛戮官吏，許多睿智儒生避而不赴科舉。湯顯祖的天祖（前六世）湯伯清「自矔其目」避科舉，以耕讀傳家垂訓後世。湯顯祖的前四代沒有人中舉，最高學歷只是諸生（秀才）。湯顯祖的高祖湯子高，竟用「耕讀」作他的號。家有良田百畝，他親自下地與僮僕們同耕作。青少年時代的湯顯祖，除了讀書，還常下地勞作；棄官歸家後，像陶淵明一樣，「落日寒園自荷

鋤」。湯的家族，對「讀」長期只為懂做人應世的道理，潔身自好修養個人品德。隨著社會的變化，湯顯祖父親湯尚賢這個務實儒學者，對「讀」開始向「治國、平天下」作追求，鼓勵後代參加科舉，獲取功名。湯顯祖就是立志改換門庭，投入科舉躋身仕途的第一人。他 14 歲中了秀才，21 歲中了江西第 8 名舉人，34 歲京試中了進士。然「耕讀傳家」的思想對湯顯祖的做人與為官施政產生著深刻的影響。

二、才情聞名遐邇

湯顯祖天資穎異不群，5 歲進家塾讀書，當年就能對對子，而且連對幾次都不怕。現存湯顯祖 12 歲寫的一首古風《亂後》，可見其早慧的文學才華。14 歲湯顯祖參加撫州府的院試。院試通過叫補諸生，也就是中了秀才。院試由省裏的學政官主持。來的學政叫何鏜。他到臨川便聽說有個湯顯祖，「俊氣萬人一」，要見識一下他的才華，進入考場，便突然舉書案為破題要他回答哲學問題。湯顯祖想：這面前的書案是有形有狀之器具，使用這書案授業學到了道（知識）。啊！他馬上聯想到南宋哲學家朱熹說過：「凡有形有象者即器也；所以唯是器之理則道也」，「形而上者，無形無影是此理。形而下者，有形有狀是此器」，於是從容回答道：「形而上者謂之道，形而下者謂之器。」何鏜聽了，禁不住拍案讚歎：「該孩子的文章必定雄視天下！」六年後，21 歲的湯顯祖中了江西第 8 名舉人。這時湯顯祖已很博學了，除懂古代詩歌散文以外，還精通樂府歌行，五、七言詩；除讀了諸史百家外，對天文、地理、歷史、醫藥、水道、卜卦和神秘怪異的典籍也讀了很多。他雖然只是一個舉人，可才情聞名遐邇，海內人都以能結識湯顯祖而感榮幸。

中舉後的湯顯祖躊躇滿志，雄心勃勃，似乎仕途的路在他面前暢通無阻，國家的大事，以他的「區區之略」，即可改變面貌。他打算要在政界大顯身手幹一番事業，然後再隱歸山林。

三、宦海沉浮失意

「風華總被才情誤」。名蔽天壤的舉人湯顯祖，本是寫應舉八股文的高手，卻在考進士中屢遭落第。原來科舉制度到了明代隨著朝政的腐敗而成為毒害社會的惡疾，科考成了上層權要以權謀私，保子弟世襲富貴的幕後交易。28 歲赴京考進士，首輔張居正要讓他的次兒高中前三名，又想遮人耳目，私下派人到人才輩出的應天府（南京）物色當今才名響亮的舉子作陪考，使人覺

得本科考中的確是憑真才實學，打聽到臨川的湯顯祖和安徽宣城的沈懋學是眾望所歸人物，於是即派親信去籠絡，聲言只要願與首輔合作，便可高中前三名。這對一般舉子而言，真是千載難逢的機會，而恃才傲物的湯顯祖想的是：若以文章取士，中個進士應沒問題，用不著去攀龍附鳳，染黑自己的名聲。因此他沒有應命，為此得罪了張居正而名落孫山；而沈懋學順勢而為，便高中了狀元。三年後又赴京會試，張居正以為湯顯祖會吸取前科落第的教訓，懂得「識時務為俊傑」，於是又故伎重演。沒想到湯顯祖卻以「吾不敢從處女子失身也」回絕，毅然放棄本科的會試不參加。直到張居正死後，湯顯祖34歲了，才中了個低名次的三甲進士。此時，新任首輔張四維和申時行又令其子前來拉攏湯顯祖，並許其入翰林院做庶吉士，這是個為內閣儲藏人才的機構，升高官的捷徑，湯也敬謝不敏，當然也就不能官居要津。在京觀政一年後，湯顯祖要求到南京作了個掌管禮樂祭祀的太常博士。

　　南京是留都，雖然也有一套中央機構，但無實權，形同虛設，太常寺博士尤為閒職。湯顯祖在留都七品閒職中熬了六年，到他40歲，才升了個六品禮部主事。然此時朝政腐敗透頂，貪官遍地，稅監橫行。從萬曆十四年的江南水災，到萬曆十六年已發展成全國性的大災荒，而派到江南救災的使臣卻在飽受地方官吏的賄賂之後得到提升。湯顯祖憤而上了《論輔臣科臣疏》，揭露首輔申時行和其親信科臣貪贓枉法的罪行，並對神宗二十年的政治作了抨擊。結果被神宗貶謫到雷州半島的徐聞縣當個小吏典史。在徐聞，他辦教育，倡貴生，扭轉輕生民俗，「百代徐聞感義仍」。一年後遷遂昌知縣，他試行以情施政，在除夕放囚回家度歲，元宵夜放囚出獄看花燈，並興教勸農，驅除虎害，壓制強豪，深受百姓愛戴，政聲冠兩浙，但遭到地方豪強的怨恨，上級官吏的挑剔，得不到正常的遷升。十五年的仕途經歷，看清了官場的寵辱不定，賢奸顛倒，無公理正義可言，眼看皇上派出的礦監稅使要來遂昌，苦心經營的「有情天下」要遭到「無情使者」的踐踏，湯顯祖不堪為虎作倀，便在萬曆二十六年（1598）上京考核後，懷著滿腔悲憤，棄官歸臨川。「遂昌感念湯顯祖」。湯棄官十年，遂昌還派畫師到臨川為他畫像，掛入生祠；後又建了遺愛祠，永久懷念他的功德。

四、矢志戲劇救世

　　拋棄仕途的名利場，對湯顯祖不是遁世韜光，而是轉換戰場。他躋身仕

途，志在「變化天下」，做王安石那樣的政治改革家。然經歷宦海沉浮，深感此路不通，於是寄身劇場，用手中的筆寫戲。他寫戲不是要做關漢卿那樣作「雜劇班頭」，也不像莎士比亞為經營「環球劇場」。他是要用戲劇救蒼生，以情感來悟世人，完成他政治上的未竟的宏願。他在《宜黃戲神淺源師廟記》中鼓吹：戲劇能打動人的情感，看戲可使君臣關係符合禮節，融洽父子的恩情，促進長幼的和睦，增添夫婦的感情，樹立朋友間的友好關係，消除彼此間的仇恨與矛盾，治療精神上的疾病，戒除不良的嗜好。只要人人看戲，瘟疫病毒便不會發作，天下太平無事。在他看來，戲曲不是「小道末技」，而是與儒、釋、道一樣的「名教」。他懂孟子「善政不如善教之得民」的教義，用今天的話說，看一場好戲比聽一場政治報告影響更大，政治家解決不了的問題可用戲曲來解決。於是他「因情成夢，因夢成戲」，「夢」是他劇作的特點與劇情中心。他將現實無法實現的「有情之天下」，在「夢」中作主觀追求；讓「戲」在舞臺小天地裏，通過角色，展示情的世界，演繹大人生。

湯顯祖把自己的人生經歷、官場的體驗化作藝術思維，在「臨川四夢」中成功地塑造了「善情」與「惡情」不同的形象。《牡丹亭》是他一生得意的代表作，杜麗娘為情而死，又為情而生的故事突破了社會體制對個體生命的桎梏，喊出了同時代婦女的呼聲。它一問世：「家傳戶誦，幾令《西廂》減價」，將中國傳奇戲曲藝術推上了藝術的最高鋒，奠定了他在世界劇壇與莎士比亞比肩的地位。

湯顯祖一生只寫了四個半戲（《紫簫記》為未完的半個戲）。《邯鄲記》完成後，便沒有再寫戲。不是他「才華衰竭」不能寫，而是覺得不必再寫。他在「臨川四夢」中「把人情世故都高談盡」，借夢境將明季社會與官場魑魅魍魎都現形場上，「胸中魁壘」得到宣洩，嬉笑怒罵，皆成了曲章。湯顯祖深知，戲曲要起到救世作用，要看演出效果，演員能否在臺上將劇本「曲意」得到形象、生動、準確的展現。於是「四夢」完成後，他躬耕劇場當導演。當宜黃戲演員對劇本「曲意」體會不到位，便「自掐檀痕教小伶」。對沈璟等人為了「格律」而改纂他的劇本，損害了劇本《牡丹亭》的「曲意」，他不可容忍，囑付宜黃戲藝人：「切不可從，雖是增減一二字以便俗唱，卻與我原做的意趣大不同了。」並氣憤表示：「余意所致，不妨拗折天下人嗓子。」這是湯顯祖與沈璟之爭的根本。

「史家不幸詩家幸」。官場的失意成就了湯顯祖的戲劇人生。「臨川四夢」

是湯顯祖政治理想的表達。如果說，莎士比亞只是有意識通過戲劇傳達出他政治智慧的話，那麼湯顯祖有上疏揭發時弊的壯舉，有「政聲冠兩浙」政治聲譽，還有宦海沉浮十五年的政治實踐，無疑比莎士比亞更有資格稱作政治作家，是當之無愧的戲劇政治家。

五、晚景窮老蹭蹬

湯顯祖拋去遂昌知縣，兩袖清風回到臨川。奉祿沒有了，全家一年能收到的租穀不滿六百石，但來往的賓客、門人很多，湯顯祖只能用賣文的錢做招待客人的費用。歸家一年，便有「速貧之歎」。為了生計，不得不作些「承應文字」，得些「潤筆銀」。

經濟「速貧」尚可窮過，精神上接二連三的打擊卻令他不堪承受。歸家的第二年，湯顯祖 50 歲，視有「佐王才」大兒士蘧在南京參加秋試（選拔舉人考試），卻在距考期尚有 23 天，未進考場身先卒。士蘧的死，湯顯祖悲痛欲絕，精神到了崩潰的邊沿，他一口氣寫下 30 多首詩痛表懷念。

「壯子殤」去淚未乾，第二年是辛丑年，是吏部和都察院每三年對地方官員進行「朝覲考察」之年。湯顯祖棄官三年了，可不列為考察對象。但明代考察制度朝到此時已是僵化與衰壞，成了各部院上層官僚結黨營私、打擊政敵的工具。這些執權者不思將「一時醇吏聲為兩浙冠」的湯顯祖召回朝庭，還強安上一個「浮躁」的罪名，罷去了他的官階。湯顯祖「聞之啞然」。翰林院有位李麟初，得知湯顯祖落職閒住，特作詩推崇其人品：「文章論定前賢退，簪笏名除大雅留。」

有位辭官從醫的好友叫王宇泰，得知湯顯祖被追論奪職且又生計艱難，給他捎去一信，勸他不要太孤傲了，虛情假意地拜訪一下當地官員們，或許能夠得到一些資助的銀錢，官長們也不會對你有忌恨。但湯顯祖給王宇泰寫回信說：你來信勸我你的心意是好的。這些年來我又老又病，見到那些官們總不能像別人那樣說乖巧的話，而且那些當官的都是年輕氣盛的新貴，對我根本不會有好聲氣的。我是三十多年前的進士，如今六十多歲的一個老人，卻和一班低等的小輩一起排隊依秩序去等著他們接見，畏畏縮縮而行，看著人家的臉色小心陪話，這實在不是我這個人做的事。就算因此縣官們怪罪我，我也甘願承受。湯顯祖的高潔正氣，不論處於何種境遇，始終不改。

有朋友憐憫湯顯祖窮困潦倒，勸他去徽州向一位富商「打秋風」。湯顯祖

作詩表達了在「乏絕」的困境中對銅臭的拒絕，保持自己的人生志向和獨立人格。

六、永遠的湯顯祖

湯顯祖的文化建樹是多方面的，涉及政治、哲學、文學、藝術、史學、教育、宗教等諸多學科。除戲曲創作與理論成就堪稱世界一流外，文學上是詩文辭賦大家、八股文能手；「唯情觀」的哲人；教育實踐家（創建了「貴生」「相圃」「崇儒」三所書院）；有創見的史學家（以新的觀點重修《宋史》，校定了《冊府元龜》）；學人風格的書法家；30歲就曾登壇講法的佛學家。當然，湯顯祖首先是政治家。

湯顯祖的戲曲，400多年來盛演不衰。《牡丹亭》振撼人心的社會效果效果，驗證了戲劇有比政治說教影響更大的社會功能：揚州女子金鳳細，嗜讀《牡丹亭》，臨死時，將它帶入棺殉葬；杭州女伶商小玲，色藝名噪一時，但婚姻不幸，鬱鬱成疾。一次演《尋夢》一折，真如身臨其事，纏綿淒婉，淚痕盈目。當唱到「待打拼香魂一片，陰雨梅天，守得個梅根相見」，隨身倒臺而亡；才女馮小青嫁與商人為妾，為大婦所不容，獨居佛舍，愁慘欲絕，讀《牡丹亭》後，感觸萬分，寫詩寄情：「冷雨幽窗不可聽，挑燈閒看《牡丹亭》。人間亦有癡於我，豈獨傷心是小一青。」

湯顯祖戲劇走出國門，即為國外觀眾所傾倒。1930年，梅蘭芳在美國演出《牡丹亭》兩個月，轟動了整個美國，每次謝幕至少15次之多。美國有人評論：「中國劇，雍容大雅，位置之高，分量之重，為世界戲劇之冠。」青春版的《牡丹亭》在全世界各地巡演，「八年的演出，場場爆滿」。中國民族舞劇《牡丹亭》和中國芭蕾舞劇《牡丹亭》最近幾年在歐洲和澳洲演出，「讓全場觀眾為之陶醉、感動，掌聲經久不息」。

研究湯顯祖生平與著作的「湯學」，已走向了世界。《牡丹亭》早在17世紀就流傳到海外。20世紀初開始先後被譯的德文、日文、英文、俄文、法文等多種文字出版，吸引國外學者來研究中國的湯顯祖，選湯顯祖作碩士、博士學位論文選題，一時成為熱門。在國內，當代典籍翻譯家汪榕培教授從1996年開始，花了16年時間，將「臨川四夢」和《紫簫記》全部譯完，結集成中國英文版《湯顯祖戲劇全集》，向世界推出。

湯顯祖逝去已400多年，但他沒有「死」，一直活在戲劇藝術世界裏。從

晚明朱京藩作《風流夢》始，戲寫湯顯祖者代有其人。當今的戲劇舞臺上與銀幕、熒屏中，都能看到光彩照人的湯顯祖藝術形象。

湯顯祖豐富的文化遺產與其站在時代前端的進步思想、高潔的人格是全人類的共同財富。

湯顯祖不僅屬於中國，而且屬於全世界！

（原發布 2020 年 9 月 21 日紐約「語言學世界」微信公眾號）

湯顯祖是用戲曲救世、
以情悟人的戲劇政治家

　　說湯顯祖是戲劇家決無異義；說湯顯祖是政治家可能有幾票反對的或棄權的；而我現在要說湯顯祖是用戲劇救世、以情悟人的戲劇政治家，不知能否得到大家認同？

　　傳記文學的任務就是用傳主的真實歷史資料，通過文學語言的描述塑造個性形象。在《湯顯祖大傳》中，我塑造的湯顯祖用漫畫線條勾劃：他頭歪戴著官帽（他為官不與當局合作，上疏彈劾首輔，後棄官歸里），身穿繡滿了「情」與「夢」字樣的戲劇服裝（他「因情成夢，因夢成戲」），右手握著「豫章之劍」（志在從政變化天下），左手高舉「臨川之筆」（用其絕代文才，創作了有譏託的「臨川四夢」）。這就是歷史真實的湯顯祖。

　　我讀過美國以政治哲學見長的施特勞斯學派的第二代掌門人阿蘭・布魯姆《莎士比亞的政治》一書。她提出要看清莎士比亞的真正面目，還應通過政治哲學這條路徑。因此，未見表達有何政治理想，也沒有寫過政治學說，更未務過一天政的莎士比亞，被布魯姆稱作為卓越的政治作家。他的理由是：莎士比亞在戲劇表達了對政治事物的關切，並揭示了政治與哲學的複雜關係。而湯顯祖呢，他對政治何只是「關切」而是親身參與。湯顯祖自己說：「經濟自常體，著作乃餘事」，即本志在經邦濟世治國平天下，搞文學創作只是業餘愛好。在政治上他有上疏揭發時弊的壯舉，有「政聲冠兩浙」政治聲響。在世界大師級的戲劇家中能有如此出色政治才幹難有人出其右。如果說，莎士比亞只是有意識通過戲劇傳達出他政治智慧的話，那麼湯顯祖是宦海沉浮十五

年的政治實踐表現了他治國平天下的政治才華。因此，湯顯祖無疑比莎士比亞更有資格稱作政治作家，是當之無愧的戲劇政治家。

懷著「有區區之略，可以變化天下」的政治理想而投身舉業的湯顯祖，中舉後明確表示要在政治上大顯身手幹一番後隱跡「煙霞」。他認為天下為「有情之天下」和「有法之天下」。他所處的是「滅才情而尊吏法」的「有法之天下」。他嚮往李白所處的「有情之天下」，可人盡其才，凌厲一世。在徐聞，他倡導貴生，堅持「人為貴」「民為本」，尊重人的價值。《貴生說》是湯顯祖最初面目的「情」的宣言書。到了遂昌，「因百姓所欲去留，時為陳說天性大義」用今天的話來說，就是按照老百姓的意願辦事，常向百姓做思想工作。堅持以人為本，尊重個人的存在與意志的表達。他以「情」施政，意在把遂昌治成「有情之天下」的試驗地。

經歷了上疏受貶，遂昌政聲冠兩浙卻得不到升遷，礦稅致「地無一以寧，將恐裂」，湯顯祖深感變化天下無力，他要用戲劇救世，以情悟人。孟子說：「仁言不如仁聲之入人深也，善政不如善教之得民也。」對此，早在青年時期的湯顯祖就有體認，用今天話來說，看一臺好戲比聽一場報告的教育的作用還要大。政治家解決不了的問題可用戲劇來解決。當年在南京與故鄉一班少年時代的朋友合作編演《紫簫記》，設計了一個譏刺當朝首輔張居正戲劇情節，惹得「是非蜂起，訛言四方」，以致中途擱筆。湯顯祖體認到戲曲的神奇力量在《宜黃縣戲神清源師廟記》中作了鼓吹：戲劇能打動人的情感。看戲可使君臣關係符合禮節，融洽父子的恩情，促進長幼的和睦，增添夫婦的感情，樹立朋友間的友好關係，消除彼此間的仇恨與矛盾，治療精神上的疾病，戒除不良的嗜好。只要人人看戲，瘟疫病毒便不會發作，天下太平無事。戲曲不是「小道末技」，如同儒、釋、道一樣的「名教」。於是他「因情成夢，因夢成戲」，即現實理想無法實現的「有情之天下」，改而在「夢」中作主觀追求，因「夢」可不受客觀現實所限，能充分體現「情」；而要將「夢中之情」展示最好的形式是「戲」，「戲」可在舞臺小天地裏，通過幾個角色，展示情世界，演繹大人生。

在湯顯祖的「四夢」中，霍小玉的「癡情」勝了權勢；杜麗娘的「至情」超越生死；淳于棼的「善情」為「惡情」所攝，人性無常，世事荒誕；盧生被「惡情」主宰，就沒有人性，只有獸性。「夢」是湯顯祖傳奇戲曲的特色與劇情中心。他寫的最後一部傳奇《邯鄲記》，對「四夢」的曲意作總結說：「把人

情世故都高談盡」，即是說「四夢」完成了，他「胸中魁壘」得到宣洩，嬉笑怒罵皆成了曲章。他的「情天下」思想得到全面的形象展示，於是他沒有再寫戲。不是他「才華衰絕」不能寫，而是他認為沒有必要再寫。

湯顯祖公開聲稱他的戲劇寄「有讓託」，即借他人之酒杯，澆胸中之塊壘，富劇本以政治哲學的意義。湯顯祖非常看重自己劇作的「曲意」。他深知，要用戲曲救世，要以情來悟人，演員要能理解劇本的「曲意」，並在場上形象展示出「情」。於是，「四夢」完成後，他躬耕排場教小伶。當宜伶對曲詞不能很好理解，「曲意」體會不到位，便「自招檀痕教小伶」。對沈璟等人改竄他的劇本，損害了《牡丹亭》的「曲意」便不可容忍，囑付宜伶「切不可從，雖是增減一二字以便俗唱，卻與我原做的意趣大不同了。」並氣憤的表示，「余意所致，不妨拗折天下人嗓子。」湯沈之爭的根本在此。對「四夢」，湯顯祖曾慨歎「人知其樂，不知其悲。」他說的「悲」不是悲劇，而是傾注了他的政治失意、官場體驗和人生感悟的悲憤。湯顯祖晚年蹭蹬窮老，但始終不忘「變化天下」的政治理想。退出官場還期望「朝廷有威鳳之臣，郡邑無餓虎之吏」，即希望朝中出有威儀親民的賢臣，地方官中沒有貪官污吏。他去京城考核雖決定辭官不幹，但還向副首相張位推薦有「伯才」（霸才）趙邦清。趙將貧弱的山東滕縣「三年而暴富」。湯顯祖「雲閣寸心終未絕」（《送劉玄子使歸》），即進入內閣做高官而達到變化天下的政治宏願始終不絕，自己沒有實現還寄託後代和門人能繼續。他鼓勵兒子和自己的門人積極參加科舉，臨終前 3 年還親自護陪次兒與三兒赴南昌鄉試。二兒開遠在湯顯祖 66 歲那年中舉，湯顯祖要他第二年進京會試。湯還鼓勵屢試失利的門人王觀生再「發憤」，寫信給有才華但窮困的門人劉大甫去投身舉業，希望他們完成他未竟的政治宏願。

湯顯祖是仕途的挫折成就了他為享譽世界的戲劇大師。「臨川四夢」是湯顯祖政治理想的表達，是四部政治哲學劇。湯顯祖是中國和世界戲劇史上出類拔萃的用戲劇救世，以情悟人的戲劇政治家。

（出席 2016，中國撫州湯顯祖劇作展演國際高峰學術論壇發言整理）

「湯學」的興起與發展

一

「湯學」即研究湯顯祖生平歷史及其著作的學科。它是隨著《牡丹亭》的降生而興起，但給它起名「上戶口」卻在 20 世紀 80 年代。

青年時代的湯顯祖已是「詞賦既成，名滿天下」（帥機《玉茗堂文集序》）。自《牡丹亭》一齣，「家傳戶誦，幾令《西廂》減價」，湯顯祖從詩文才俊一躍成為曲壇的耀眼明星。此後，文壇有識之士便開始了對湯顯祖的研究。無錫的鄒迪光第一個根據傳聞為湯顯祖作了小傳，並寄給了湯顯祖。湯逝後的明清之際，過庭訓、錢謙益、查繼佐、萬斯同、蔣士銓等諸多文史家、戲曲家都對湯顯祖的生平與著作作了一定的研究，且都為湯作了小傳，體現了「湯學」的發展。清代官修的《明史》，正視了湯氏上疏論劾時政的政治壯舉，為他立了一個直節名臣的傳。

晚明的「湯學」研究者們除了為湯作小傳外，還在他們文集的序、跋、尺牘中對湯顯祖的詩文進行述評。毛效同先生為編《湯顯祖研究資料彙編》搜集到上述這樣的學者近 100 家。對湯顯祖的戲曲研究主要是點評，臧懋循、茅暎、王思任、吳吳山三婦、馮夢龍等人都有評點專集，但尚未見有專論。吳吳山三婦評本是以女性親身體悟式展現他們眼中的《牡丹亭》世界，可謂獨樹一幟。

崑山人沈際飛是晚明對「湯學」研究成就最突出的「湯學」家。他對湯顯祖研究是全方位的，既對湯氏所有的詩文進行了全面點評，又對「四夢」各寫題詞一篇，為每劇的故事情節、人物塑造、語言風格都加以評述，結成

《獨深居點定玉茗堂集》專集刊行。沈際飛是真正讀懂湯顯祖的第一人。

《牡丹亭》行世後，圍繞戲曲創作中聲律與文辭的關係問題，出現「湯沈之爭」，以致萬曆年間幾乎所有的戲曲家都加入了討論。這場論爭，弘揚了「湯學」，壯大了「湯學」隊伍，並對後世戲劇創作影響深遠。晚明至清，戲曲創作中出現了王思任、茅元儀、孟稱舜、吳炳、阮大鋮等為代表的從思想內容和創作風格上都追隨湯顯祖的「臨川派」。清代洪昇和曹雪芹接過湯顯祖「言情」的旗幟，創作出了傳奇《長生殿》和小說《紅樓夢》這樣「言情」傑作。

「湯學」進入 20 世紀初，王國維、吳梅、王季烈、盧前等大學者們，在他們著的學術專著中，有散見對湯顯祖的「四夢」（主要是《牡丹亭》）從故事藍本、思想意義、曲調音律方面作的論述。到三四十年代，以俞平伯、鄭振鐸、趙景深、張友鸞、江寄萍、吳重翰等人為代表，將「湯學」研究向前推進了一大步。在他們出版的文學史、詞曲史中，都有一定篇幅評價《牡丹亭》。趙景深先生在《文藝春秋》（1946）上首次用比較學方法研究湯顯祖和莎士比亞。張友鸞和吳重翰各自出了《湯顯祖及其牡丹亭》和《湯顯祖與還魂記》等研究專著。文學史家鄭振鐸（新中國建立後第一任文物局長，後任文化部副部長），在他的《中國文學研究》一書的開篇《研究中國文學的新途徑》中倡議：「關於湯顯祖，至少要有一部《湯顯祖傳》，一部《湯顯祖及其四夢》，一部《湯顯祖的思想》，一部《湯顯祖之著作及影響》等等。」這裡，鄭先生雖然沒有正式用「湯學」二字，但實際上是倡議將湯顯祖作為一項學科來研究，並勾勒出了「湯學」的基本體系框架。

二

20 世紀五六十年代，「湯學」取得突破性進展。1957 年，隨著黨和政府對民族文化遺產的重視，全國主要報刊發表了紀念湯顯祖的文章。湯顯祖故里撫州還舉辦了紀念湯顯祖逝世 340 週年的活動。撫州市政府重修了湯顯祖墓。江西省直屬、南昌市屬和撫州市文藝界分別在南昌和撫州兩地舉行了隆重的紀念大會。撫州還舉辦了湯顯祖文物資料展覽。中央新聞紀錄電影製片廠江西攝影紀錄站攝製了紀念活動紀錄片。撫州市戲曲表演團體排演了湯顯祖《牡丹亭》和《紫釵記》全劇。紀念活動後全國掀起「湯學」研究熱，一批具有開拓意義的「湯學」研究成果紛紛問世。紀念會後的第二年，徐朔方先

生的《湯顯祖年譜》出版。1962 年《湯顯祖集》四冊大工程告竣。前二冊為詩文集，由徐朔方先生箋校；後二冊為戲曲集由錢南揚先生校點。錢先生在整理、箋疏、校勘中訂正訛誤，使「臨川四夢」有了精良、可信的讀本；徐先生為考訂湯顯祖詩文寫作時間，廣徵博引，縝密考證，讓從事「湯學」研究者受益無窮。

「湯學」是中華傳統文化的精華，當海峽彼岸的臺灣和大陸處在隔絕狀態時，中華傳統文化的根脈相連。為弘揚「湯學」，兩岸「兄弟登山，各自努力」。1969 年，臺灣潘群英先生研究《牡丹亭》的專著《湯顯祖牡丹亭考述》問世。1974 年，臺灣政治大學學子呂凱先生寫出了《湯顯祖南柯記考述》碩士論文。也就在該年，胡適的門人費海璣先生的《湯顯祖傳記之研究》出版。該書《我的新發現（代序）》中，費先生正式提出了「湯學」。他說：「最近偶然談到我國的莎士比亞是湯顯祖。友人說外國人寫的莎學著作有無數冊，真的汗牛充棟，中國一本長的湯顯祖傳記也沒有，我們該倡湯學！」由於當時兩岸沒有文化交流，費先生提倡的「湯學」知之甚少，只有到了 1983 年 3 月，時任中國藝術研究院副院長、著名的戲曲理論家郭漢城先生為江西文學藝術研究所編的《湯顯祖研究論文集》作的序文中提出：「外國有莎士比亞學，中國已經有《紅樓夢》學，也不妨有研究湯顯祖的『湯學』」，才引起了積極的反響，得到大家的附和。也就是說，「湯學」雖早存在，但是得到正名還在這時。

1982 年文化部、中國劇協、江西省文化局，江西省劇協於 11 月在湯顯祖故里撫州舉行紀念湯顯祖逝世 366 年週年紀念活動。在此活動的推動下，「湯學」研究掀起了大的高潮。「湯學」研究成果獲得空前大豐收。1986 年，湯顯祖故鄉的文化工作者，一下完成了兩部《湯顯祖傳》。南昌的朱學輝、季曉燕也有《東方戲劇藝術巨匠湯顯祖》問世。此後，黃芝岡先生的《湯顯祖編年評傳》（1992 年），徐朔方的《湯顯祖評傳》（1993 年），李貞瑜的《湯顯祖》（1999年），鄒自振的《湯顯祖與玉茗四夢》（2007 年）連接刊行。全方位綜合性研究湯顯祖的成果更是驚人，見諸報紙雜誌的論文汗牛充棟。僅以專著出現的成果就有徐朔方的《湯顯祖研究及其他》（1983 年），江西文學藝術研究所的《湯顯祖研究論文集》（1984 年），周育德的〈湯顯祖論稿〉（1991 年），香港鄭培凱的《湯顯祖與晚明文化》（1995 年），鄒元江的《湯顯祖的情與夢》（1998），鄒自振的《湯顯祖綜論》（2001），周育德、鄒元江的《湯顯祖交遊與戲曲創作》（2006 年）、《2006 中國‧遂昌湯顯祖國際學術研討會論文集》

（2008 年），龔重謨的《湯顯祖研究與輯佚》（2009 年），臺灣陳貞吟的《湯顯祖愛情戲曲取材再創作之研究》（2012 年），等等。

毛效同的《湯顯祖研究資料彙編》（1986）和徐扶明的《牡丹亭研究資料考釋》（1987）是湯學研究的又一基礎工程大功告成。毛先生用盡教學之餘的六年時間，「閱讀和引用的詩文集、詩話、曲話、地方志、筆記和報章雜誌不下五百種」，為的是「想提供比較一全面、翔實的材料給研究者參考」；徐先生「把隨時查到的資料，一條一條地抄在小紙片上面，分門別類，貼在一冊一冊舊雜誌裏，厚厚的十幾冊。」這兩部彙編，資料翔實，內容豐富全面。他們將分散各地，研究者搜索不易，用汗水換來的這些資料，奉獻給有志「湯學」的研究者。他們為之所付出的辛勞不亞於徐朔方先生對湯顯祖詩文的箋校。

對湯顯祖著作版本，尤其是「臨川四夢」版本研究學問很大，但長期涉足者寥寥。原只有日本的八木澤元，臺灣的女學者華瑋博士對《牡丹亭》的版本作了探索，還有北師大的郭英德教授也在默默付出心血。2006 年郭教授發表了他的重要研究成果：《〈牡丹亭〉傳奇現存明清版本敘錄》。他將《牡丹亭》分「明單刻本」、「明合刻本」、「清單刻本、石印本」、「清合刻本」四部分，論述了各代版本情況和世界各地的保存。

吳書蔭先生還發現了久被遺忘而又罕為人知的《玉茗堂樂府總序》（約寫於萬曆三十四年至三十六年之間），考證了《玉茗堂樂府》是湯顯祖戲曲最早的一部合集。

對湯顯祖佚文的輯錄與研究，有不少人都在進行，但徐朔方、江巨榮、鄭志良、龔重謨等學者輯佚成果較為豐碩。

另外，近幾年來，不少青年學者們對湯顯祖的八股文、辭賦、尺牘作專題研究。他們所論，見解新穎，洋溢著虎虎生氣。

自 20 世紀八十年代，「湯學」研究隊伍出現令人可喜的新趨勢。那就是「湯學」研究主流隊伍從少數學者、專家向莘莘學子轉移。有志從事「湯學」研究的青年學子越來越多。1986 年香港新亞研究所何佩明選題《湯顯祖四夢之成就研究》作碩士論文，1991 年臺灣的華瑋女士在海外留學選題《尋求「和」湯顯祖戲曲藝術研究》為博士論文。是兩岸首位以研究「湯學」獲博士學位第一人。此後選「湯學」為研究課題獲得博士學位的有臺灣高雄師範大學陳貞吟的《湯顯祖愛情戲曲取材再創作之研究》（1995 年），臺灣文化大學盧相

均的《湯顯祖之思想及其在紫釵記與還魂記中之驗證》（1997 年），中國社會
科學院文學所程芸的《〈玉茗堂四夢〉與晚明戲曲文學觀念》（1999 年），北京
大學孫捄姬的《湯顯祖文藝思想研究》（2000 年），華東師範大學陳茂慶的《戲
劇中的夢幻湯顯祖與莎士比亞比較研究》（2006），臺灣大學黃莘瑜的《網繭
與飛躍之間》──論湯顯祖之心態發展歷程及其創作思維》（2007 年）等。而
碩士論文據不完全統計，從 1969 年到進入 21 世紀的 2007 年，兩岸三地學子
加起來的「湯學」碩士論文在 36 篇以上。

三

　　2016 年適逢我國明代著名文學家、戲曲家湯顯祖逝世四百週年。1 月 5
日上午，由由上海戲劇學院、上海人民出版社、上海古籍出版社聯合舉辦的
「紀念湯顯祖逝世四百週年學術研究討會暨《湯顯祖集全編》《湯顯祖研究叢
刊》新書發布會」在上海賓館開幕。與會的海內外學者提交的論文集中展示
了近年來湯顯祖研究的前沿性成果。其中有關於湯顯祖生平事蹟、「臨川四夢」
文本方面的探索，有關於「臨川四夢」的傳播史和演出史，也有對湯顯祖詩
文尺牘等多方面作品的拓展研究，以及由此展開的對湯顯祖思想的深入探討。
有的學者還對建立「湯顯祖學」作進一步的設想，認為中國的「湯學」應與西
方的「莎學」一樣，成為世界文藝學中永具魅力的亮點。

　　此次新書發布會推出的《湯顯祖集全編》，由上海古籍出版社出版。此書
是在已故湯顯祖研究專家徐朔方教授箋校整理的《湯顯祖全集》的基礎上進
行的全面增修。徐朔方先生生前將湯顯祖為數不少的詩文、戲曲作品加以標
點、校勘、編年，同時廣徵文獻，箋釋疑難，厥功甚偉。增修工作由上海戲劇
學院著名學者葉長海教授牽頭組織的「《湯顯祖集全編》編輯出版工作委員會」
著手承擔。經過兩年的籌劃，半年多的拼搏終告完成。堪稱截至目前湯顯祖
存世詩文、戲曲作品最為齊全的深度整理之作。

　　除了湯顯祖原典作品的整理出版，上海古籍出版社還出版了不少湯顯祖
相關研究專著，如徐扶明先生的《湯顯祖與牡丹亭》，徐朔方先生的《論湯顯
祖及其他》，徐朔方先生的《湯顯祖年譜》也修訂再版，以及與湯顯祖相關的
資料彙編，如毛效同編《湯顯祖研究資料彙編》、徐扶明編《牡丹亭研究資料
考釋》等。同時還影印了比較珍貴的湯顯祖作品的明清舊版，如徐渭的批註
本影印《湯海若問棘郵草》，《古本戲曲叢刊》中收錄了湯顯祖的《邯鄲記》、

《南柯記》,以滿足不同層次讀者的需求。

　　而上海人民出版社出版的《湯顯祖研究叢刊》也由葉長海教授主編,由七部專著構成:有原中國戲曲學院院長周育德先生的《湯顯祖論稿》、香港中文大學教授華瑋女士的《走近湯顯祖》、武漢大學教授鄒元江先生的《湯顯祖新論》、復旦大學教授江巨榮的《湯顯祖研究論集》、上海戲劇學院教授葉長海先生的《湯學筑議》、香港非物質文化遺產諮詢委員會主席鄭培凱先生的《湯顯祖:戲夢人生與文化求索》、海南省文化廣電出版體育廳副研究員龔重謨先生的《湯顯祖大傳》。作者均為資深學者,分別從美學、史學、戲曲、社會等多個角度、多個側面探討湯顯祖作為藝術家、詩人、學者留給我們的文化遺產。

四

　　「絕代其才,冠世博學」的湯顯祖不僅屬於中國,而且屬於全世界。他的文化遺產與其站在時代前端的進步思想、高潔的人格是全人類的共同財富。早在清初,他的劇作就開始流傳海外。從 1916 年開始,有日本、德國、法國、英國、蘇聯等國的漢學家就把湯顯祖的《牡丹亭》翻譯成本國的文字進行傳播。從 1930 年至 20 世紀 50 年代,京劇藝術大師梅蘭芳應邀到日本、美國和蘇聯演出湯顯祖的名劇《牡丹亭》。

　　國外的「湯學」研究在 20 世紀初就開始了。日本研究中國戲曲史的學者青本正兒在 1916 年出版的《中國近世戲曲史》中,首次將湯顯祖與莎士比亞相提並論,說「東西曲壇偉人,同出其時,亦奇也。」青木正兒的學生岩城秀夫,寫了洋洋 20 萬字《湯顯祖研究》,對湯顯祖的生平、劇作、戲曲理論以及在文學史上的地位作了全面的評價,並以此文獲得博士學位。該文與他研究中國戲曲的論文《關於宋元明之戲劇諸問題》合成《中國戲曲演劇研究》一書,1972 年由日本創文社出版。

　　在海外,以「湯學」研究獲得博士學位的論文,還有德國漢堡大學的《湯顯祖的「四夢」》(1974 年),美國明尼蘇達大學的《〈邯鄲記〉的諷刺藝術》(1975 年),榮賽星的《〈邯鄲記〉評析》(1992 年),陳佳梅的《犯相思病的少女的夢幻世界:婦女對〈牡丹亭〉的反映(1598—1795)研究》(1996 年)等。

　　海外對湯顯祖的「四夢」的翻譯傳播,從過去對《牡丹亭》選譯部分場

次，到 1976 年開始轉為全本翻譯。在俄羅斯有孟烈夫譯的俄文《牡丹亭》（1976 年），在法國有安德里萊維法文譯的《牡丹亭》（1999 年），在美國有柏克萊大學的白之教授譯的英文《牡丹亭》（1980 年）。在國內，大連外國語學院汪榕培教授後來追上，2000 年他的英漢對照全譯了《牡丹亭》。接著 2003 年，他是海內外第一個英文全譯了《邯鄲記》（列入漢英對照「大中華文庫」叢書）的中國的翻譯家。現在汪榕培教授已將湯顯祖的《紫簫記》《紫釵記》《牡丹亭》《南柯記》《邯鄲記》五部劇作全都譯完，結成《湯顯祖戲劇全集》（英文版）由上海外語教育出版社出版了。這是國內尚無前人的權威性譯本，不僅為國內外學者提供了全面認識湯顯祖戲劇成就的契機，也讓世界廣大英語讀者得以一覽湯顯祖戲曲的美妙語言、動人情感和深邃意境。

　　「湯學」正以蓬勃生機正向縱深發展。「湯學」的研究者們正不斷地為這位世界文化巨匠譜寫新的精彩篇章。

　　　　　　　（出席紀念湯顯祖誕辰 460 週年國際學術研討會論文，
載《湯顯祖研究集刊》（創刊號），中國社會科學出版社，2015 年 7 月。）

論湯顯祖的作劇理論

一、引言

　　明代中後期是我國戲曲創作與理論研究雙豐收的時代，湧現了徐渭、湯顯祖、沈璟、王驥德、呂天成、徐復祚等一大批劇作家兼戲曲理論家。湯顯祖是其中最傑出的代表。他不僅留下盛演不衰的「臨川四夢」，而且還有豐富的戲曲理論。儘管他沒有寫下像王驥德《曲律》、李笠翁《閒情偶寄》這樣的曲論專著，但他散見於若干劇本題辭、序跋、書信、文章以及一些劇本評點中的論曲主張，不乏獨到見解，涉及創作、表導演、演員道德修養和戲曲批評等諸多方面。其中以其作劇理論最為精深，是他全部戲曲理論的主體，具有很高的理論價值。本文僅將湯顯祖有關作劇理論試作探討，揭示其理論的特色，以便人們認識他在我國古典戲曲理論史上應有的地位。

　　湯顯祖早年是以詩文創作成就而贏得文壇聲譽，只是後來他的傳奇戲曲創作掩蓋了他的詩文成就，以至「世但賞其詞曲而已。」〔註1〕檢閱湯氏全部著作中關於對創作的論述，我發現不僅有對戲曲方面的，而且還有許多是對詩文、小說方面的。然而戲劇無論在西歐還是在中國，都看做是一種詩，和抒情詩敘事詩一樣，為詩範圍內的一種詩體。早在北宋，江西詩派的開創者黃庭堅就說過：「作詩如作雜劇。」〔註2〕至明代，視戲曲為詩體的一種的觀

〔註1〕《湯遂昌顯祖》，錢謙益《列朝詩集小傳》丁集中，第562頁，上海古籍出版社，1983年版。

〔註2〕黃庭堅論詩時嘗謂：「作詩如作雜劇，初時布置，臨了須打諢，方是出場。」轉引自夏寫時《論宋代的戲劇批評》，《古代文學理論研究》第一輯，上海古籍出版社。

念早已形成。如王世貞說：「曲者詞之變。」〔註3〕臧晉叔也說：「詩變而詞，詞變而曲，其源本出於一。」〔註4〕沈寵綏更明白指出戲曲文學由詩歌發展而來：「顧曲肇自三百篇耳。《風》《雅》變為五言七言，詩體化為南詞北劇。」〔註5〕當代著名戲曲理論家張庚先生在總結前人有關論述的基礎上，明確提出中國戲曲為「劇詩」〔註6〕，今已得到戲劇界同仁們的一致認同，並產生了深刻的影響。中國戲曲既為「劇詩」，就具有詩的一般藝術特徵，遵循著詩體創作的一般藝術規律。因此，湯顯祖的詩文創作理論和戲曲創作理論往往是相通的，一些本對詩文創作而發的論述，其實也是他的作劇主張的體現。因此，我在探討湯顯祖作劇理論時，就不能把他的詩文理論同它截然分開，而是結合起來加以論證。

二、湯顯祖的作劇主張

（一）「世總為情，情生詩歌」

戲曲藝術到底因什麼而產生，這是戲曲創作理論中最為根本的問題。在這個問題上，湯顯祖有著頗具特色的見解。他說：

> 世總為情，情生詩歌，而行於神。天下之聲音笑貌，大小生死，不出乎是。因以憺蕩人意，歡樂舞蹈，悲壯哀感鬼神風雨鳥歌，搖動草木，洞裂金石。〔註7〕

又說：

> 人生而有情。思、歡、怒、愁，感於幽微，流乎嘯歌，形諸動搖，或一往而盡，或積日而不能自休。蓋自鳳凰鳥獸以至巴渝夷鬼，無不能舞能歌，以靈機自相轉活，而況吾人。〔註8〕

〔註3〕王世貞《曲藻・序》，《中國古典戲曲論著集成》（四）第25頁，中國戲劇出版社，1982年版。

〔註4〕臧晉叔《元曲選・序》，見《元曲選》第一冊第4頁，中華書局，1979年版。

〔註5〕沈寵綏《度曲須知》上卷，《中國古曲戲曲論著集成》（五）第197頁。

〔註6〕張庚《關於劇詩》：「西方人的傳統看法，劇作也是一種詩，和抒情詩，敘事詩一樣，在詩的範圍內也是一種詩體。我國雖然沒有這樣的說法，但由詩而詞，由詞而曲，一脈相承，可見也認為戲曲是詩。……我國也把戲曲作為詩的一個種類看待。」見《張庚戲劇論文集》第164頁，文化藝術出版社，1984年版。

〔註7〕《耳伯麻姑遊詩序》，徐朔方箋校《湯顯祖詩文集》卷三十一，上海古籍出版社，1982年版。本書所引湯氏詩文均出此集。

〔註8〕《宜黃縣戲神清源師廟記》，《湯顯祖詩文集》卷三十四，第1127頁。

　　所謂「世總為情」、「人生而有情」，就是認為人事都是為「情」所主宰，「情」為人的本性。所謂「情生詩歌」就是認為「詩歌」（實際包括戲曲在內的一切文學藝術）由「情」而產生，是人的思念、歡樂、怒怨和愁苦等各種情感，「憺蕩人意」，「積日不能自休」，需要宣洩的結果。湯顯祖正是以「言情」為自己進行戲曲創作的動因。他曾明確聲稱自己寫戲是「為情作使」〔註9〕；創作《牡丹亭》也只因「世間只有情難訴」〔註10〕；寫《南柯記》亦為「有情歌酒莫教停，看取無情蟲蟻也關情」，「千場影戲」也不過「一點情」〔註11〕。真可謂「為一切有情物說法」〔註12〕。

　　視「情」為創作動因，並非自湯顯祖始，在我國古典文論史上有著源遠流長的相襲關係。約成書於戰國的《禮記·樂記》已提出：「情動於中，故形於聲。」〔註13〕這大概就是「情」產生「詩」、「樂」的最早論述。這時的「詩」與「樂」是不分家的。至漢代《毛詩序》繼承《樂記》之說，提出「情動於中而形於言」〔註14〕，進一步指出詩的產生是感情所動的結果。到魏晉時代，陸機提出了「詩緣情而綺靡」〔註15〕這一著名的命題，對後世影響最大。劉勰的「以情造文」、「夫綴文者情動而辭發，觀文者披文以入情」〔註16〕，鍾嶸的「吟詠情性」〔註17〕，皎然的「詩緣情境發」及其「天與共性，真於情性」〔註18〕，司空圖論詩歌創作為「情性所至，妙不自尋」〔註19〕，嚴羽的

〔註 9〕《續棲賢蓮社求友文》，《湯顯祖詩文集》卷三十六，第1161頁。

〔註10〕《牡丹亭》第一齣《標目》，《湯顯祖戲曲集》，錢南揚校點名，上海古籍出版社，1987年版。

〔註11〕《南柯夢記》第一齣《提世》，《湯顯祖戲曲集》，錢南揚校點，上海古籍出版社，1978年版。

〔註12〕《明人傳奇》，《吳梅戲曲論文集》卷中第158頁，中國戲劇出版社，1983年版。

〔註13〕《禮記·樂記》，見阮元刻《十三經注疏》《禮記》卷三十八。

〔註14〕阮元刻《十三經注疏》，《毛詩正義》卷一。

〔註15〕陸機《文賦》，轉引郭紹虞主編《中國歷代文論選》（一卷本）第67頁，上海古籍出版社，1986年版。

〔註16〕劉勰《文心雕龍》之《情采篇》和《知音篇》。

〔註17〕鍾嶸《詩品總論》，見《詩品注釋》（向長清注）第17頁，齊魯出版社，1986年版。

〔註18〕語出唐詩僧皎然詩《秋日遙和盧使君遊河山寺宿楊上人房論涅槃》，轉引《中國古代文學理論辭典》（趙則誠等主編）第494頁。「天與共性，真於情性」出於皎然《詩式》，《十萬卷樓叢書》卷五。

〔註19〕司空圖《二十四詩品·實境》。

「詩者，吟詠情性也」〔註20〕，李贄的「蓋聲色之來，發於情性，由乎自然」及其著名的「童心說」〔註21〕都屬於「詩緣情」的理論體系。湯顯祖的「情生詩歌」也是對「詩緣情」的一脈相承。然而湯氏的「情生詩歌」是以「世總為情」、「人生而有情」這一「情」的宇宙觀為前提的，是其哲學思想的「情」在藝術思想上的反映。因此，他的「情」的內涵遠比陸機豐富深刻。對此，湯顯祖還有如下幾段對「情」的重要論述：

> 情有者理必無，理有者情必無。真是一刀兩斷語。〔註22〕

> 此正是講學，公所講者是性，吾所言者是情。蓋離情而言性者，一家之私言也；合情而言性者，天下之公言也。〔註23〕

> 世有有情之天下，有有法之天下，……今天下大致滅才情而尊吏法。〔註24〕

這表明湯顯祖的「情」既與正統程朱理性之學相對立，又與世俗宗法制度相抗衡，以「合情而言性」達「天下之公言」為己任。他的「情」的含義寬泛，包括男女情愛，世俗人情、才情，一般人的情感，而其核心意義則是哲學思想的「欲情」。我們知道，湯顯祖少年受業於王學左派三傳弟子羅汝芳，接受了王艮「百姓日用即道」、「天理盡在人慾中」和「制欲非體仁」的思想說教。羅汝芳也常對湯顯祖講「嗜欲」合乎「天機」。湯顯祖的「情」的思想，正導源於王學左派對「嗜欲」的肯定，體現了對程朱「存天理，去人慾」的反動。檢閱我國古典哲學史，「情」與「欲」關係至為密切，它們義理往往相通。有的著作常將「情」與「欲」相提並論。如荀子說：「欲者，情之應也。」〔註25〕湯顯祖的「人生而有情」大概就是根據荀子《禮論》「人生而有欲」〔註26〕而提出的。因為荀子在《王霸》中說：「夫人之情，目欲綦色，耳欲綦聲，口

〔註20〕嚴羽《滄浪詩話・詩辨》，轉引郭紹虞主編《中國歷代文論選》（一卷本）第209頁。
〔註21〕李贄《焚書》卷三《讀律膚說》和《童心說》。
〔註22〕《寄達觀》，《湯顯祖詩文集》卷四十五，第1268頁。
〔註23〕程允昌《南九宮十三調曲譜序》，轉引徐扶明《牡丹亭研究資料考釋》第43頁，上海古籍出版社，1987年版。
〔註24〕《青蓮閣記》，《湯顯祖詩文集》卷三十四，第1112頁。
〔註25〕見《諸子集成》（二）第274頁《荀子集解》卷十七《正名篇》第二十二，中華書局，1986年版。
〔註26〕見《諸子集成》（二）第231頁《荀子集解》卷十《禮論篇》第十九。

欲綦味，鼻欲綦臭，心欲綦佚。此五綦者人情之所必不免也。」〔註27〕這裡已清楚表明「五綦」之感官欲是生來具有，不可避免的自然本性。王學左派肯定「嗜欲」合乎「天機」可以看到與荀子「情」、「欲」觀念的一脈相承關係。當湯顯祖《牡丹亭》問世，公開標出：「人世之事，非人世所可盡，自非通人，恒以理相格耳。第云理之所必無，安知情之所必有耶！」〔註28〕則鮮明地體現了他的「情」反「理」的戰鬥的思想光輝。

　　「情」從根本上看，是人的主觀世界的精神活動。因此，湯顯祖的「情」往往被一些研究者斥之為「唯心主義論調」，「主觀意念的東西」。按世俗的理解，這種看法似乎也沒有錯，然而在我看來，湯顯祖的「情」並非純「主觀意念」，而是「感物」而起。他在《臨川縣古永安寺復寺田記》一文中說「緣境起情，因情作境」〔註29〕，這個往往被研究者所忽視的重要命題，不僅說明他的「情」發揮了《樂記》「人心之動，物使之然也」思想成分，而且表明了他的「情」是來自現實生活的主客觀的統一。這個命題中有兩個「境」字，其含義不一。前一個「境」是客觀社會生活環境，它是「情」的來源；後一個「境」是作家根據對生活的理解而「作」的藝術環境。後一個「境」來自前一個「境」，但已比前一個「境」更高，更典型。事實上「緣境起情，因情作境」和「世總為情，情生詩歌」是湯氏「情」的觀念不可分割的有機整體，概括了生活、作家和藝術三者之間的辯證關係，即是在「情」的世界觀指導下，作家受客觀社會生活的感受，激起創作欲望，作家根據自己對生活的認識，從而作出能動反應。從這點上看，湯顯祖「情」的觀念，實已從物感說昇華為樸素的能動反應論。

　　湯顯祖還認為，藝術創作既為「情」的產物，那麼作者在創作過程中就要以「情」寫「情」。他曾在《睡菴文集序》中讚揚湯賓尹：「道心人也。道心之人，必具智骨；具智骨者，必有深情。」〔註30〕因而他做文章能「情智所發，旁薄獨絕，肆入微妙，有永廢而常存者」。湯顯祖還認為，作者在藝術創作上不僅要「有深情」，而且還要「情必有所寄」。他為鄒迪光作《調象菴集序》說：「有高才而鮮貴仕，其與能靖者與。折節抵巇，非公所習，則其鬱觸

〔註27〕見《諸子集成》（二）第137頁《荀子集解》卷七《王霸篇》第十一。
〔註28〕《牡丹亭記題詞》，《湯顯祖詩文集》卷三十三，第1093頁。
〔註29〕《臨川縣古永安寺復寺田記》，《湯顯祖詩文集》卷三十四，第1125頁。
〔註30〕《睡菴文集序》，《湯顯祖詩文集》卷二十九，第1015頁。

噴迸而雜出於詩歌文記之間，雖談世十一，譚趣十九，而終焉英英澐澐，有所不能忘者，蓋其情也。」「情致所極，可以事道，可以忘言。」〔註31〕他還十分欣賞宋玉、賈誼等古人「情動於中」的作品，曾讚賞說：「至於宋玉景差之《招魂》，賈誼之《弔屈》，雖興廢異時，有所憤惻，迫發於其中，一耳。」〔註32〕他要求劇作家進行創作應以自己之情體驗劇中角色之情，欣賞別人作品時，要以自己的情體驗劇作者之情。在《宜黃縣戲神清源師廟記》一文中，要求演員「為旦者常自作女想，為男者常欲如其人」。〔註33〕在《董解元西廂題辭》中又說：「董以董之情而索崔、張之情於花月徘徊之間，余亦以余之情而索董之情於筆墨煙波之際。」〔註34〕在戲曲創作中，湯顯祖正是這樣身體力行，往往化身為曲中之人進行獨苦運思。如寫《牡丹亭・憶女》一齣，填詞至「賞春還是舊羅裙」句時，劇情寫女主角杜麗娘害相思病已死，服待她的丫頭春香想到小姐平日待她的好處，再低頭看身上的羅裙還是杜麗娘生前給她的，越想越傷心。湯顯祖寫到這時，早已夢往神遊，設身處地，禁不住臥於庭院柴薪中掩袂痛哭，將自己一往深情注入角色之中。

湯顯祖主「情」寫「情」，「為情作使，劬於伎劇」。〔註35〕，是深刻認識到「情」的巨大社會作用。他在《宜黃縣戲神清源師廟記》更有精彩描述：

> 使天下之人無故而喜，無故而悲。或語或嘿，或鼓或疲，或端冕而聽，或側弁而咍，或窺觀而笑，或市湧而排。乃至貴倨馳傲，貧嗇爭施。瞽者欲玩，聾者欲聽，啞者欲歎，跛者欲起。無情者可使有情，無聲者可使有聲。寂可使喧，喧可使寂，饑可使飽，醉可使醒，行可以留，臥可以興，鄙者欲豔，頑者欲靈。可以合群臣之節，可以浹父子之恩，可以增長幼之睦，可以動夫婦之歡，可以發賓友之儀，可以釋怨毒之結，可以已愁憤之疾，可以渾庸鄙之好。然則斯道也，孝子以事其親，敬長而娛死；仁人以此奉其尊，享帝而事鬼；老者以此終，少者以此長。外戶可以不閉，嗜欲可以少營。人有此聲，家有此道，疫癘不作，天下和平。豈非以人情之大竇，

〔註31〕《調象菴集序》，《湯顯祖詩文集》卷三十，第1038頁。
〔註32〕《騷苑笙簧序》，《湯顯祖詩文集》卷二十九，第1018頁。
〔註33〕《宜黃縣戲神清源師廟記》，《湯顯祖詩文集》卷三十四，第1127頁。
〔註34〕《董解元西廂題辭》，《湯顯祖詩文集》卷五十，第1502頁。
〔註35〕《續棲賢蓮社求友文》，《湯顯祖詩文集》卷三十六，第1160頁。

為名教之至樂也哉。〔註36〕

這就是說，「以人情之大寶」的戲曲，能引起觀眾感情上「或喜或悲」的共鳴，使人的思想精神面貌發生巨大的變化。可以使無情的人變得有情，可以使君臣、父子、長幼、夫婦，朋友之間的關係進一步融洽，解除「怨毒」、「愁憤」、「庸鄙」等惡劣情緒。可以使老人得到孝敬，好人得到尊崇，外戶可以不閉，社會安定，天下太平，起到「名教至樂」的作用。湯顯祖以其「言情」戲曲真實生動且形象顯示了「情」所具有的巨大社會作用。他的《牡丹亭》，通過杜麗娘為了追求自己理想中的愛人，從生追求到死，死而復生，使人看到了「情」可以超越生與死、醒與夢的界限的神奇威力。他並在《牡丹亭記題詞》中這樣說：

> 如麗娘者，乃可謂之有情人耳。情不知所起。一往而深，生者可以死，死可以生。生而不可與死，死而不可復生者，皆非情之至也。〔註37〕

這部戲一問世，立即「家傳戶誦，幾令《西廂》減價」〔註38〕。杜麗娘的「情」牽動著無數同類命運婦女的「情」。如婁江女子俞二娘因「酷嗜《牡丹亭》傳奇，蠅頭細字，批註其側，幽思苦韻，有痛於本詞者，十七惋憤而終」。〔註39〕杭州著名女伶商小玲因扮演杜麗娘表演過度情真而氣絕於舞臺〔註40〕；才女馮小青做了商人的妾，丈夫粗俗，且為大婦所不容，讀《牡丹亭》慨歎：「冷雨幽窗不可聽，挑燈閒看《牡丹亭》；人間亦有癡於我，豈獨傷心是小青。」〔註41〕後未出兩年，便憂憤而卒。湯顯祖所標舉的「情」，對當時社會起到了振聾發聵的作用。

〔註36〕《宜黃縣戲神清源師廟記》，《湯顯祖詩文集》卷三十四，第1127頁。

〔註37〕《牡丹亭記題詞》，《湯顯祖詩文集》卷三十三，第1093頁。

〔註38〕沈德符《顧曲雜言·填詞名手》，載《中國古典戲曲論著集成》（四）第206頁。

〔註39〕《哭婁江女子二首》序，《湯顯祖詩文集》卷十六，第654頁。

〔註40〕焦循《劇說》卷六引《澗房蛾術堂閒筆》云：「杭州女伶商小玲者，以色藝稱。於《還魂記》尤擅場。嘗有所屬意，而勢不得通，遂鬱鬱成疾。每作杜麗娘《尋夢》、《鬧殤》諸劇，真若身其事者。纏綿淒婉，淚痕盈目。一日演《尋夢》，唱至『待打並香魂一片，陰雨梅天，守得個梅根相見。』盈盈界面，隨聲仆地。春香上視之，已氣絕矣。」載《中國古典戲曲論著集成》（八）第197頁。

〔註41〕蔣瑞藻《小說考證》引《花朝生筆記》，轉引徐扶明《牡丹亭研究資料考釋》第216頁。

（二）「凡文以意趣神色為主」

湯顯祖既認為戲曲是因「情」而產生，那麼作為「言情」戲曲，在創作中應遵守一個什麼原則呢？湯顯祖根據自己的創作經驗，在給他同年進士呂姜山（玉繩）的信中闡述了他的重要觀點：

> 凡文以意趣神色為主。四者到時，或有麗詞俊音可用，爾時能
> 一一顧九宮四聲否？如必按字摸聲，即有窒滯迸拽之苦，恐不能成
> 句矣。〔註42〕

這一論述被有些研究者視作「湯顯祖創作理論的核心」，認為「湯顯祖的創作理論是環繞意趣神色四個字而展開的」。這一看法不無道理。然而湯氏的「意趣神色」和他的「情」一樣，內涵豐富深刻且又顯得空靈，不易把握，對它的理解迄今仍見仁見智，難衷一是。但有一點看法卻基本上一致，那就是認為「意趣神色」既有「為主」的總精神，又有「四者」各自的單獨含義。對「四者」總精神的理解有代表性的觀點主要有三種：一是認為「以內容為主」〔註43〕；二是認為包括了作品「內容和形式兩個方面」〔註44〕；三是認為「看做『才情』較為靈活」〔註45〕。此外，還有把「意趣」理解為「內容」，「神色」看做「風格和精神」〔註46〕，或把「意趣」看成「作品思想內容」，「神色」看做「藝術概括能力和藝術形式」〔註47〕。前者實為強調以內容為主，可以歸入第一類；後者包括內容形式兩個方面，可以歸入第二類。以上三說，從湯氏信的內容和寫信出發點看，顯然把「意趣神色」理解「以內容為主」比較

〔註42〕《答呂姜山》，《湯顯祖詩文集》卷四十七，第1337頁。

〔註43〕張庚、郭漢城主編《中國戲曲通史》（中冊）第127頁：「湯顯祖並非不考慮聲律的作用，只是把內容放在第一位，要求形式為內容服務，所以他主張：『凡文以意趣神色為主』」，中國戲劇出版社，1980年版。又丘振聲《中國古典文藝理論例釋》第83頁：「他（湯顯祖）堅持寫戲要『以意、趣、神、色為主』，也就是以內容為主。」廣西人民出版社，1982年版。

〔註44〕郭紹虞主編的《中國歷代文論選》（一卷本）第261頁：「意、趣、神、色」，還是相當全面地闡示內容與形式、思想性與藝術性等一系列重要問題。見《湯顯祖的文學思想——意趣神色》1963年1期《中山大學學報》。

〔註45〕葉長海《中國戲劇學史稿》第141頁。又復旦大學古典文學教研組《中國文學批評史》（中冊）第367頁。

〔註46〕趙景深《曲論初探》第23頁：「關於這一點。他（湯顯祖）也講清楚了，戲曲應以內容（意和趣）、風格和精神（神和色）為主。」上海文藝出版社，1980年版。

〔註47〕蘭凡《凡文以意趣神色為主——湯顯祖的戲曲創作理論》。

恰當。因為呂姜山雖然是湯顯祖的同年進士，但在文學觀點上卻追隨格律派沈璟。因呂氏把沈璟有關聲律專著寄給湯顯祖，湯氏看後，針對沈璟內容服從聲律的形式主義觀點，提出了「凡文以意趣神色為主」的主張。因此，說「意趣神色」包括作品「內容和形式兩個方面」就顯得不合湯氏原意。此外，還有「才情」之說也不甚妥。因為「才情」和「才學」義理有相通處，把「意趣神色為主」理解成「才情」為主，有混於宋代江西詩派的「以才學為詩」。「以才學為詩」是靠鴻才碩學、博通墳典搬弄知識學問的一種形式主義詩風，這是湯顯祖所深惡痛絕的一種文風。不過，「才情」之說給人以啟發，因湯氏戲曲創作是以「言情」為宗旨，「四夢」的思想內容都體現在一個「情」字上。因此，「以內容為主」其實就是以「情」為主，「情」就是他的「曲意」。「情」包括了「才情」，但不等於「才情」。

對於「四者」各自單獨含義，各家意見分歧頗大，尤以對「趣」和「神」的理解更為複雜。從「四者」總精神出發，結合湯氏其他有關論述及其創作實踐，我個人認為：

「意」，就是作者的意圖，作品的立意，也就是主題思想。湯顯祖認識到，一個作品有了思想性，才有生命力。因此他在文章中反覆強調「凡文以為意為宗」、「詞以立意為宗」、「余意所致，不妨拗折天下人嗓子」。強調「文以意為主」是我國文學傳統，早在晚唐杜牧就提出：「凡為文以意為宗。」〔註48〕金代詩人王若虛引他舅父周昂話說：「文章以意為主。」〔註49〕比湯顯祖稍後的王夫之不僅重提詩文創作「以意為主」，而且還說：「意猶帥也。」〔註50〕湯顯祖的「意趣神色」把「意」放在首位，其實就是把它擺在「帥」的位置。無論是杜牧、王若虛、王夫之，強調「以意為主」都是以反對形式主義文風為目的。因此，湯顯祖的「意」和他們的「意」的內涵是基本相通的，在「意趣神色」中是「四者」總精神的主體。

「趣」，即情趣，也就是作品情趣和作者情趣的和諧統一，具體體現在情節的新穎奇特。湯顯祖在《答王澹生》信中說：「以為漢宋文章，各極其趣。」〔註51〕王驥德在評論湯沈之爭說：「吳江守法」、「臨川尚趣」，這些論述都說

〔註48〕杜牧《答莊充書》，《樊川文集》卷三十八。
〔註49〕王若虛《滹南詩話》卷一，《滹南遺老集》卷三十八。
〔註50〕王夫之《薑齋詩話》卷二，人民文學出版社箋注本。
〔註51〕《湯顯祖詩文集》卷四十四，第1234頁，《答王澹生》。

明湯顯祖的「趣」具有不模擬、不落俗套、追求新奇的特色。湯顯祖在評點《琵琶記》一劇說：「文之妙者，不肯說鬼說夢；然文之妙者，又偏會說鬼說夢。」〔註52〕讚揚《紅梅記》「境界紆回宛轉，絕處逢生」〔註53〕。湯顯祖的「臨川四夢」情節之「妙」也正是說鬼說夢，勿生勿死，起伏跌宕，紆回宛轉，既在意料之外，又在情理之中，可窺其「趣」之所在。

「神」，指「神韻」，是湯顯祖所追求的極高的美的境界。即要求以寄託的方法，抒寫生動自然、清奇沖淡，縝密洗煉、委曲含蓄而趣味無窮的藝術境界。湯顯祖的「臨川四夢」都是「有譏有託」，曲意「轉在筆墨之外」，正是其「神韻」精神之所在。

「色」，即辭采，也就是湯氏自己所說的「麗詞俊音」。他稱讚《焚香記》桂英冥訴幾折的曲詞，「遂令後世之聽者淚，讀者顰，無情者心動，有情者腸裂」〔註54〕。他作「臨川四夢」所表現的風流文采，博得時人的傾慕。呂天成稱「湯奉常……才思萬端，似挾靈氣。搜奇八索，字抽鬼泣之文；摘豔六朝，句疊花翻之韻」〔註55〕。王驥德稱：「於本色一家，亦惟是奉常一人，其才情在淺深、濃淡、雅俗之間，為獨得三昧。」〔註56〕《牡丹亭》中的絕妙好詞傾倒了清代才華卓絕的曹雪芹，他在《紅樓夢》一書中，借林黛玉的口讚歎：「原來戲上也有好文章」，「不覺心動神搖」，「如醉如癡，站立不住」〔註57〕。這正是湯顯祖所主張的「色」的妙處所在。

我同意有些同志看法，對「意趣神色」不可機械劃開，它們是一個有機的互相聯繫的整體，主要在於把握「四者」總的精神。白居易在《與元九書》中把一首詩比作一棵果樹，說「詩者，根情，苗言，華聲，實義」。也就是說，情感是它的根子，表達情感的語言是它的枝葉，優美的聲音，也就是「曲」是它的花朵，深刻的思想是它的果實。我想，既為詩體一種的中國戲曲，正像是一棵機體健全的果樹，「意趣神色」就是中國戲曲生命之樹的基本風貌。

湯顯祖對「凡文以意趣神色為主」的提出，實代表了明中葉以後萌生的

〔註52〕見《前賢評語》，《成裕堂繪像第七才子書琵琶記》卷之一。轉引秦學人、侯作卿編著《中國古典編劇理論資料匯輯》第86頁。
〔註53〕《紅梅記總評》，《湯顯祖詩文集》卷五十，第1485頁。
〔註54〕《焚香記總評》，《湯顯祖詩文集》卷五十，第1486頁。
〔註55〕呂天成《曲品》，載《中國古典戲曲論著集成》（六）第213頁。
〔註56〕王驥德《曲律‧雜論》，載《中國古典戲曲論著集成》（四）170頁。
〔註57〕曹雪芹《紅樓夢》第二十三回《牡丹亭豔曲警芳心》。

一種新的戲曲觀念。我們知道，中國戲曲這種戲劇詩體，到此時，其本體經歷了從「戲」到「曲」的觀念變化。如果說，唐宋時期的滑稽戲、小說雜戲，其表現形態都是重在技藝表演，是一種「戲」的觀念，那麼入元以後，元雜劇得力於諸宮調的影響，其表現形態以「唱」為主，已嬗變為「曲」的觀念。自元至明，「曲」成了中國戲劇的代稱，作劇叫「作曲」，演唱戲劇叫「度曲」，評論戲劇叫「論曲」，戲曲理論叫「曲論」，一代之文學的元雜劇也叫「元曲」。那時劇本好壞在「曲」，「寧聲叶而辭不工，無寧辭工而聲不迭」〔註58〕。在元人心目中，所謂劇本創作就是一種「曲」的做法。在當時的劇壇，往往以劇曲的好壞作為評判劇本的唯一標準，其中代表人物就是吳江的沈璟，他固守「曲」的觀念，「斤斤力持，不少假借，可稱度申韓」〔註59〕。他將何良俊的論曲主張大加發揚並推到極端，提出「寧協律而不工，讀之不成句而謳之始協，是為中之之巧。」〔註60〕「寧使時人不鑒賞，無使人撓喉捩嗓」〔註61〕。湯顯祖「凡文以意趣味神色為主」的提出，實際上突破了自元以來戲曲為「曲」的舊觀念，標誌劇本的好壞不再是以「曲」為主，而是以「意趣神色」為主。即是將劇本看成敘事性文學的一種「文」的觀念。再聯繫湯顯祖在《宜黃縣戲神清源師廟記》這一戲劇專論中，已涉及戲劇的誕生與發展，戲劇的作用，演員的修養和表演等許多問題，他對戲劇的本體認識已是包含著「戲」、「曲」、「文」統一的綜合性藝術——「劇」的觀念。由於湯氏持這種新的戲曲觀來看待戲曲，因此他在作劇中對待音律處理上就與沈璟等有明顯的不同態度。湯顯祖既主張「以意趣神色為主」，那麼為了劇本的思想內容的需要，「有麗詞俊音可用」，但又和「九宮四聲」相矛盾時，就不顧受「窒滯迸拽」之苦，「恐不成句」之病，從而突破了音律的束縛。這樣就出現了一個問題：湯顯祖在「臨川四夢」中「所填之曲，每不依正格。多一字少一字，多一句，少一句，隨處皆是」〔註62〕。有些與沈璟同聲氣者，便攻擊湯顯祖不懂音律。如

〔註58〕何良俊《曲論》，載《中國古典戲曲論著集成》（四）第12頁。

〔註59〕沈德符《顧曲雜言·填詞名手》：「惟沈寧菴吏部後起，獨恪守詞家三尺……斤斤力持，不少假借，可稱度曲申、韓。」《中國古典戲曲論著集成》（四）第206頁。

〔註60〕王驥德《曲律》卷第四《雜論第三十九下》，《中國古典戲曲論著集成》（四）第165頁。

〔註61〕沈璟《詞隱先生論曲》，轉引陳多、葉長海選注《中國歷代劇論選注》第157頁，湖南文藝出版社，1987年版。

〔註62〕王季烈《寅廬曲談》卷二《論作曲》，轉引《湯顯祖詩文集》〔附錄〕第1567頁。

臧懋循便說湯顯祖「生不踏吳門，學未窺音律」〔註63〕。但事實並非如此，湯顯祖的「四夢」，「不依正格」之處的確有，但並非「隨處皆是」，更不是他「未窺音律」。他從小學過「聲歌之學」，攻過周德清的北曲韻。他自己曾說：「獨想休文聲病浮切，發乎曠聰，伯琦四聲無入，通乎朔響。安詩填詞，率履無越。不佞少而習之，衰而未融。」〔註64〕他作「四夢」「每譜一曲，令小史當歌，而自為之和，聲振寥廓」〔註65〕。湯顯祖還在《紫簫記‧審音》一齣，通過角色鮑四娘之口，說出演員「一要調兒記得遠，二要板兒落得穩，三要聲兒唱得滿」，列舉「音同名不同」的曲牌四十五對，指出其中哪些「名同音不同」需「唱的不得斯混」，又有哪些字句「都增減得」，中間哪些「休拗折嗓子」〔註66〕。如果湯顯祖不懂音律決寫不出這樣的音律知識。因此，姚士粦稱「湯海若先生妙於音律」，〔註67〕決不是溢美之辭。

湯顯祖通音律，但填詞有時「不依正格」，是為了顧全「曲意」。湯顯祖在給朋友孫俟居信中說：

> 曲譜諸刻，其論良快。久玩之，要非大了者。莊子云：「彼烏知禮意。」此亦安知曲意哉。其辨各曲落韻處，粗亦易了。周伯琦作《中原（音）韻》，而伯琦於伯輝致遠中無詞名。沈伯時指樂府迷，而伯時於花庵玉林間非詞手。詞之為詞，九調四聲而已哉！且所引腔證，不云未知出何調犯何調，則云又一體又一體。彼所引曲未滿十，然已如是，復何能縱觀而定其字句音韻耶？弟在此自謂知曲意者，筆懶韻落，時時有之，正不妨拗折天下人嗓子。見達者，能信此乎。〔註68〕

在這封信裏，湯顯祖指出了「曲譜」和「曲意」是不同的。所謂「曲意」是什麼呢？湯顯祖在給凌初成信中談到呂玉繩改竄他的《牡丹亭》，「云便吳歌」，致使湯氏啞然失笑。他舉王維《袁安高臥圖》的「冬景芭蕉」為例，說改竄作品的人，不懂他的「曲意」，有如「割蕉加梅」，雖然也是冬景，但已不

〔註63〕臧懋循《玉茗堂傳奇引》，轉引《湯顯祖詩文集》〔附錄〕，第 1547 頁。
〔註64〕《答凌初成》，《湯顯祖詩文集》卷四十七，第 1345 頁。
〔註65〕鄒迪光《臨川湯先生傳》，《湯顯祖詩文集》〔附錄〕，第 1511 頁。
〔註66〕湯顯祖《紫簫記》第六齣《審音》，《湯顯祖戲曲集》下冊第 881 頁，錢南揚校點，上海古籍出版社，1987 年版。
〔註67〕姚士粦《見只編》，《湯顯祖詩文集》〔附錄〕，第 1552 頁。
〔註68〕《答孫俟居》，《湯顯祖詩文集》卷四十六，第 1299 頁。

是王維心目中的冬景〔註69〕。可見，湯顯祖所謂「曲意」就是「駘蕩淫夷，轉在筆墨之外」的「意趣」，也就是「意趣神色」的總精神。當發現呂玉繩他們改竄的《牡丹亭記》有損「曲意」時，他去信給宜黃戲演員羅章二，敦囑：「《牡丹亭記》要依我原本，其呂家改的，切不可從。雖是增減一二字以便俗唱，卻與我原做的意趣大不相同了。」〔註70〕在湯顯祖看來，曲律家不等於戲曲作家，不一定懂「曲意」。周德清寫了一部《中原音韻》，並沒有像鄭光祖、馬致遠那樣享有詞名。沈義父寫了《樂府指迷》，但在黃昇、張炎裏面他不算樂府作家。因此湯氏認為，沈璟的《南曲全譜》不是金科玉律，不一定要依從，要緊的是「曲意」。為了「曲意」，「筆懶韻落，時時有之，在所不惜」，甚至於「拗折天下人嗓子」而不顧。

湯顯祖不僅懂音律，並且有他的音律理論觀點。他的「凡文以意趣神色為主」的提出，與他的音律理論密切相關。他在《答凌初成》信中還有這樣一段話：

> 始知上自葛天，下至胡元，皆是歌曲。曲者，句字轉聲而已。葛天短而胡元長，時勢使然。總之，偶方奇圓，節數隨異。四六之言，二字而節，五言三，七言四，歌詩者自然而然。乃至唱曲，三言四言，一字一節，故為緩音，以舒上下長句，使然而自然也。〔註71〕

這就是說，音律本是自然的，音節是可以變化的。湯氏還在《再答劉子威》信中說：「南歌寄節，疏促自然。五言則二，七言則三。變通疏促，殆亦由人。」〔註72〕由於這一音律理論的支配，他在填曲實際工作中就出現有些地方改動音節，增加句數之處。如《牡丹亭・驚夢》齣〔山坡羊〕第五、六句原為上四下三七字句，改成了四個四字句。《邯鄲記・合仙》〔混江龍〕唱詞多至四十多句，《牡丹亭・冥判》胡判官唱詞達六十多句，都是以往作曲者所罕見的。他還發展了「南北合套」，將原每齣戲一至二個宮調進而用上五個宮調等。

〔註69〕《答凌初成》：「不佞《牡丹亭》大受呂玉繩改竄，云便吳歌。不佞啞然笑曰，昔有人嫌摩詰之冬景芭蕉，割蕉加梅，冬則冬矣，然非王摩詰冬景也。其中駘蕩淫夷，轉在筆墨之外耳。」《湯顯祖詩文集》卷四十七，第 1345 頁。

〔註70〕《與宜伶羅章二》，《湯顯祖詩文集》卷四十九，第 1426 頁。

〔註71〕《答凌初成》：「不佞《牡丹亭》大受呂玉繩改竄，云便吳歌。不佞啞然笑曰，昔有人嫌摩詰之冬景芭蕉，割蕉加梅，冬則冬矣，然非王摩詰冬景也。其中駘蕩淫夷，轉在筆墨之外耳。」《湯顯祖詩文集》卷四十七，第 1345 頁。

〔註72〕《再答劉子威》，《湯顯祖詩文集》卷四十四，第 1242 頁。

由於湯顯祖和沈璟在音律問題上的不同觀點是代表了兩種不同戲曲觀念，因此他們之間的論爭引起當時幾乎所有的戲曲家的關注。像呂天成、王驥德、沈德符、凌蒙初、馮夢龍、臧懋循等頗有影響的戲曲作家都參加了討論，發表了自己的意見。如呂天成說：

> （沈、湯）二公譬如狂、狷，天壤間應有此兩項人物。不有光祿，詞硎不斷；不有奉常，詞髓孰抉？倘能守詞隱先生之矩矱，而運以清遠道人之才情，豈非合之雙美者乎？而吾猶未見其人。〔註73〕

呂天成在指出湯的風格在「狂」、沈的風格在「狷」的同時，更重要的是指出了湯氏所主在「詞髓」，而沈璟所主在「詞硎」。「髓」者，精華也，詞之內容；硎者，磨製使外表光澤，詞之外在形式也。他把湯、沈之爭看成「詞髓」與「詞硎」之爭已涉及問題的實質方面。呂天成提出：「守詞隱先生之矩矱，而運以清遠道人之才情」而「合之雙美」〔註74〕的折衷調和觀點，實質已表明他對沈璟「寧協律而詞不工」的主張的動搖。但呂氏終未敢遠離沈氏門戶，他在《曲品》中把湯、沈二人作品雖然都並列「上之上」，但在署名上卻又沈璟先於湯顯祖。與呂天成比較，王驥德的步子則要邁得大得多。王驥德說：

> 臨川之於吳江，故自冰炭。吳江守法，斤斤三尺，不欲一字乖律；而毫鋒殊拙。臨川尚趣，直是橫行。組織之工，幾與天孫爭巧；而屈曲聱牙，多令歌者齚舌。〔註75〕

這段話常被後世論者謂之為湯沈之爭的總結。王驥德由於時代的侷限，雖認識不到湯、沈之爭是兩種戲曲觀念的不同，但是他看到了「吳江守法」而「臨川尚趣」已比呂天成認識更深刻一層。王驥德的可貴之處還在於他身在沈門，卻能批評沈璟遵守律法達到「不欲一字乖律」，但才情不足，「毫鋒殊拙」，聯繫下一段話來看，則王驥德簡直站在湯顯祖一邊向沈璟反戈一擊了。他說：

> 曲之尚法，固矣；若僅如下算子、畫格眼、垛死屍，則趙括之讀父書，故不如飛將軍之橫行匈奴也。〔註76〕

〔註73〕呂天成《曲品》，《中國古典戲曲論著集成》第 213 頁。
〔註74〕呂天成《曲品》，《中國古典戲曲論著集成》第 213 頁。
〔註75〕王驥德《曲律》卷第四《雜論第三十九下》，《中國古典戲曲論著集成》（四）第 165 頁。
〔註76〕王驥德《曲律》卷三《雜論第三十九上》，《中國古典戲曲論著集成》（四）第 152 頁。

這段話是說，曲固然要講法，但不能像「下算子」那樣講死法，那樣不如不講法。比如戰國時代趙括，死讀父親兵書，落得一敗塗地，而治軍簡易，不照搬兵法的李廣，反而可以橫行匈奴。王驥德在這裡用趙括和李廣比作沈璟和湯顯祖，認為沈璟「守法」是需要的，但「斤斤三尺，不欲一字乘律」，「如下算子、畫格眼，垛死屍」，就猶如死讀父親兵書的趙括，而湯顯祖「不依正格」，「直是橫行」但「組織之工，幾與天孫爭巧」，有似飛將軍李廣。

湯顯祖對曲詞填寫的創新與突破，不僅為王驥德所贊成，還得到了沈璟的侄兒沈自晉的事實上的肯定。沈自晉編的《增訂南九宮詞譜》從湯顯祖「臨川四夢」中選入曲牌二十多支，後編的《九宮大成南北詞曲譜》又從「四夢」中選入六十多支曲子作譜例。到了清代，紐少雅《格正還魂記》和葉堂《納書楹四夢全譜》，選用兩支以上曲譜，各選取若干樂句，重新組合，不改一字，卻照樣上演。一種藝術主張的正確與否總是要通過藝術實踐來檢驗來確定的。實踐已證明，湯顯祖四部傳奇，三百多年以來一直盛演不衰，並飲譽中外，而沈璟十七部傳奇迄今鮮為人知，未見舞臺。湯顯祖「以意趣神色為主」的戲曲觀已被戲曲藝術實踐證明是正確的，它開創將中國戲曲作為綜合藝術這一「劇」的觀念的先河，啟迪李漁用「綜合性」來觀照中國戲曲，從劇本和表演技藝方面進行理論研究，總結出具有中國民族特色的「劇學體系」。湯顯祖這一新的戲劇觀念，對促進中國戲曲藝術的變革發展，起著深遠的、積極的促進作用。

（三）「予謂文章之妙，不在步趨形似之間。自然靈氣，恍惚而來，不思而至」

這是湯顯祖針對詩文創作而發的創作主張，也是他戲曲作劇主張的體現。「予謂文章之妙，不在步趨形似之間。自然靈氣，恍惚而來，不思而至。」〔註77〕這句話後十二個字出自唐人李德裕的《文章論》〔註78〕，本指創作靈感而言，湯顯祖將李德裕的「文之為物」改為「予謂文章之妙」，添了「不在步趨形似之間」，既保留了原「靈感」的含義，又大大豐富這句話的內涵，構成了他創作理論中頗具特色的「自然靈氣說」。對「自然靈氣」這一範疇，湯顯

〔註77〕見《合奇序》，《湯顯祖詩文集》卷三十二，第1078頁。
〔註78〕李德裕《文章論》：「文之為物，自然靈氣，恍惚而來，不思而至。」見四部叢刊集部《李文饒集・李衛公外集》卷之三第5頁。

顯祖在有的地方稱「心靈」〔註79〕，在有的地方稱「靈性」〔註80〕，它們的基本精神是一致的，都反對模擬復古，追求神似，強調創新，強調發揮作者的創作個性。考察湯顯祖的有關論述，結合他自身的創作實踐，「自然靈氣說」，涵蓋了如下一些主要內容：

一是重神似。我國古代藝術上的形神理論是從哲學上的形神之辨發展而來。重神似的思想最早大約要追溯到莊子。莊子從他的「自然之道」的哲學觀出發，提出了「非愛其形也，愛使其形者也」〔註81〕。所謂「使其形者」，即重才德和精神，不重外形。莊子把這種思想引入藝術創作，提倡繪畫要有「解衣般礴」〔註82〕精神，深受歷代畫家讚賞。到唐宋時期，形神理論已由繪畫引入詩文創作和文學評論。明清時期，形神理論又從繪畫、詩文擴大到小說、戲劇等各個領域。湯顯祖大概就是把重神似理論引入到戲曲創作的開路先鋒。在形神理論的發展中，有主張以神寫形的，有主張以形寫神的，還有主張二者折衷結合的。但比較而言，以神寫形為多數藝術家所採用。只有在魏晉六朝時，由於漢賦、駢文為一時風尚，「形似」才較為受到重視，但也並未否定傳神的觀念。如劉勰在講「文貴神似」以後，又主張「物色盡而情有餘」〔註83〕。所謂「情有餘」就是指「神」。

重神似是我國藝術創作的優良傳統。它的基本精神就是強調在藝術創作中要有作者的自由精神和創作個性。一個藝術家的藝術觀往往與他的世界觀密切相關。如魏晉時期，那些放浪形骸不受世俗封建禮法羈縻的「名士們」，大都重風神而輕形跡。湯顯祖與封建專制「理」「法」相對立的「情」的世界觀，決定了他在創作上重神似的藝術觀。他主張重神似「不步趨形似」有著深刻的現實意義。

我們知道，在湯顯祖生活的嘉靖、萬曆期間，以李攀龍、王世貞為首的「後七子」接過「前七子」「文必西漢，詩必盛唐」的口號，主張詩文創作篇

〔註79〕《序丘毛伯稿》:「士奇則心靈，心靈則能飛動。」《湯顯祖詩文集》卷三十二，第 1080 頁。

〔註80〕《張元長噓雲軒文字序》:「獨有靈性者自為龍耳」，《湯顯祖詩文集》卷三十二，第 1079 頁。

〔註81〕見《諸子集成》（三）（中華書局 1986 年版）《莊子集解》卷二《德充符第五》第 35 頁。

〔註82〕見《莊子集解》卷五《田子方之第二十一》第 132 頁。

〔註83〕見《文心雕龍‧物色》，轉引自陸侃如、牟世金《劉勰論創作》第 215 頁，安徽人民出版社，1982 年版。

篇模擬，句句摹擬。要像寫字摹帖那樣，摹得越像越好。在戲曲創作上，沈璟、臧懋循除極力推崇格律外，還打出了「曲必宋元」的口號。他們這些主張的不良後果，導致藝術創作上的一味「步趨形似」。湯顯祖提倡「文章之妙，不在步趨形似之間」是對擬古主義文風的有力打擊，湯顯祖在戲曲創作中，主題上宣揚個性解放，曲詞上不一味受音律之「法」的束縛。在詩文創作中，寧以六朝詩風代替「詩必盛唐」，也不追隨前後七子的「假古董」。他在《合奇序》一文中提倡藝術創作要像蘇東坡、米芾那樣，敢於突破畫格，只需「略施數筆」，便可「形象宛然」，收到「入神而證聖」的效果。湯顯祖還曾親手標塗過李攀龍、王世貞等人文賦中的用事出處及增減漢史唐詩字句，譏諷他們「學宋文不成，不失類鶩；學漢文不成，不止不成虎也」〔註84〕。他要求無論是詩文還是戲曲創作，都要有「靈性」或「心靈」，要像龍那樣既有「體」又能多變，曾說：「誰謂文無體耶？觀物之動者自龍至極微，莫不有體。文之大小類是。獨有靈性者，自為龍耳。」〔註85〕「心靈則能飛動，能飛動則下上天地，來去古今，可以屈伸長短生滅如意。」〔註86〕

　　二是尚真新。湯顯祖認為「真」是文藝作品的生命，「不真不足行」，而擬古主義的作品就在於「假」。他說：「我朝文字，宋學士而止。方遜志已弱，李夢陽而下，至琅邪，氣力強弱鉅細不同，等贗文爾。」〔註87〕使作品不「假」首先就要使自己做「真人」。他說：「世之假人，常為真人苦。真人得意，假人影響而附之，以相得意。真人失意，假人影響而伺之，以自得意。」〔註88〕還要在作品中抒「真情」，要「意有所蕩激，語有所託歸」〔註89〕，「奇迫怪窘，不獲於時令，則必潰而有所出，遯而有所之」〔註90〕。對戲曲作品要能夠「尚真色」，這樣才能使戲曲達到「入人最深，遂令後世之聽者淚，讀者顰，無情者心動，有情者腸裂」〔註91〕。可見，湯顯祖所提倡的「尚真色」是建

〔註84〕《答王澹生》，《湯顯祖詩文集》卷四十四，第1234頁。
〔註85〕《張元長噓雲軒文字序》：「獨有靈性者自為龍耳」，《湯顯祖詩文集》卷三十二，第1079頁。
〔註86〕《序丘毛伯稿》：「士奇則心靈，心靈則能飛動。」《湯顯祖詩文集》卷三十二，第1080頁。
〔註87〕《答張夢澤》，《湯顯祖詩文集》卷四十七，第1365頁。
〔註88〕《答王宇泰太史》，《湯顯祖詩文集》卷四十四，第1236頁。
〔註89〕《點校虞初志序》，《湯顯祖詩文集》卷五十，第1481頁。
〔註90〕《調象菴集序》，《湯顯祖詩文集》卷三十，第1038頁。
〔註91〕《焚香記總評》，《湯顯祖詩文集》卷五十，第1486頁。

立在「真人」和「真情」基礎上的「真本色」，是發揚了徐渭「本色說」中「宜俗宜真」的「真」的方面的獨造語。

「真」既為藝術作品的生命，但要使藝術作品生命繁衍不息，就要不斷出新。於是他要求「文情不厭新」〔註92〕。湯顯祖認為，時代是不斷發展的，「歲差而移，代不相循」，藝術作品應該「道與文新，文隨道真」〔註93〕。然而「文情」的「新」總是要以前人成果為基礎，於是他對前人的文化遺產主張既要繼承，又要革新。湯顯祖說：

> 事固未有離因革者。因而莫可以革，革而莫有以因，則亦猶之乎因革而已。惟夫因而必不可以無革，革而幸可以無失其因，則一不為過勞，而永可以幾逸；法易以維新，而眾可以樂成。此其善物也。〔註94〕

所謂「因」就是繼承，「革」就是創新。湯氏從事物的發展離不開「因」和「革」這一觀點出發，認為文學和戲曲創作也是如此，既不能「因」而不「革」，一味擬古，也不可「革」而不「因」，割斷歷史，自我作古。無論「因」還是「革」都不是一勞永逸，而是循環無窮。湯顯祖這種「因革」觀，不僅抨擊了創作上的復古主義，而且還指出了在反對復古主義創作中不可輕視傳統的另一種傾向。

湯顯祖的戲曲創作是既「因」又「革」、重在出新的典範。他的「臨川四夢」都是以前人的傳奇小說或話本為藍本，但他不是簡單的形式上的變換，而是從主題、人物、情節結構都是一種化腐朽為神奇的再創造，面貌煥然一新。呂天成評他的《牡丹亭》說：「杜麗娘事甚奇，而著意發揮懷春慕色之情，驚心動魄，且巧妙迭出，無境不新，真堪千古」〔註95〕。「無境不新」不僅僅只是《牡丹亭》一劇，而是湯顯祖「臨川四夢」四部傳奇的整體面貌。

三是主靈感。英國當代藝術家岡布里奇說：「沒有一種藝術傳統要比中國古代藝術傳統更加竭盡全力於靈感的追求。」〔註96〕在我國古代文論中並沒有「靈感」這個詞，直到上世紀20年代，才按照英語的音譯——「煙士披里

〔註92〕《得吉水劉年任同升書喟然二首》，《湯顯祖詩文集》卷十六，第656頁。
〔註93〕《睡菴文集序》，《湯顯祖詩文集》卷二十九，第1015頁。
〔註94〕《江西按察司修正街宇記》，《湯顯祖詩文集》卷三十四，第1105頁。
〔註95〕呂天成《曲品》，見《中國古典戲曲論著集成》（六）第230頁。
〔註96〕英國岡布里奇《藝術與幻覺》。轉引自《古代文學理論研究》第六輯第125頁。曹順慶《〈文心雕龍〉中的靈感論》，上海古籍出版社，1982年版。

純」出現在中國文壇上。然而在歷代的文論和畫論中都出現有對靈感的描寫。諸如「應感」〔註97〕、「妙悟」〔註98〕、「天機」〔註99〕、「神思」〔註100〕、「神理」〔註101〕、「頃俄」〔註102〕等的術語都是指靈感而言。我國古代文藝理論家絕大多數人都承認創作有靈感，重視靈感在創作中的作用。靈感並不玄妙，今天已得到生理學和心理學的科學解釋。不過心理學不稱靈感而稱「頓悟」。心理學家認為靈感是人在創造性活動中出現的一種複雜的心理現象的反應，是人腦的機能之一，屬於想像思維的範疇。至於靈感在藝術創作中的情狀，王朝聞先生主編的《美學概論》有段很好的描述：「靈感在藝術構思中的過程中，是形象的孕育由不成熟到成熟的質變階段的表現，也就是藝術家在構思過程中所產生的強烈的創造欲望在形象上的體現。作為一種豁然貫通，喜出望外的心理現象的靈感，在形態上表現為突然而來，出人意料，茅塞頓開，文思如湧的現象。」〔註103〕這一描述完全符合靈感在藝術創作中的情況，實在可看做對湯顯祖的「自然靈氣，恍惚而來，不思而至」的高明翻譯和注釋。湯顯祖十分重視在藝術創作過程中的靈感作用。他從自己的創作感受出發，認為靈感來時往往創作者會表現一種如「顛」似「狂」的精神狀態。他曾說：「唐人有言，不顛不狂，其名不彰。世奉其言，以視士人文字。」〔註104〕他在《溪上落花詩題詞》中描寫虞僧孺獲得靈感時的創作情景說：「獨僧孺如愚，未嘗讀書。忽忽狂走。已而若有所會，洛誦成河，子墨成霧，橫口橫筆，

〔註97〕 陸機《文賦》：「若夫應感之會，通塞之紀，來不可遏，藏若景滅，行猶響起。」見郭紹虞《中國歷代文論選》（一卷本）第70頁，上海古籍出版社，1982年版。

〔註98〕 嚴羽《滄浪詩話‧詩辨》：「禪道惟在妙悟，詩道變在妙悟。」轉引自《歷代詩話詞話選》第86頁，武漢大學出版社，1984年版。

〔註99〕 謝榛《四溟詩話》卷二：「詩有天機，待時而發，觸物而成，雖幽尋苦索，不易得也。」轉引自成復旺、蔡仲翔、黃保真著《中國文學理論史》（三）第115頁。北京出版社，1987年版。

〔註100〕 劉勰《文心雕龍‧神思》：「神思之謂也。文之思也，其神遠矣。……夫神思方運，萬塗竟萌。」轉引自陸侃如、牛世金《劉勰論創作》第115頁。

〔註101〕 王夫之《薑齋詩話‧夕堂永日緒論內編》：「以神理相取，在遠近之間，才著手便煞，一放手又飄忽去。」轉引自郭紹虞主編《中國歷代文論選》（一卷本）第316頁。

〔註102〕 袁守定《占畢叢談》卷五：「嘗有欲吐之言，難遏之意，然後拈題泚筆，忽忽相遭，得之在傾俄，積之在平日。」轉引自《歷代詩話詞話選》第115頁，武漢大學出版社，1984年版。

〔註103〕 《美學概論》第179頁，王朝文主編，人民出版社，1981年版。

〔註104〕 《湯顯祖詩文集》卷三十三，第1100頁，《蕭伯玉製義題詞》。

無所難留。」〔註105〕他自己在戲曲創作中很注重抓住靈感來時的文思。「相傳譜四劇時，坐輿中謁客。得一奇句，輒下輿索市廛禿筆，書片楮，黏輿頂，蓋數步一書，不自知其勞也。」〔註106〕

四是信天才。凡主靈感者多信天才。別林斯基說：「天才最基本的特徵之一是獨創性或獨立性……天才永遠以其創作開拓新的、未之前聞或無人逆料到的現實世界。」〔註107〕「神似」、「創新」、「靈感」息息相通。湯顯祖主「靈感」自然也就信天才。他曾說：「天下文章所以有生氣者，全在奇士。」〔註108〕所謂「奇士」就是指天賦高有才華的有靈氣之士。同鄉丘毛伯（兆麟）的文章奇崛靈異，他稱之「世之奇異人也」〔註109〕，湯賓尹文章有靈氣，「縱橫俯仰，概不由人……情智所發，旁薄獨絕」他贊之為「『千秋某在斯』者」〔註110〕。湯顯祖自己正是一位四百多年來飲譽中外文壇的天才戲劇家和文學家。他「生而穎異不群」〔註111〕三歲時鄉里人稱他和帥機為「帥博湯聰兩神童」〔註112〕，自謂「初生手有文」〔註113〕，五歲就能對對子，十二歲詩就寫得很好，二十一歲中舉就「名蔽天壤，海內人以得見湯義仍為幸」〔註114〕。屠隆贊他「才高學博」〔註115〕，呂天成稱他「絕代奇才，冠世博學」〔註116〕，丘兆麟讚揚他「制義、傳奇、詩賦，昭代三異。」〔註117〕湯顯祖認為，「天才」人物「雖不能眾，亦不獨絕」〔註118〕，「天下大致，十人中三四有靈性，能為

〔註105〕《湯顯祖詩文集》卷三十三，第1098頁，《溪上落花詩題詞》。

〔註106〕查繼佐《湯顯祖傳》，《罪惟錄》卷十八，轉引自《湯顯祖詩文集》〔附錄〕，第1517頁。

〔註107〕別林斯基《論柯爾卓夫的生活和作品》，1846年《別林斯基論文集》。

〔註108〕《序丘毛伯稿》：「士奇則心靈，心靈則能飛動。」《湯顯祖詩文集》卷三十二，第1080頁。

〔註109〕《序丘毛伯稿》：「士奇則心靈，心靈則能飛動。」《湯顯祖詩文集》卷三十二，第1080頁。

〔註110〕《睡菴文集序》，《湯顯祖詩文集》卷二十九，第1015頁。

〔註111〕鄒迪光《臨川湯先生傳》，《湯顯祖詩文集》〔附錄〕第1511頁。

〔註112〕李紱《陽秋館文集序》，轉引自黃芝岡《湯顯祖編年評傳》第45頁。中國戲劇出版社，1992年版。

〔註113〕《三十七》，《湯顯祖詩文集》卷八，第227頁。

〔註114〕《睡菴文集序》，《湯顯祖詩文集》卷二十九，第1015頁。

〔註115〕屠隆《玉茗堂文集序》，《湯顯祖詩文集》〔附錄〕，第1520頁。

〔註116〕呂天成《曲品》，見《中國古典戲曲論著集成》（六），第213頁。

〔註117〕丘兆麟《湯若士絕句序》，《湯顯祖詩文集》〔附錄〕，第1551頁。

〔註118〕《王季重小題文字序》，《湯顯祖詩文集》卷三十二，第1074頁。

伎巧文章，竟伯什人乃至千人無名能為者。」〔註119〕。

　　湯顯祖雖然有很高的天賦才能，但他卻能正確對待自己，看到自己才能的不足之處。他在《學餘園初集序》中說：「以吾之情，不減昔人。將才與學，不能有加於今之人也與。」〔註120〕因此他認為：「人雖有才，亦視其所生。生於隱屏，山川人物、居室遊御、鴻顯高壯、幽奇怪俠之事，未有睹焉。神明無所練濯，胸腹無所厭餘，耳目既眚，手足必蹇。」〔註121〕這就是說先天之才也需要後天的鍛鍊和營養，才能開花結果；「耳目既眚，手足必蹇」，孤陋寡聞只會使天才枯萎。湯還強調，一個作家要取得創作的好成就，應是「無所不學，而學必深」〔註122〕。要有「十年之力，銷熔萬篇」的精神。他在評價別人作品時說：「詞雖小技，亦須多讀書者方許有之。」〔註123〕湯顯祖戲曲創作取得「幾令《西廂》減價」的成就，除他的天賦才能外，與他後天刻苦學習分不開。他「於書無所不讀。而尤攻漢魏《文選》一書，至掩卷而誦，不訛隻字」〔註124〕，對家藏上千種元人院本，「比問其各本佳處，一一能口誦之」〔註125〕。

　　湯顯祖的「自然靈氣說」和徐渭的「冷水澆背，陡然一驚」以及袁宏道為首的公安派「獨抒性靈，不拘格套」等創作主張一脈相通。郭紹虞的《中國文學批評史》解釋「冷水澆背，陡然一驚」說：「求之於內則尚真，求之於外則尚奇。尚真則不主模擬，尚奇則不局一格。」〔註126〕「尚真」、「尚奇」正是湯顯祖「自然靈氣說」的主要特色。而袁宏道的「獨抒性靈，不拘格套」，則要求在創作中，「非從自己胸臆中流出，不肯下筆。有時情與境會，頃刻千年，如水東注，令人奪魂。其間有佳處，亦有疵處。佳處自不必言，即疵處亦多本色獨造語」〔註127〕，則顯然是對湯顯祖「自然靈氣說」精神的發揮。徐

〔註119〕《張元長噓雲軒文字序》：「獨有靈性者自為龍耳」，《湯顯祖詩文集》卷三十二，第1079頁。

〔註120〕《學餘園初集序》，《湯顯祖詩文集》卷三十一，第1051頁。

〔註121〕《王季重小題文字序》，《湯顯祖詩文集》卷三十二，第1074頁。

〔註122〕《超然樓集後序》，《湯顯祖詩文集》卷三十，第1045頁。

〔註123〕《玉茗堂評花間集序》之《評語選錄》，《湯顯祖詩文集》卷五十，第1480頁。

〔註124〕鄒迪光《臨川湯先生傳》，《湯顯祖詩文集》〔附錄〕第1511頁。

〔註125〕姚士粦《見只編》，轉引《湯顯祖詩文集》〔附錄〕第1552頁。

〔註126〕見郭紹虞《中國文學批評史》第407頁，上海古籍出版社，1982年版。

〔註127〕見《袁中郎全集》卷一《敘小修詩》。

渭、湯顯祖、公安三袁的創作主張具有一致性，他們在反對復古主義、開創一代新的文風、促進文學和戲曲創作的發展方面，彼此呼應，共同奮鬥。

（四）「以若有若無為美」

這是一個藝術創作如何反映生活的問題，也是一個藝術辯證法問題。所謂「有」就是「實」，「無」就是「虛」，「以若有若無為美」就是指藝術在反映生活時要以虛實相生、虛實結合為好。這是湯顯祖在進行藝術創作中所遵循和倡導的一條重要法則。對此，湯顯祖有如下一段頗為深奧的論述：

> 詩乎，機與禪言通，趣與游道合。禪在根塵之外，遊在伶黨之中，要皆以若有若無為美。通乎此者，風雅之事可得而言。〔註128〕

這裡所說的「機」就是「天機」。湯顯祖在《答馬仲良》信中說：「性乎天機，情乎物際。」〔註129〕王陽明詩有：「閒觀物態皆生意，靜悟天機入窅瞑。」〔註130〕羅汝芳講：「萬物皆在吾身，則嗜欲豈出天機外乎？」〔註131〕可見，所謂「天機」都是作為與「物」相對的人的本性和本性的自然流露而言。也可以說就是「人心」。對此湯顯祖說得很明白：「天機者，天性也。天性者，人心也。」〔註132〕「趣」，在此不是指一般的美感趣味，而是指豐富的社會生活。「游道」指對社會生活的體驗。「根塵」指世俗世界。「禪在根塵之外」指「無」，也就是「虛」，「遊在伶黨之中」指參加社會生活實踐和藝術實踐，即「有」，也就是「實」。湯氏認為懂得這種虛實結合的方法，就可寫出好的藝術作品。

那麼，什麼樣的作品才稱得上虛實結合的好作品呢？在湯顯祖看來，這類作品實在不多：

> 余見今人之詩，種有幾。清者病無，有者病濁。非有者之必濁，其所有者濁也。杜子美不能為清，況今之人。李白清而傷無。〔註133〕

湯顯祖以詩歌而論，認為不僅當今的詩，不是「清者病無」即虛構得不真實，便是「有者病濁」即不擅虛構，拘泥實寫。在他認為，就連唐代詩仙詩聖的詩，也不能說是虛實結合得好的成功之作。杜甫的詩屬於「不能為清」即缺

〔註128〕 《如蘭一集序》，《湯顯祖詩文集》卷三十一，第1062頁。

〔註129〕 《答馬仲良》，《湯顯祖詩文集》卷四十九，第1421頁。

〔註130〕 見《睡起寫懷》，《王文成公全集》卷十九。

〔註131〕 《明儒學案》卷三十四。

〔註132〕 《陰符經解》，《湯顯祖詩文集》卷四十二，第1207頁。

〔註133〕 《徐司空詩草序》，《湯顯祖詩文集》卷三十二，第1085頁。

乏虛構，拘泥寫實，而李白的詩則「清而傷無」即又虛構得太離奇。我認為，唐代的詩，因受擬古主義文風的影響，沒有什麼虛實結合好的上乘之作，這個意見或是中肯的，但說杜甫詩「不能為清」，李白詩「清而傷無」就有失偏頗。因為虛實結合不是虛實各半，有的偏重於「實」，有的側重於「虛」，沒有一定的模式。作者如何運用與作者所處時代、生活經歷、創作個性有關，運用成功與否還應看社會效果。李白是浪漫主義詩人，想像豐富，以「虛」為重；杜甫為現實主義詩人，多用「實」寫。他們在虛實運用上各有側重，構成各自特色。他們的詩歌創作成就一直尊為我國古典詩歌最高成就的代表。湯氏這一觀點為同時代屠隆所不能接受。屠隆從當時揚杜抑李有所感而發出：「顧詩有虛，有實，有虛虛，有實實，有虛有實，有實有虛，並行錯出，何可端倪。」〔註 134〕這種意見，其實是對湯氏觀點的糾正。

湯顯祖「以若有若無為美」這一美學法則，用於戲劇創作取得異常成功的效果，具體體現在對「情」、「夢」、「戲」三者的表現。對此，湯氏有段很精闢的理論總結：

> 性無善無惡，情有之。因情成夢，因夢成戲。戲有極善極惡。
> 〔註 135〕

我們知道，湯氏的「情」是感物而起。因此，「因情成夢」就是由實入虛；「因夢成戲」就是化虛為實。一個人在藝術創作中對虛實的運用與他的哲學觀和政治觀也有很大關係。湯氏劇中所表現的「情」既與程朱「理」相對立，又為封建專制主義的「法」所不容。「情」在現實生活無法真正宣洩，只有從主觀理想中去追求，於是他找到了「夢」這種形式，認為「人世之事，非人世所可盡」，「夢中之情，何必非真」。也就是說，人世間的事，無奇不有，非人世間一般情況所能包括，「夢」可以不受客觀現實所限，可以充分體現「情」。於是他的劇作都是以「夢」作為劇情中心。湯顯祖又認為，要將「夢中之情」形象地展示出來，最好的形式是「戲」。因為「戲」可以在「一勾欄之上，幾色目之中，無不紆徐煥眩，頓挫徘徊。恍然如見千秋之人，發夢中之事」。〔註136〕而「情」是有「善」、「惡」之分，「戲」可將「善」、「惡」兩種「情」典

〔註 134〕 屠隆《與友人論詩文》，轉引趙則誠等主編《中國古代文學理論辭典》第 133 頁，吉林文史出版社，1985 年版。

〔註 135〕 《復甘義麓》，《湯顯祖詩文集》卷四十七，第 1367 頁。

〔註 136〕 《宜黃縣戲神清源師廟記》，《湯顯祖詩文集》卷三十四，第 1127 頁。

型化為「極善極惡」形象直接顯現在面前。如他寫的《牡丹亭》和《紫釵記》主人公為「善情」的代表，而《南柯記》和《邯鄲記》則為「惡情」的典型。劇中的「夢」是湯顯祖的幻想，是「情」的發展與延伸，是生活本質的體現。而「戲」則為「夢」的外化形象。「情」、「夢」、「戲」三者具有一致性。「因情成夢」到「因夢成戲」，就是虛實相生，虛實結合的過程。

湯顯祖對虛實結合的成功運用，經歷了不斷摸索不斷變化的過程。最為突出的一點，是在對「夢幻」的運用上。從《紫簫記》、《紫釵記》、《牡丹亭》到《南柯記》和《邯鄲記》，經歷了無夢—短夢—長夢—全夢的不斷變化，體現在虛實關係上，則是進行了「實」—「稍虛」—「虛實結合」—「虛」的探求。湯顯祖早年作《紫簫記》和《紫釵記》由於未能擺脫「古事多實，近事多虛」傳統觀念的羈絆，基本按社會生活的本來樣式描寫生活，用王驥德的話來說，叫做「以實而用實」。湯顯祖曾在《紫簫記》一劇中寫了一個四空和尚點化杜黃裳的情節，以張居正從小從李中溪學禪這一真事影射張居正，以致演出後讓人「對號入座」，一時「是非蜂起，訛言四方」，說是「指當時秉國首揆」，以致「才成其半」就中途擱筆。帥機評為「案頭之書，非臺上之曲」。〔註137〕後改成《紫釵記》，更多取材於《霍小玉傳》，更加注意了情節與人物的虛構，增加了黃衫客這個重要人物，特別是開始了對夢幻的運用，寫了個「黃衫客強合鞋兒夢」，但仍未擺脫「古事多實」的影響，故事「猶與傳合」，基本還是實寫。問世以後，評論家對它評價仍不高。明末沈際飛在《題紫釵記》中說：「《紫釵》之能，在筆不在舌，在實不在虛，在渾成不在變化。」〔註138〕所謂「筆」指「案頭之書」，「舌」指「臺上之曲」，「實」指題材的生活事實，「虛」為藝術虛構。「渾成」與「變化」當指劇本的情節結構。在沈際飛看來，《紫釵》與《紫簫》一樣，仍是一部不宜搬演的「案頭之書」，對題材仍侷限於現實主義的描寫，來展開浪漫主義筆法，情節結構平淡無奇，缺少較強的故事性。故沈際飛對它的評價歸結為：「此《紫釵記》所以止有筆有實有渾成耳也。」缺的仍是「舌」、「虛」與「變化」。柳浪館《紫釵記總評》批評得更加尖銳：「一部《紫釵》都無關目，實實填詞，呆呆度曲，有何波瀾，有何趣味？」〔註139〕到創作《牡丹亭》，湯顯祖吸收了對前兩個戲的一些批評意見，

〔註137〕《紫釵記題詞》，《湯顯祖詩文集》卷三十三，第1097頁。

〔註138〕沈際飛《題紫釵記》，《湯顯祖詩文集》〔附錄〕，第1540頁。

〔註139〕柳浪館《紫釵記總評》，見《古本戲曲叢刊初集》，1954年上海商務印書館。

在運用虛實表現手法上取得了突破性的進展。劇中兩個主要人物，出實入虛，渾成變化，取得了驚人的藝術效果。寫現實中的杜麗娘在夢境中找到她理想中的情人，是以實帶虛。寫麗娘不甘愛情幻滅，自描真容留於後世，是「以實運虛」；寫杜麗娘到冥府問明判官，得知和柳夢梅有「姻緣之分」，遂到紅梅閣中，「趁世良宵，完其前夢」，並面懇柳郎「勿負奴心」，則是以虛運實。其中在虛實結合關係上寫得最精彩之處在於劇中不僅寫了杜麗娘為「情」而死，而且寫了她為「情」死而復生。俞平伯先生評價說：「生必有死實也，死必無生亦實也，死而復生不實之甚者也。辨《牡丹亭》之是否離實，則《還魂》其要領也，得還魂而枝葉舉矣，《牡丹亭》固以《還魂記》名也。」〔註140〕這裡道出了《牡丹亭》表現虛實結合關鍵之所在。到創作《南柯記》與《邯鄲記》則又走向了另一個極端，轉向「虛」的追求。兩劇的故事基本都在夢幻中，雖然一頭一尾讓人物回到現實，但與整個戲的劇情關係不大。刪頭去尾仍不失為一個完整的戲，而且更能體現其思想與風格。湯顯祖對《牡丹亭》的虛實運用最為滿意。他自己曾說：「一生四夢，得意處惟在《牡丹》。」〔註141〕這句話雖然是對整個戲的藝術成就而言，但也包括了他在表現方法上對虛實結合運用的滿意。

湯顯祖在「臨川四夢」創作中對虛實的運用，受到王驥德的重視和讚賞。王驥德把它理論概括為「以虛而用實」，並提高到「戲劇之道」來看，寫進了他的戲曲理論專著《曲律》中：

> 戲劇之道，出之貴實，而用之貴虛。《明珠》、《浣紗》、《紅拂》、《玉合》，以實而用實者也；《還魂》、「二夢」，以虛而用實者也。以實而用實也易，以虛而用實也難。〔註142〕

王驥德在這裡所指的「出之貴實」，是指藝術創作要以現實生活為基礎，「用之貴虛」是指藝術創作要有想像和虛構。像《明珠記》、《浣紗記》、《紅拂記》、《玉合記》等傳奇，大都屬於因事設戲，以真人真事為基礎。這種寫法，有跡可尋，有本可張，相對來說，要容易一些。而像湯顯祖的《還魂記》（即《牡丹亭》）、「二夢」（即《南柯記》、《邯鄲記》）主要是用虛構方法來表現生

〔註140〕俞平伯《牡丹亭贊》，載《東方雜誌》第三十一卷第七號。
〔註141〕王思任《批點玉茗堂牡丹亭敘》，《湯顯祖詩文集》〔附錄〕，第1543頁。
〔註142〕王驥德《曲律・雜論》第三十九上，陳多、葉長海注釋本，第201頁，湖南人民出版社，1983年版。

活的真實，這就要難得多。不過，王驥德把《南柯記》和《邯鄲記》看做和《牡丹亭》一樣「以虛而用實」，就未必符合湯顯祖本人意願，不如吳梅先生意見正確：

> 臨川諸作，《還魂》最傳人口，顧事由臆造，遣詞命意，皆可自由。其餘三夢，皆依唐人小說為本，其中層累曲折，不能以意為之，剪裁點綴，煞費苦心。〔註143〕

當然問題不在是否有沒有「本」，因為現在已發現《牡丹亭》也是有藍本的，關鍵在於「臆造」是否恰到好處，是否達到「若有若無」的地步。

藝術創作中的「虛實」問題，源於老子哲學的「道」。老子的「道」是「有無相生」即「虛實統一」。晉陸機第一次把它引入文藝創作。他在《文賦》中說：「課虛無以責有，叩寂寞而求音。」〔註144〕即認為文藝創作是把虛無、寂寞的心意轉化為具體可感的藝術形象，也就是把「無」變成「有」，把「虛」變成「實」。到明代，虛實理論在小說戲劇等領域得到廣泛的應用。嘉靖年間的胡應麟提出「戲文」要「謬悠其事」，「顛倒其名」〔註145〕，也就是提出藝術創作需要虛構，藝術真實不等於生活真實。比湯顯祖稍前的謝肇淛在《五雜俎》一書中說：「凡為小說及雜劇、戲文須是虛實相半」，「戲與夢同。離合悲歡，非真情也；富貴貧賤，非真境也。」〔註146〕湯顯祖的「虛實」理論顯然都受過以上諸家影響，吸收了他們的思想成分，然而影響較大的還要算李贄。李贄有《虛實說》說：

> 學道貴虛，任道貴實。虛以愛善，實焉固執。不虛則所擇不精，不實則所執不固。……有眾人皆信以為至虛，而君子獨不謂之虛，此其人犯虛怯之病，有眾人皆信以為實，而君子獨不謂之實，此其人犯色取之症，真偽不同，虛實並用，虛實之端，可勝言哉。〔註147〕

李贄這段論學道的文字，用來說明戲劇創作中的虛實關係，即是說戲劇

〔註143〕吳梅《中國戲曲概論》卷中，第158～159頁，中國戲劇出版社，1983年版。

〔註144〕《四部叢刊》影宋本六臣注《文選》卷十七，轉引郭紹虞主編《中國歷代文論選》（一卷本）第67頁，上海古籍出版社，1986年版。

〔註145〕胡應麟《莊嶽委談》：「凡傳奇以戲文為稱也，亡往而非戲也。故其事欲謬悠而亡根也，其名欲顛倒而亡實也。反是而求其當焉，非戲也。」文收藏於《少室山房筆叢》。

〔註146〕謝肇淛《五雜俎》，轉引《古典戲曲美學資料集》（隗蒂、吳毓華編）第149號，文化藝術出版社，1992年版。

〔註147〕李贄《焚書》卷三。

在反映生活時只有運用虛構想像才能做到典型化，否則就會「所擇不精」，但虛構想像又必須以現實生活為依據，否則就「所執不固」。如果不以生活作依據而胡編亂造，就會「犯虛怯之病」；如果一味拘泥生活，便會淪為自然主義的描寫，則又「犯色取之症」。只有「虛實並用」，才可取得良好的藝術效果。陳中凡先生認為：「湯顯祖服膺李氏，應用其《虛實說》來塑造人物，安排情節，而又能匠心獨運，刻意剪裁，肆其奔放不羈之幻想，寫出曲折離奇的情節。」〔註 148〕陳先生從湯氏哲學和思想上對李贄的「服膺」，從而認為湯顯祖「四夢」中虛實手法是對李贄《虛實論》的「應用」這種看法有一定的道理。但湯氏不僅只是「應用」，而是有自己的創造。湯顯祖在「四夢」中對虛實關係的成功運用則直接導致王驥德虛實理論的產生。

湯顯祖的戲曲創作理論，除此之外，在劇本結構、語言等方面都發表了許多很好的見解。如他在《焚香記》評語中提到「結構串插，可稱傳奇家從來第一」。劇本要「一線索到底，宛轉變化，妙不可言」。主張「填詞直如說話，此文家最上乘」，「曲、白色色逼真」，「凡科、諢亦須似真似假，方為妙絕」。在《紅梅記》總評中主張「老、貼旦中，雖不必文，亦不該太俗」，提到劇本要注意「細筍鬥接」〔註 149〕。這些見解，對李漁「結構第一」、「立主腦」、「減頭緒」、「貴淺顯」、「重機趣」、「戒板腐」、「貴潔淨」、「密針線」等理論的產生無疑起了一定啟迪作用。

三、結語

湯顯祖生活在明嘉靖、隆慶、萬曆三朝。這是中國封建主義走向崩潰，資本主義出現萌芽的時代，也是我國思想領域激烈鬥爭的時代。自明中葉以後，以王陽明為代表的主觀唯心主義學派崛起，成為衝決理學禁錮的思想武器。王陽明之後，以王艮為首的左派王學繼承與發揚王陽明哲學的積極批判精神，宣揚「百姓日用即道」，「天理盡在人慾中」和「制欲非體仁」等思想，並將它傳授下層群眾，使其社會化、普及化。到萬曆年間，王學思想風靡一時，席捲思想文化各個領域，形成一股廣泛的社會思潮。這股社會思潮，不僅在哲學上直接動搖了程朱「存天理，去人慾」的正統地位，而且在文藝創

〔註 148〕陳中凡《湯顯祖〈牡丹亭〉簡論》，1962 年《文學評論》第 4 期。
〔註 149〕見《玉茗堂批評〈紅梅記〉》卷首與《玉茗堂批評，〈焚香記〉》首卷，載《古本戲曲叢刊》初集，1954 年上海商務印書館。

作上有力地衝擊了復古主義。湯顯祖在這股文藝思潮中，高舉「言情」的大旗，在反對「後七子」復古主義的鬥爭中，起著先鋒作用。這股文藝思潮所帶來的直接效果是素被視為「邪宗」的言情小說戲曲取代了詩文「大宗」的地位。湯顯祖的戲曲及其理論就是這一文藝思潮下的產物。他的理論彌漫著這一時代的鬥爭風雲充滿著批判鋒芒和創新精神，在我國古典戲曲理論中獨放異彩。綜觀湯顯祖的作劇理論，具有如下鮮明特色：

一、**自成體系**。湯顯祖的戲曲創作理論雖然都是散見的，但不是支離破碎的。他的作劇理論的主要觀點都有著內在聯繫，並以「情」作為紐帶貫穿著。「情」為其作劇理論的核心。戲劇因「情」而生，寫劇「為情作使」，戲劇的社會效果也就是「情」的效果。「凡文以意趣神色為主」也就是以「情」為主，提倡神似，反對模擬，追求創新，堅持虛實結合，所有這些都是為了表達「情」的需要。言情寫意是中國古代文論的主要特色，中國戲曲就是一種言情寫意藝術。湯顯祖的創作理論強調表達他的「情」，也就是強調寫意，正體現我國古典文論這一民族特色。

二、**富有實踐性**。湯顯祖才華橫溢，具有豐富的戲曲創作實踐經驗。他的創作主張沒有空泛之論，都是自己創作實踐的現身說法。他對自己劇本的題詞，是本人創作實踐的經驗總結和心得體會，是從實踐中總結出來的理論；而那些漫書在朋友書信和序文間的隻言片語更是針對具體作品並聯繫當時文藝現象有感而發的真知灼見。湯顯祖的創作理論來自實踐，並對當時和以後的戲劇創作實踐產生了積極的深遠的影響。

三、**具有哲理深度**。湯顯祖是王艮的三傳弟子，為晚明啟蒙思想家之一。「情」是他的哲學觀念的核心。戲曲理論的「情」是他哲學觀念「情」的反映。他提出的諸如「第云理之所必無安知情之所必有」、「緣境起情，因情作境」、「因情成夢，因夢成戲」等許多命題都充滿著辯證的哲理，內涵十分豐富深刻。這樣，湯氏的戲曲理論函義往往顯得空靈，難以被人們準確理解和把握，像對「情」、「意趣神色」、「自然靈氣」以及其他一些論述迄今仍見仁見智，難衷一是。湯顯祖理論精深處在此，其侷限性庶幾亦在此。

那麼我們應當如何正確看待湯顯祖的戲曲理論價值呢？他在我國古典戲曲理論史上應擺在什麼位置呢？恩格斯說：「任何一個人在文學上的價值都不是由他自己決定的，而只是同整體的比較當中決定的。」〔註150〕從我國古典

〔註150〕恩格斯《評亞歷山大‧榮克的「德國現代文學講義」》。

戲曲理論整體看，貢獻最大、成就最高素推王驥德和李漁。王驥德《曲律》被稱為「我國第一部較全面系統的戲曲理論專著」，而李漁《閒情偶寄》中的戲曲理論（亦稱《曲話》）則被捧得更高，稱為「我國第一部最系統、最完備的戲劇理論」〔註151〕，兩家都被看做我國戲曲理論的高峰。誠然，王驥德、李漁的戲曲理論建樹不可抹煞，他倆所達到的高峰位置也不容否定，但問題是我國古典戲曲理論堪稱高峰不只這兩家，湯顯祖戲曲理論所達到的高度並不比他們低。事實上王驥德、李漁的戲曲理論並非那麼「全面」和「完備」，有些理論上的重要問題，他們都還是空白。如戲曲藝術的本質特徵這樣的根本問題，《曲律》未見涉及，李漁也同樣胡塗。李漁雖然也有「人情物理」之說，但主要是指戲劇題材而言，在《戒浮泛》中，提到：「景書所睹，情發欲言；情自中生，景由外得」，指的是刻畫人物性格而言。而湯顯祖對這個問題卻有頗具特色的見解。又如對戲曲藝術的社會功能，王驥德讚賞《琵琶記》「不關風化，縱好也徒然」，主張戲曲充當封建統治者所需要的「世教文字」。李漁則說得更加明白：「不過借三寸枯管，為聖天子粉飾太平；揭一片婆心，效老道人木鐸里巷。」〔註152〕「思借戲場維節義」〔註153〕，更是自覺地把自己理論納入封建主義思想體系當中。而湯顯祖則要用「言情」戲曲去「格」封建專制主義之「理」，「以人情之大寶」，起變革現實作用。正因為認識到這點，他棄官歸里，將「胸中魁壘發為詞曲」〔註154〕，寫下「臨川四夢」，表現了反對封建專制主義的進步思想光輝。在這個問題上，王驥德和李漁的認識都屬封建主義糟粕，而湯顯祖的見解則閃耀著民主思想精華，兩者不可同日而語。

　　從三家理論重心看，王驥德《曲律》重在論「律」。王驥德在《曲律自序》開頭一句話就說：「曲何以言律也？以律譜音，六樂之成文不亂；以律繩曲，七均之從調不奸。」可以看出王氏寫作《曲律》的宗旨在於「以律譜音」、「以律繩曲」。事實上《曲律》主要是論南北曲的源流和發展、作曲和唱曲的方法，後增補的《雜論》雖然涉及創做法、戲曲史和作家作品，但不是本書當初的宗旨，也不是本書的重心。李漁《閒情偶寄》中的戲曲理論重在論「技」。他在《詞曲部》開頭一句就說：「填詞一道，文人之末技也」，又說「技無大小，

〔註151〕徐壽凱注《李笠翁曲話注釋》（序），安徽人民出版社，1981年版。
〔註152〕《李笠翁一家言全集》卷二《笠翁文集》。
〔註153〕李漁《比目魚》結場詩。
〔註154〕蔣士銓《玉茗先生傳》，載《臨川夢》卷首。

貴在精」。接上在《結構第一》中對湯、沈之爭進行總結性論述時，稱湯氏「文詞稍勝者即號才人」，沈璟「音律極精終為藝士」，他們之間「有才、技之分」，可見李漁把通「音律」看做「技藝」，這正好說明他自己的戲曲理論是以「技」而立論。他的《閒情偶寄》所論為編劇技巧和演唱技藝。而湯顯祖重在論「意」，他強調「凡文以意為宗」，「余意所致，不妨拗折天下人嗓子」，囑咐宜伶演唱《牡丹亭》「呂家改的，切不可從」，以致「傷心拍遍」，「自招檀痕」無不為了「曲意」。三家理論，各成體系，都有重大價值，都是中國戲曲理論的寶貴財富。論首創我國戲曲理論集大成之功，當推王驥德第一；論對編劇技巧及演唱技藝的全面精通，除李漁無二；若論戲曲理論的哲理深度，則湯顯祖可謂「前無作者，後鮮來哲」。如果說王驥德是我國戲曲理論的論「曲律」的大師，那李漁則為論「曲技」的能工巧匠，而湯顯祖則可稱論「曲意」的哲人。湯顯祖、王驥德、李漁三人是中國古典戲曲理論鼎立而峙的三座高峰，三家理論的總體面貌才堪稱為我國全面、完備的戲曲理論體系。

我在學習中國文學史與中國戲曲史中，頗為這樣一個現象而遺憾：在一些主要文學史、戲曲史乃至一些湯學專家為湯顯祖所寫的專題條目中，湯顯祖往往只被看做一個單純的戲曲作家，而把他摒棄於戲曲理論家之外。在介紹湯顯祖生平及其著作時，往往只介紹湯氏的戲曲創作成就，而不介紹他在戲曲理論上的建樹。有的頂多帶幾句與沈璟在戲曲聲律上的論爭。近幾年來，一些文藝理論和戲曲理論專著雖然也有湯顯祖的戲曲理論介紹，但仍語焉不詳，他在我國戲曲理論史上的地位與貢獻未得到充分和明確的肯定。對他的理論價值遠比王驥德、李漁看得低。產生這種現象的原因可能主要就在於湯顯祖的理論雖然不乏珠光寶色，但碎散在題辭、書信、序跋和一些劇本評點之間，因而不顯光澤。而王驥德、李漁則能集裘一體，所以顯得格外光彩照人。然而我國古典戲曲理論是一個無比豐厚的寶庫，在這個寶庫中，有系統的體系構架完備的專著寥寥無幾，而散見於劇本間的題辭、評點、詩文中的序跋、書信、隨筆、劄記中的曲論論述，則浩如煙海。如何對待這些散見的戲曲理論，不僅關係到評價湯顯祖一人的理論建樹，而且關係到對我國古典戲曲理論遺產的正確繼承。我認為，一種理論的價值並不在於是否以專著的面目出現，而在於理論價值的本身。馬克思、恩格斯是無產階級的革命導師，他為我們創立了系統的無產階級革命學說，但他一生中並沒有寫下一部完整的、專門的文藝理論專著，他的有關文學、美學的論述也僅散見於他們的其

他門類的著作和書信中，然而他的文藝理論宏偉和健全性是任何一個文藝理論家所不可比擬。同理，湯顯祖雖沒有寫成王驥德《曲律》、李漁《閒情偶寄》這樣的曲論專著，但他的戲曲理論涉及戲曲藝術的普遍規律和特殊規律，深刻地論述了我國戲曲理論中一系列重大問題，構成了他的理論體系與特色。它的理論價值不在那些以專著出現的理論之下。肯定湯祖的戲曲理論價值，肯定他在我國戲曲理論史上的地位，對於進一步開發我國戲曲理論寶庫，促進我國戲曲理論的發展都具有十分重要的意義。

（原載《中國藝術研究院研究生部學刊》1988 年 2 期，
縮簡入編周育德、鄒元江主編的《湯顯祖新論》。）

也談湯顯祖的「情」

　　「情」是湯顯祖著作中的一個引人注目的字眼。它是湯氏思想與劇作精神的核心，一向為湯學研究者所重視。然而對湯氏筆下的「情」的理解，往往見仁見智，莫衷一是。其中較為流行的看法，即認為是人的「思想感情」。另外還有「現實生活」、「現實生活情節」、「偉大思想」和「一般人情」等諸多說法。還有一位研究者在考察了湯氏《青蓮閣記》《調象庵集序》《耳伯麻姑遊詩序》《臨川縣古永安寺復寺田記》《哭婁江女子二首序》《宜黃縣戲神清源師廟記》等文章中有關對「情」的論述，得出了湯氏的「情」是一個更為複雜的概念，在不同的時間，不同的場合，「情」所指的內容是不同的結論。它可指「才情」、「人情」、「情志」、「情趣」、「情思」、「激情」等等。但我覺得，湯氏雖然在許多場合都用了這個「情」字，使這個「情」字帶上了寬泛性的含義，但並不表示他這個「情」字沒有質的規定性。如果湯顯祖筆下的「情」沒有其固有的內涵，那這種「情」也就不為湯顯祖的「情」了。

　　那麼湯顯祖賦予「情」的本來函意是什麼呢？如何理解與把握湯顯祖的「情」的內涵呢？我認為首先不可對湯氏著作中的「情」字以等量齊觀，要把那些最能說明湯顯祖思想與劇作精神的「情」刮目相待加以研究。縱觀湯氏全部著作中對「情」的論述，值得重視研究主要有這樣兩類「情」：一類是體現湯顯祖哲學思想（包括美學思想）的「情」；一類是體現湯顯祖文論思想的「情」。體現他哲學思想的「情」主要論述有：

> 　　情不知所起，一往而深。生者可以死，死可以生。生而不可與死，死而不可復生者，皆非情之至也。……嗟夫！人世之事，非人世所可盡。自非通人，恒以理相格耳。第云理之所必無，安知情之

所必有耶！〔註1〕

　　情有者理必無，理有者情必無，真是一刀兩斷語。〔註2〕

　　公所講者性，吾所言者是情。蓋離情而言性者，一家之私言也，合情而言性者，天下之公言也。〔註3〕

　考察以上論述，其「情」的含義可以用一個「欲」字來概括。也就是說，湯顯祖言「情」言的是「欲情」。這是因為：

　（一）湯顯祖對「情」的提出是對程朱「存天理，去人慾」的反動。湯顯祖所處的時代是程朱理學最為猖獗的時代。禪宗出身的朱元璋，當他奪取政權以後，便積極倡導程朱「存天理，去人慾」以加強他的封建專制統治。所謂「存天理，去人慾」是個什麼樣的口號呢？朱熹說：「人心私欲，故稱危；危心天理，故精微。滅私欲，則天理明矣。」〔註4〕程伊川說：「甚矣欲之害人也！人為之不善，欲誘人也。誘之而弗之，則至於天理滅而不知反。故目則欲色，耳則欲聲、以於鼻則欲臭，口則欲味，體則欲安，此皆有以使之也。然則何以窒其欲，曰思而已矣。」〔註5〕在朱程看來，「天理」是至善的道德標準，而「人慾」為一切不善行為的根源。因而「存天理，去人慾」其實質不算一個哲學命題，而是宗教禁慾的說教。誠如任繼愈先生所指出的：「『存天理，去人慾』的理學家不探求主觀與客觀的關係，講的是如何拯救人類靈魂的問題。理學家認為人的靈魂先天地帶有罪惡，這種生而俱存的罪惡必須消滅，才能把靈魂中正確的東西發揮出來。」〔註6〕經歷宦海沉浮的湯顯祖，對現實有了較清醒的認識，對朱程「存天理、去人慾」帶來的嚴重社會惡果有切膚之痛。他曾說：「世有有情之天下，有有法之天下。……今天下大致滅情才情而尊吏法。」〔註7〕湯顯祖認為，盛唐是屬於「有情之天下」，那時候士大夫

〔註1〕《湯顯祖詩文集》卷三十三，第1093頁，《牡丹亭記題詞》，上海古籍出版社，1982年版。

〔註2〕《湯顯祖詩文集》卷四十五，第1268頁，《寄達觀》，上海古籍出版社，1982年版。

〔註3〕程允昌《南九宮十三調曲譜序》，轉引徐扶明《牡丹亭研究資料考釋》第43頁，上海古籍出版社，1987年版。

〔註4〕《朱子語類》，中華書局，1986年版。

〔註5〕程伊川《語錄》二五。

〔註6〕《明清理學評議》，《明清史國際學術討論會論文集》，明清史國際學術討論會秘書處論文組編，天津出版社，1982年版。

〔註7〕《湯顯祖詩文集》卷三十四，第1112頁，《青蓮閣記》，上海古籍出版社，1982年版。

的才情得到了發揮，而他所處的時代，則是尊吏法而滅才情的「有法之天下」。這種滅才情、尊吏法的現實與湯顯祖「有情之天下」的理想存在著嚴重對立。當湯氏在政治上無法實現他的「有情之天下」以後，他便主動棄官，把「有情之天下」化入「臨川四夢」的藝術思維中，以對抗程朱的「理」和「有法之天下」。《牡丹亭記題辭》就是他一份正式宣布以「情」反對程朱滅「欲」之「理」的宣言書。「情不知所起」的「情」是指人的本性所具有的「七情六欲」；「第云理之所必無，安知情之所必有耶」是說在朱程「天理」控制下不允許存在的東西，在「有情之天下」是完全可以存在的。像杜麗娘因「情」而夢，因夢而死，死而復生，在朱程理學看來是不可理解的，「必無」的，但是從「情」的角度看，青年男女追求愛情婚姻幸福，是人的本性自然，是任何「理」所遏止不住的，因而是「必有」的。湯顯祖在給達觀信中的「情有者理必無，理有者情必無」一句引的是達觀的話。達觀是個關心時政的和尚，他與湯顯祖的友誼是由於政見上的一致。但是，達觀既為僧，自然不可超脫宗教禁慾的法觀。因此在達觀看來，「大概立言者根於理，此所謂自駁。……聖人知理之根與情如此，故不以情遍天下，而以理通之」。〔註8〕湯顯祖歸家完成了《牡丹亭》，並在《牡丹亭記題辭》中公開打出了「情」的旗幟，自然也就表達了與達觀宗教禁慾的「一刀兩斷」。達觀在臨川訪湯顯祖，在歸途的撫河江中與湯顯祖「幾夜交蘆話不眠」就是圍繞「根於情」還是「根於理」的論爭。由於明統治者對程朱理學的提倡，一個大談「理」、「性」的社會空氣蔚然成風。一般封建士大夫都沉迷於「心性」之論。張位是湯顯祖的宗師，是個官至相國的老官僚。他看了湯顯祖的《牡丹亭》，以師長的身份勸告湯顯祖要他把才華用於講心性之學。因為戲劇創作素被視為「小技」，為士大夫所不齒，而「言情」更是和當時大講「心性」的社會潮流格格不入。

（二）湯顯祖「情」的思想直接導源於王學左派對「嗜欲」的肯定。湯顯祖從十三歲從王學左派三傳弟子羅汝芳學習理學，接受了王艮的「百姓日用即道」、「天理盡在人慾中」和「禁慾非體仁」等思想說教。羅汝芳也常對湯顯祖講「嗜欲」合乎「天機」。當湯顯祖尚未標出他的「情」字之以前，曾在徐聞縣寫過一篇《貴生書院說》，初露「情」的思想端倪。所謂「貴生」的實質又是什麼呢？據《呂氏春秋·貴生》所言：「所謂全生者，六欲皆得其宜也」

〔註8〕《皮孟鹿門子問答》，《紫柏老人集》卷二十一，轉引自徐朔方《湯顯祖年譜》第195頁，上海古籍出版社，1980年版。

高誘把「六欲」注釋為生、死、耳、目、口、舌六欲，也就是泛指人的各種物質欲與感觀欲。湯顯祖倡導「貴生」、「知生」、「廣生」就是倡導要尊重人、愛人，就是要讓人「六欲皆得其宜」。湯顯祖「情」的觀念形成是他的「貴生說」思想的昇華。這種昇華的標誌，就是湯顯祖從一味對「欲」的肯定到認識「欲」有好有壞。這是因為湯氏從徐聞到遂昌任了五年縣官，廣泛深入地接觸了群眾，對「欲」有了更深刻的瞭解。他從百姓中有「良民」也有「盜酋」和「豪強」這一事實中，認識到有正常合理的「欲」，也有非正常不合理的「欲」。湯顯祖在按「百姓所欲去留」的施政中，採取打擊盜酋和豪強的非正常非合理「欲」以保證良民的正常合理「欲」。後來，湯顯祖就把一切正常合理「欲」稱之為「善情」（也叫「真情」），把一切不合理非正常的「欲」稱作「惡情」（也叫「矯情」）。這就標誌湯氏「情」的觀念正式形成。

（三）在我國古典哲學中，「情」與「欲」的關係至為密切。檢閱我國哲學史，最早給「情」下定義的大約是荀子。他說：「性之好惡喜怒哀樂謂之情。」〔註9〕又說：「性者，天之就也。情者，性之質也。欲者，情之應也。以所欲為何得而求之，情之所不免也。」〔註10〕荀子認為「性」為人的本能，「情」為「性」的本質，而「欲」為「情」的變應。這說明「情」與「欲」密不可分。王陽明在《傳習錄》中根據荀子對「情」的定義，略加一些內容，提出「喜怒哀懼愛惡欲謂之七情」，「欲」為「七情」之一。以後的一些哲學著作和文論中，更是常將「情」與「欲」相提並論。如戴東源則說：「性之徵於欲，聲色臭味而愛畏分。既有欲，於是乎有情；性之徵於情，喜怒哀樂而慘舒分。」〔註11〕即認為有「情」就有「欲」，有「欲」也就有「情」，都是人生而就有的東西。湯顯祖言「情」就是言「欲」，從詞義上來源於我國古典哲學中「情」與「欲」的理義相通。湯顯祖的「人生而有情」大概就是根據荀子「人生而有欲」〔註12〕而提出的。

湯顯祖文論思想的「情」是他的哲學思想的「情」在文學上的體現。有關湯氏文論思想的「情」的論述，最為重要的是《董解元〈西廂〉題辭》。他說：

〔註 9〕 《正名篇》，《諸子集成》卷二第 274 頁，中華書局，1986 年版。
〔註 10〕 《正名篇》，《諸子集成》卷二第 274 頁，中華書局，1986 年版。
〔註 11〕 《原善孟子字義疏證》，（清）戴震著，章錫深校點，北京古籍出版社，1956 年版。
〔註 12〕 《禮論篇》，《諸子集成》卷二第 231 頁，中華書局，1986 年版。

余於聲律之道，瞠乎未入其室也。《書》曰：「詩言志，歌永言，聲依永，律和聲。」志也者，情也。先民所謂發乎情，止乎禮義者，是也。嗟乎，萬物之情各有其志。董以董之情而索崔、張之情花月徘徊之間，余亦以余之情而索董之情於筆墨煙波之際。董之發乎情也，鏗金戛石，可以如抗而如墜。余之發乎情也，宴酣嘯傲，可以以翔而以翔。〔註13〕

這一論述主要有兩點：一是「志也者，情也」；二是「萬物之情各有其志」。它是湯顯祖「情」的文學思想的集中體現。這裡所說的「志」，文中明確指出承自《尚書・堯典》的「詩言志」。但要弄清我國古典文論「情」與「志」的關係，還應從晉代陸機提出「詩緣情」說起。陸機提出「詩緣情」本想打破「詩言志」的傳統看法，但實際上沒有排斥「詩言志」。他在《文賦》中有時用「情」，有時用「志」，有時「情志」合綴成一個詞。李善對《文選・文賦》作注釋中說：「詩以言志，故曰緣情。」到《毛詩序》在主張「詩言志」同時又指出：「情動於中而形於言」，可看做把「志」解釋為「情」。但正式提出「情志合一」還是唐代孔穎達，他在給子產「六志」作解釋時說：「在已為情，情動於志，情、志一也」。湯顯祖的「志也者，情也」的提出可以看到他是從陸機「詩緣情」到孔穎達的「情、志一也」的一脈相承。《詩言志》的「志」的含義有理想、抱負、志向等等。湯顯祖的「志也者，情也」的「情」有與「志」互相滲透的一面，但又不可完全等同於「志」。細琢磨，湯氏的「志也者，情也」與孔穎達的「情、志一也」還有所不同。孔氏較明確地把「情」等同於「志」，而湯氏則把「志」處於「情」的從屬地位。湯顯祖提出「萬物之情各有其志」就指明了「志」從屬於「情」。所謂「萬物之情」，說的是「情」具有豐富多樣性，不是單一的；「各有其志」說的是隨著「情」的不同，「志」也有變化。可見湯氏的「情」不是等同於「志」而是包含了「志」，其主要含義還是其本身所具有諸如「思想感情」、「激情」、「情思」等等傳統意義。湯顯祖還結合自己的創作實踐指出如何把握「情」運用「情」的問題。他說：「董以董之情於花月徘徊之間。」這就說，無論在進行創作還是評論欣賞作品時，不要為某種「情」的定格所拘束，要有自己的真情實感，要根據自己對生活的感受，言出自己的「情」。湯氏「情」的文化思想與當時「文必西漢，詩必盛唐」的腐臭文風相排擊，體現了他的文學創新精神。

〔註13〕《湯顯祖詩文集》卷五十，第 1502 頁，《董解元西廂題辭》。

當我們認識了湯顯祖著作中兩類「情」以後，對「臨川四夢」中的「情」就較好理解了。「臨川四夢」中的「情」不應看成湯氏文論思想「情」的表達，而應看成湯氏哲學思想「情」的形象體現。湯顯祖從「性無善惡，情有之」（《復甘義麓》）出發，將「情」分「善」「惡」兩種，並通過「臨川四夢」的主要人物形象表達出來。《牡丹亭》中「生生死死為情多」的杜麗娘和《紫釵記》中「有情癡」的霍小玉是「善情」代表，而《邯鄲記》中「於中寵辱得喪生死之情」的盧生和《南柯記》中「一往之情，則為所攝」的淳于棼則是「惡情」的典型。前「二夢」通過對青年男女對婚姻愛情的謳歌，肯定人對合理欲望的追求，後「二夢」通過對功名利祿追求者的鞭撻和官場黑暗的揭露，否定人對不合理欲望的奢取。然而長期以來，人們大都是從傳統文論中來尋求它的含義。前面提到的「思想感情」、「現實生活」、「偉大理想」、「生活情節」等等都屬於湯顯祖「情志說」文論思想的內涵，並非是湯顯祖「臨川四夢」「情」的主旨。所以會如此理解湯顯祖的「情」就在於沒有把「臨川四夢」看成四部哲學劇，沒有從哲學高度來認識湯顯祖劇作中的「情」。因而對《牡丹亭記題辭》也不看成是湯氏「情」的哲理宣言書，而只看成表明其「浪漫主義創作原則」的一篇曲論。對「第云理之所必無，安知情之所必有」一句的「情」與「理」也只當作一般「人情物理」來理解。這樣就掩蓋了湯顯祖劇作本來的哲理光輝，從而也就降低了湯顯祖劇作進步思想意義。

湯顯祖哲學思想的「情」與文論思想的「情」構成他頗具特色的「情」的世界觀和藝術觀。他認為一切文學藝術都是由「情」而產生，說：「人生有情，思歡怒愁，感於嘯歌，形諸動搖。」〔註14〕又說：「世總為情，情生詩歌，而行於神。」〔註15〕這種「情」決不是什麼「主觀意念的東西」，「唯心主義的論調」，而是客觀現實社會的反映。湯顯祖在《臨川縣古永安寺復寺田記》一文中說：「緣境起情，以情作境。」〔註16〕這裡有兩個「境」，但含義不同。前一個「境」指的是客觀現實社會的生活環境，後一個「境」指作家在作品中得體現的生活環境，而「情」都是指作為創作前提和出發點的作家那種難以抑制的激情。這一重要論述不僅表明他的「情」不是憑空產生，而且闡明了

〔註14〕 《湯顯祖詩文集》卷三十四，第 1127 頁，《宜黃縣戲神清源師廟記》。

〔註15〕 《湯顯祖詩文集》卷三十一，第 1050 頁，《耳伯麻姑遊詩序》，上海古籍出版社，1982 年版。

〔註16〕 《湯顯祖詩文集》卷三十四，第 1125 頁，《臨川縣古永安寺復寺田記》。

在藝術創作中生活、藝術和作者的辯證關係。湯顯祖這種藝術觀反映在他的戲劇創作中就是「因情成夢，因夢成戲」。「情」為戲劇創作根本，「夢」是「情」的發展和延伸，而「戲」則為「夢」的表現方法。因而他的「臨川四夢」都是以「夢」作為劇情中心。

綜上所述，可以看到湯顯祖的「情」具有鮮明的時代特色，充分體現了湯顯祖思想與劇作的精神面貌。他的哲學思想的「情」決定他的文論思想的「情」，他的「情」的世界觀決定他「情」的藝術觀。湯顯祖的「情」無論在我國哲學史、美學史以及文學理論批評史都產生了十分重大的影響。特別是他的「言情」戲劇觀更是深刻地影響了明清劇壇，出現了一大批「言情」追隨者，形成一個「言情」的創作流派。我們要正確理解湯顯祖的「情」，首先就要從哲學高度來認識他的「情」的進步意義。要把「臨川四夢」看成四部哲學劇，把湯顯祖看成一位偉大的哲學戲劇家。

（原載《海南師院學報》1983 年第 3 期）

作為政治家的湯顯祖

　　深入到「湯學」這座世界文化遺產寶庫，感到目不暇接，豐富無比，博大精深。它涉及到政治、哲學、文學、藝術、史學、宗教、教育等諸多學科的成就。除戲曲成就堪與莎士比亞比肩外，文學上是詩文辭賦大家、八股文能手；哲學上「唯情觀」的哲人；教育上桃李滿天下良師；史學上被人遺落的史學大家（他以新的觀點重修《宋史》，惜已散佚，並校定了《冊府元龜》）；書法「源於二王，得顏魯公勁健偉岸，並李北海瘦勁奇險，瀟灑自溢，成自一家面貌」，是學人風格鮮明，不遜於時人書法家；宗教對佛、道都有精研，尤對佛學深下工夫，30歲湯顯祖就在南京清涼寺登壇說法。

　　然而筆者還要給他另一正名：湯顯祖首先是位政治家。他自言：「經濟自常體，著作乃餘事」（《夕佳樓贈來參知四首》之三）。這裡「經濟」不是指經濟學上社會物質生產和再生產的活動，而是指治理國家。也就是說，湯顯祖的本來是務政的，志在「修身、齊家、治國、平天下」，做賢臣良吏，拯救世風，而搞文學藝術創作，寫劇本不過是業餘愛好。《明史》為他立傳，寫的是他拒絕張居正的結納而落第和上《論輔臣科臣疏》遭受罷職的政治壯舉，對他詩文、戲曲成就隻字未提。湯顯祖的為政經歷，若從21歲中舉取得做官資格算起，到49歲棄官歸家為止，整整沉浮了28年。他「修身」，「終不能消此真氣」，不願依附任何人；「治國、平天下」，未能進翰林院當高官，實現其「變化天下」的宏願，最後棄官歸隱，還被革了職。湯顯祖自己說「不習為吏」，「一生拙宦」。因政治失意，「胸中魁壘，陶寫未盡，發而為詞曲。」（錢謙益《湯遂昌顯祖傳》）脫掉官袍到劇場寫戲，便寫出了「家傳戶誦，幾令《西廂》減價」的《牡丹亭》，登上我國傳奇戲曲最高峰。官場不能實現其政治理

想在劇場演繹著百態大人生。政治上的失意成全了湯顯祖的戲曲成就。正確認識湯顯祖的政治價值是正確認識湯顯祖的戲曲藝術價值的前提。

那麼，湯顯祖在政治上有怎樣的價值呢？在論述此問題之前首先要解決的一個基本問題是：湯顯祖算不算政治家？對此問題卻有不同的說法。臺灣學者胡適的門人費海璣先生在其《湯顯祖傳記之研究》一書中，首稱湯顯祖為「大政治家」。他說：「在明代史上，像湯顯祖這楊的大政治家並不多」〔註1〕；浙江大學徐朔方教授稱湯顯祖「是一位政治活動家」（《湯顯祖集·前言》）；著名戲劇家、中國藝術研究院原副院長郭漢城，1982年出席在湯顯祖家鄉——撫州舉行的《紀念湯顯祖逝世366週年》學術報告會上指出：「湯顯祖是個政治家，而且是個哲學家」。〔註2〕然而徐朔方先生的弟子周明初博士在他其學術專著《晚明文士心態及文學個案》一書中，論到湯顯祖的「情與理的衝突」時說：「湯顯祖不是一個合格的政治家，更不是一個優秀的政治家，他甚至連政治家也稱不上」，「缺少一個政治家應有的素質。理性和隱忍，機警與通變，深沉和權謀，勇猛和堅毅，還有忍辱負重、屈己下人，甚至卑躬屈膝，乃至為了達到自己的目的不惜代價不擇手段。」還說湯顯祖「他太情感化和意緒化了」，「他太顧惜自己的人格和名譽了」。〔註3〕周博士這段話被有的人捧為否定湯顯祖為政治家的「經典」之論而加以引用，誤導了對湯顯祖的政治價值判斷，有辨清的必要。

先用邏輯學考察一下周先生這樣表述存在的問題。我國著名的邏輯學家金岳霖先生指出：「同一律的表達方式是：如果××是甲，它就是甲，……不矛盾的表達方式是：××不能既是甲而又不是甲。排中律的表達方式是：××是甲或者不是甲。」〔註4〕「亞里士多德強調哲學是求『真』的。只是由『是』和『不是』構成的肯定或否定命題才能辨別事物的真和假。邏輯和科學都是以此為前提的。」〔註5〕據此，湯顯祖如果是政治家才可在此前提下說他是「優秀」、「合格」或「不合格」；如果湯顯祖壓根兒不是政治家（即「連政治

〔註1〕費海璣《湯顯祖傳記之研究》，臺灣商務印書館，1974年版。

〔註2〕《湯顯祖和他的「臨川四夢」》——紀念湯顯祖逝世366週年討論會上的報告，《湯顯祖紀念集》，江西文學藝術研究所編，1986年。

〔註3〕《晚明士人心態個案》，東方出版社，1997年8月。

〔註4〕《金岳霖集》，中國社會科學院科研局組織編選，中國社會科學出版社，200年出版。

〔註5〕汪子嵩、范明生、陳相富、姚介厚著《希臘哲學史》第三卷，第677頁，人民出版社出版。

家也稱不上」）也就談不上「優秀」、「合格」或「不合格」。湯顯祖不能既「不是一個合格的政治家」，又「連政治家也稱不上」。

再從何謂政治家，何謂「政客」的定義來考察。近代思想家、改良主義者梁啟超先生說：「以為能負擔國家重任，一身繫國家之安危，能勵行法治便是政治家。」而臺灣費海璣先生則認為梁的說法「非常錯誤」，「從他們之說，權臣也是政治家了。獨裁武夫，亦是政治家了。不還政於民，亦是政治家作風了。」「如果他待人以誠，接物以禮，重視人權，而學識見識高人一等，那就是大政治家。」「現在我們所說的政治家，卻是純儒。他必須明明德，親民，大公無私，不戀權力。他不必要擔任國家重任，也不必一身繫天下安危。官職小到一位縣知事，也看作政治家看。只要他有政治頭腦，有主張，有原則，便算政治家。」〔註6〕當然，這些都是一家之言。

用歷史唯物主義來觀照歷史人物，所謂政治家，「通常指從事政治實踐活動，對社會政治生活起重大作用影響的政治人物。」他應「具有較高的政治素質、心裏素質、政治智慧和政治使命感，既是戰略家，又是戰術家，能考慮長遠利益和照顧眼前利益；有豐富的政治經歷、政治經驗和廣泛的政治關係，控制和支配著雄厚的政治資源；有較高的政治領導藝術、組織才能，能巧妙運用強制或妥協手段，協調糾紛，解決問題；有較好的群眾基礎和政治感染力，能產生一定的凝聚力；有較高的文化知識、道德修養和政治責任心，性格堅強，行為果敢胸懷寬廣。」〔註7〕而政客是「指從事政治活動謀取私利的人。魯迅《集外集拾遺，今春的兩種思想》所論：『中國的政客，也是今天談財政，明日談照像，後天又談交通，最後又忽然念起佛來了。』」〔註8〕也就是說，政客是指玩弄政治權術，利用權力謀取個人和本集團私利的人。這種人為了達到個人的政治目的，不惜損人利己，不擇手段，翻手為雲，覆手為雨，依靠從事政治活動，大搞政治投機。周明初先生所謂「忍辱負重、屈己下人，甚至卑躬屈膝，乃至為了達到自己的目的不惜代價不擇手段」，為此連「自己的人格和名譽」都不「顧惜」，那決不是「一個政治家應有的素質」，而是政客的行徑。由於周先生對何謂政治家，何謂政客認識模糊，錯把政客的標尺來衡量湯顯祖，若「合格」，湯顯祖便是政客，歷史上便沒有今天還值得人們

〔註6〕費海璣《湯顯祖傳記之研究》，臺灣商務印書館，1974年版。
〔註7〕《中國大百科全書》（政治學卷），中國大百科全書出版社，1983年。
〔註8〕《辭海・政客》第1466頁。

紀念的湯顯祖。

作為政治家的湯顯祖，他的思想雖博雜，儒釋道都有，但儒家積極入世思想始終是主流，主宰著他整個人生。儒家的祖師爺孔子說：「政者正也。」（《論語‧顏淵篇》）說的就是政治就是要正正派派，正正當當。湯顯祖正是以儒教的「正」為準則來行事處世。丁丑、庚辰兩科會試，湯顯祖都遇到張居正派人來拉攏他，暗許頭名狀元。當朝首相來結納，對政客來說，這正是順著高枝爬的千載難逢的良機。可湯顯祖「不應」，還說「吾不敢從處女子失身也」，以致遭到報復而名落孫山。湯顯祖這樣處理，不是「太顧惜自己的人格和名譽」的問題，而是「政者正也」政治素質在他身上的體現。這時的湯顯祖還只是剛剛取得做官資格的舉人，但已是「名益鵲起，海內人益以望見湯先生為幸。」（鄒迪光《臨川湯先生傳》）

作為政治家的湯顯祖，進入仕途，任南京禮部主事，面對黑暗的現實，為江山社稷的長遠利益和苦難百姓眼前利益，以政治家難能的膽略，「性格堅強，行為果敢」，上疏彈劾輔臣申時行和他的親信楊文舉、胡汝寧，並把矛頭指向神聖不可侵犯的神宗，說「皇上威福之柄，潛為輔臣申時行所移」，是造成「賄囑趨附、長奸釀亂」的總根子。這封奏疏震撼了朝廷，對晚明政治產生了重大影響。湯顯祖雖然遭到貶謫，但此舉敲響了申時行、楊文舉和胡汝寧等一夥人的政治喪鐘。

作為政治家的湯顯祖，當他處於人生處低谷，在荒蠻的雷州半島當個沒有編制的九品典史時，他仍「安心供職」，「冰雪自愛」。瞭解到造成這社會治安不良根源在「輕生好鬥，不知禮義」。湯顯祖不是作一般的「協調糾紛」，而是從抓教育辦「貴生書院」，親自講學，提高人的素質，讓百姓認識到生命的可貴這一根本上「解決問題」。「書院之興頹，吾道明蝕之一關。」（劉應秋《貴生書院記》）湯顯祖在徐聞時間雖只有一年多些，但對徐聞文教事業產生了深遠影響。田漢詩讚「百代徐聞感義仍」。

作為政治家的湯顯祖，他的政治素質在治理遂昌中得到較全面展現。他以「情」施政，「因百姓所欲去留，時為陳說天性大義。」一心要把遂昌治理成「有情之天下」實驗地。上任伊始就整頓衙門作風，精簡法令條文，省掉一些集會。從抓教育入手，視察孔廟，興建建相圃書院，建尊經閣（圖書館）文教設施：他滅虎親民，下鄉勸農發展經濟；他恩威並施，既除暴安民，「勒殺盜酋長十數人」；又以情感化囚犯，大年三十放遣囚回家度歲，元宵夜縱囚出

獄觀燈，做了歷史上只有唐太宗才敢做的非常之舉，體現了作為政治家的湯顯祖的政治知慧和政治膽略。在與遂昌豪強項應祥的鬥爭中，「能巧妙運用強制或妥協手段」，不僅寫信嚴詞催繳他家所拖欠的田賦，民間傳說湯還用了「策略」，讓項應祥不得不自己處死他的一個惡少，為民除了「害馬」。五年，湯把遂昌這個山間小縣治理成「小國寡民，服食淳足」（《寄曾大理》），好一派「長橋夜月歌攜酒，僻塢春風唱採茶」（《即事寄孫世行呂玉繩二首》），「風謠近勝，琴歌餘暇，戲叟遊童，時來笑語」（《答余內齋》）的繁榮昌盛之地，官民同樂一家親的仙縣。

湯顯祖在政治上本懷「有區區之略，可以變化天下」（《答余中宇先生》）的勃勃雄心，但他長期處在下僚。他的「區區之略」未能被發揮，「變化天下」也僅變化了遂昌。壯心被抑的湯顯祖，在礦監稅使要來騷擾遂昌，他不堪為虎作倀，讓自己苦心經營的「有情天下」，為無情的「搜山使者」所踐踏，在「上有疾雷，下有崩湍，即不此去，能留幾餘」（《答郭明龍》）的處境中，別無選擇，只有棄官歸家。

作為政治家的湯顯祖，為遂昌人民做了很多好事，改變了那裡的面貌，受到遂昌百姓的愛戴，搏得「一時醇吏聲為兩浙冠」的口碑。他符合他自己提出的好官標準：「良牧所在民富，去而見思。」（《與李本如岳伯》）遂昌吏民知他要棄官，遠赴揚州鈔關挽留。走後還建生祠（後建遺愛祠）紀念。十年後還派畫師專程到臨川畫他的絹本肖像，在生祠內供人瞻仰。

無論是從儒家對為政者的要求，還是現代、當代不同流派的學者對政治家所下的定義，或是用歷史唯物主義的眼光來審視，湯顯祖都是個合格的政治家，一個封建時代令百姓「去而見思」的「醇吏」。

（出席紀念湯顯祖誕辰 460 週年國際學術研討會提交的論文）

湯顯祖在徐聞研究

　　考察世界文化巨人湯顯祖的一生，跌落谷底時期是其上疏揭發時弊，從留都六品京官貶到徐聞任典史添注。然在徐聞貶所，湯顯祖講學論道，創辦貴生書院，為扭轉當地輕生好鬥的陋習，發展徐聞文教事業作出了出色的政績。為「弘揚貴生精神，提倡貴生思想」，徐聞縣的「湯學」研究者們在 2014 年 3 月成立了「徐聞貴生學會」，建起了一支研究隊伍，並出了一批研究成果。

　　筆者認為，對歷史人物的研究，擬用「普遍聯繫」觀點。當年湯公在徐聞辦教育、建貴生書院固然是「百代徐聞感義仍」壯舉，值得濃墨重彩大書的一筆，然而考察歷史人物在一方的作為，應主要研究他在此地的全部活動。作為湯顯祖在徐聞研究個案，筆者除了涉及湯顯祖的「貴生」思想外，他投荒而來的心態，對一些有爭議文題的再探討，尤其是對其「四夢」戲曲創作所產生的影響，都在觀照中。通過這些研究來展示湯顯祖在貶官生涯中的思想與精神面貌，揭示湯顯祖對徐聞社會和文化教育事業所產生的深遠影響。

一、湯顯祖其人

　　湯顯祖，字義仍，號海若，又號若士，別署清遠道人，1550 年 9 月 24 日生於臨川縣（今屬撫州市）城東文昌里。遠祖湯季珍（萬四公），蘇州溫坊人，唐代名臣，乾符四年（877）僖宗詔令為撫州路宣慰使。次年「欽承簡命視事福州，捐身盡難葬於臨川」。其子五人遂遷撫州。文昌里湯家開基人是湯文德，湯顯祖是其第八代孫。湯家信奉道佛，樂善好施，有藏書四萬多卷，不僅有經史子集、還有罕見元人院本上千種。其父輩有彈琴拍曲的愛好，湯顯祖自小在這書香之家博覽群書並受到戲曲的薰陶。

　　朱元璋稱帝後，苛斃官吏，屢興文字獄，睿智的讀書人多迴避科舉。湯顯祖的天祖（前六代）湯伯清為避科舉「自矐其目」。從父親湯尚賢到天祖湯伯清這五代人，學歷最高是秀才，沒人中舉，也沒人做官。湯家是臨川城未脫離耕種的鄉紳地主，殷實的耕讀世家，但在當地有一定的社會地位。祖父湯懋昭奉信道教，要求孫兒棄科舉而習道術以消極避世。他自己 40 歲就離城到西塘山莊過著耕讀隱居生活。父親湯尚質是個務實的儒學者，督教湯顯祖讀書求功名，積極入世。如此家教背景深刻影響著湯顯祖的人生信念，以致為官施政勸農興教，棄官歸家後也能像陶淵明一樣，除寫作，還「落日寒園自荷鋤」。

　　湯顯祖自幼聰穎過人，5 歲能屬對，12 歲作的詩作顯露其早慧的文學才華。13 歲從徐良傅學古文詞，同時又從羅汝芳學理學。徐是率真耿介諫官，因「語侵權貴」而罷歸從教，他為湯顯祖打下堅實的文學基礎；羅汝芳是泰州學派代表人物王艮的三傳弟子，他的「赤子之心」、「制欲非體仁」說教，開啟了湯顯祖「主情」的思想淵源。14 歲湯顯祖中秀才，才華就受到督學何鏜的推崇，讚歎：「文章名世者，必子也！」。21 歲中江西第八名舉人，已很博學，才名到處傳揚，人們都以能見到湯顯祖感到榮幸。

　　然而時有「八大舉業家之一」聲譽的湯顯祖，在京試中卻連遭四次落第。28 歲和 31 歲兩試均因首輔張居正為了兒子高中前三名，又怕人非議，延攬才名遠揚的湯顯祖陪考，並暗許狀元，但湯視作「處女子失身」予以謝絕，因此遭到報復而兩科與進士失之交臂。22 歲和 25 歲兩試也落第，究其因，察看他現存的八股文，其結尾處或借題發揮，直抒胸意；或委婉隱晦，抨擊時弊，很有可能是他作的八股文試卷不願亦步亦趨「代聖賢立言」，而是注入靈性，寫出真情，因而不合評卷考官口味。飽受京試挫折的湯顯祖，直到張居正死後的次年，才中了個低名次的三甲進士。時年已 34 歲。

　　進士及第的湯顯祖又拒絕了執政輔臣申時行和張四維的結納，失去了選考庶吉士的機會，自請任南京太常寺博士閒職。南京是留都，機構設置帶有象徵性，沒有什麼實權，多安置閒散退休官員或敗於政治鬥爭受到排擠的大臣。同僚中有顧憲成、高攀龍、鄒元標、李三才等就是因得罪權臣受到的冷處理。他們學術見解鮮明，政治主張積極，後為東林黨的核心人物。湯顯祖和他們來往密切，常在一起諷論朝政，評論官吏，以致 38 歲那年第一次進京考核，就因平素好議政受人中傷，雖未受到處份，但四年太常博士期滿也未

得到遷升，改官詹事府主簿，正七品官階任從七品的職。

南京文壇，是擬古主義者的天下，盟主是王世貞，其弟世懋還是湯顯祖的上司，但因文學主張不合，湯顯祖不與他們往來，王舉行的公宴，謝絕唱和他們的詩。還約了幾個好友解剖王世貞等人的詩文，標出他們詩文中模擬、剽竊漢史唐詩的字句，令他們難堪。

中年的湯顯祖與關心時政、弘揚佛法救世的達觀和尚結交，尊他和思想異端的李贄為心目中的「雄傑」，說得到他們的話語與文章，如獲「美劍」。達觀和李贄對湯顯祖中年後的思想和戲劇創作產生很大的影響。

萬曆十七年（1589），40歲的湯顯祖升為禮部主事，官階升為正六品，這時災荒漫延全國。二年後的閏三月，天空出現彗星，習慣視作帝王治理國家失職而受到警示的災異現象，皇帝應下「罪己詔」，以求得上天寬恕。但神宗不僅不反省自己，還嚴責諫官欺蔽聖上，罰他們停止俸祿一年。湯顯祖憤然上《論輔臣科臣疏》，指責神宗先後任用的張居正、申時行兩個首相，一個「剛而有欲」，一個「柔而有欲」，用了一群私人，把天下搞壞了；揭露賑災官員楊文舉、胡汝寧的貪賄罪行，皇上是「賄囑趨勢，長奸釀亂」的總根子。奏疏震動朝野，神宗以「假借國事，攻擊元輔」罪名，貶湯顯祖為廣東徐聞縣典史。一年多後量移浙江遂昌縣知縣。在任五年，勤政愛民，深受百姓愛戴。萬曆二十六年春棄官歸里，從事戲曲創作與演出活動。他的「臨川四夢」在中國和世界戲劇史上佔有重要地位。2000年被聯合國教科文組織通過其為世界100個文化名人之一。

二、湯顯祖遭貶徐聞的心態

心態決定命運。湯顯祖上疏遭貶諭旨下達前和下達後，從南京回到臨川與赴徐聞貶所途中的心態的是複雜且變化著的。湯曾在給朋友信中說：「乘興偶發一疏，不知當事何以處我？」（錢謙益《湯遂昌顯祖傳》）可見他對上疏後果是有思想準備的。他知道奏疏可能會使神宗非常憤怒，情緒一度低落：「或曰上震怒甚，今待罪三月不下，弟子不精不神」。（《答張起潛先生》）當神宗「以南都為散局，不遂己志，敢假借國事攻擊元輔」〔註1〕的罪名將湯顯祖從留都六品貶為的徐聞典史添注（沒有編制的縣令佐雜官，不入品階），雖說是「姑從輕處」可徐聞那時是被人稱作「煙瘴之地」。當「人盡危公，而公

〔註1〕《明實錄》第395冊。

夷然不屑」，湯顯祖還有幾分陸賈出使南越的自豪感，說：「何必減陸賈使南粵哉！」（鄒迪光《臨川湯先生傳》）陸賈是西漢政治幹才，曾跟隨高祖平定天下，代表朝廷出使南越，成功游說尉佗歸順漢王朝。

從南京回到臨川，湯顯祖曾給在河南彰德府任同知（知府的副職）的老友帥機去了一信說：「弟去嶺海。如在金陵。清虛可以殺人，瘴癘可以活人。此中殺活之機，與界局何與耶！」（《寄帥惟審膳部》）即說與其在留都這空架子的京城虛度光陰，不如到煙瘴之地的徐聞幹點實事，體現自己的價值。可見這時他對自己的貶謫遭遇，沒有沮喪，沒有悲觀，內心仍充滿了對歷史責任感，對自己的政治前途保持著樂觀的嚮往。

沒有沮喪，沒有悲觀，不等於他思想沒有一點壓力，不思考人生的航船如何應對這危機四伏的處境中駛向彼岸。離開南京後，經杭州太守姜奇方，情緒「淒然」。湯顯祖開展了對自己在政治上初試鋒芒遇挫的反思。「日有所思，夜有所夢」。回到臨川後患瘧疾，發高燒作惡夢。夢見自己「如破屋中月光細碎黯淡覺自身長僅尺摸索門戶急不可得。忽家尊一喚霍然汗醒。」反映了湯顯祖感到想在現實皇權專制的壓力下，有感到個人的渺小：「身長僅尺」，上下求索而不可得：「摸索門戶急不可得」，心中充滿迷惘與怨憤。

從臨川到徐聞貶所路上，每經過險惡的自然環境便會觸景生情，與自己政治命運相聯繫。如過了大庾嶺，從南雄順北江南下，過英德、進入飛來峽，一路多灘多磯。船在這深山峽谷漂流，感到自己如離群孤鳥。當船經過「彈子磯」，「彈子」是用來打鳥，聯想自己的人生之旅正面臨著危機四伏之中。詩句說：

> 南飛此孤影，箐峭行人稀。
>
> 鳥口灘邊立，前頭彈子磯。〔註2〕

當湯顯祖經香山到達開平縣南三十里處，有個長沙圩，臨蜆江。這一地名與湖南長沙同名，便聯想到漢文帝時著名的政論家賈誼，因被權貴中傷，出為長沙王太傅三年。後雖被召回京城，但不得大用，抑鬱而死。長沙在漢朝是京城偏遠地帶，地勢低，濕度大，自己此去的雷洲半島也是「白日不朗，紅霧四障」的「煙瘴之地」，他以賈誼自喻：

> 樹慘江雲濕，煙昏海日斜。

〔註2〕《憑頭灘》，《湯顯祖全集》卷十一。

寄言賈太傅，今日是長沙。〔註3〕

　　船過英德境南 10 公里的湞陽峽，峽兩岸奇峰聳立，峭壁險峻，水勢洶湧。在此「秀、奇、險、幻」峽道裏，湯顯祖又做了夢，夢見少年時代的朋友周宗鎬來訣別，說他已經和饒侖在一起了。周宗鎬和饒侖是湯顯祖少年時候學同窗。他們三人是臥同床，睡共被，形影不離，親如手足。湯顯祖和饒侖是同年進士。饒侖曾任廣東省順德知縣，後升御史。湯顯祖在南京得到他的訃告，昏倒在床上。不怕同事恥笑，替他帶素半年。周宗鎬沒取得功名，一生失意潦倒，已是六十歲的老人。湯顯祖從臨川來徐聞時周宗鎬來到船上噙著淚花為他送別：「我和你這次可算是別了！」這一生離死別感人的情景，夢繞魂牽。醒來後，湯顯祖便為寫了《哀偉朋賦》，將他與周宗鎬、饒侖的真摯友誼，描寫得悱惻動人。可見湯顯祖不管自己處於怎樣的處境，都不忘將自己的命運、朋友的命運與社會的命運聯繫在一起。

　　貶官一般都喜歡遊山逛水，湯顯祖也有山水情懷：「吾生平夢浮丘羅浮，擎雷大蓬，葛洪丹井，馬伏波銅柱而不可得，得假一尉了此夙願。」他要藉此將嶺南名山秀水勝遊一番，以了卻多年未了的宿願：他到了韶州去遊了南華寺；在廣州見識了千艘樓船聳立江邊的繁華。他還迂道邀請當地朋友遊了羅浮山。「名山紛我思，山水澹人心」（《衙岡望羅浮夜至朱明觀》），每遊一地都有觀遊詩作。他作的《遊羅浮山賦》洋洋 1300 多字，是此行的長篇大作，賦中證悟到自己遭遇貶謫，求歸隱亦已不能，當以淺心自勉，即以平和心境，順心而動，隨遇而安。賦中說：

　　　　為情多其苦悲，亦心淺而易悅。塵影含而智虧，年路深而意沒。

　　夜樂何時而遇仙，花首何因而禮佛。忖凡情於聖真，若窺觀與窮髮。

　　將無始之趣未融，令有終之相難閟。……〔註4〕

　　下了羅浮山，又去了當時中國唯一對外開放前沿陣地的澳門進行考察。湯顯祖從內地自給自足的農桑經濟來到澳門，看到是另一番天地：洋人不務農不栽桑，乘船出海經商賺錢令他新奇。他還穿過瓊州海峽迂道潿洲島考察珍珠養殖。湯顯祖站在潿洲觀看了海上日出日落的壯麗景觀，目睹珠民的艱辛勞動和苦難生活，遙想歷史上的兩位高風亮節的先賢，寫下了詩句：「為映吳梅福，回看漢孟嘗」，頌揚了東漢時合浦太守孟嘗勵精圖治，將多年濫捕殆

〔註3〕《度廣南蜆江至長沙口號》，《湯顯祖全集》卷十一。

〔註4〕《湯顯祖全集》卷二十三。

盡的合浦珍珠生產迅速恢復到可持續發展和西漢末年南昌縣尉梅福，為抵制
王莽篡權，退隱西郊飛鴻山（今叫梅嶺）的高風亮節，寄託了對時任廉州知
府郭廷良期待，同時也表達了自己要以吳、孟為榜樣，「萬里炎溟，冰雪自愛。」
（《答徐聞熊令》）為官一任，造福一方。這是湯顯祖在人生低谷中的一種自
勵，藉此以啟人：由貴生、貴人而愛人。

三、講學與立「貴生說」

對湯顯祖的遭貶，在他的朋友圈子裏有兩種看法：「欣者曰：『……是義
言未始不當聖心也。且召義矣。』戚（擔憂）者曰：『昌黎一代山斗，潮州之
行，竟不無少望。」〔註5〕「欣者」認為湯顯祖的奏書不一定不合神宗的心意，
以後還會召他回朝；「戚者」認為，有如當年韓愈貶潮州。「戚者」的預料成了
現實，朝廷始終沒有「召義」回潮，官復原職，但成全了湯顯祖在徐聞像當年
韓愈貶潮州一樣，關注民生，為百姓做好事做實事。韓愈官大權大，一下做
了除鱷魚、修水利、贖放奴婢、興辦教育四件好事。贏得山山水水皆姓韓的
民心。湯顯祖只是個典史，短短的一年左右是時間，為革除徐聞「輕生好鬥」
的陋俗，講學論道，創辦貴生書院，立「貴生說」，贏得「百代徐聞感義仍」
的嘉許。

湯顯祖到了徐聞後不久，曾與廣東巡按汪雲陽有書信一通說：「弟為雷州
徐聞尉。制府司道諸公，計為一室以居弟，則貴生書院也。其地人輕生，不知
禮義，弟故以貴生名之。」（《與汪雲陽》）可見湯顯祖在徐聞創辦國生書院確
是因當地民俗「輕生好鬥，不知禮義」。據萬曆四十二年（1614）編纂的《雷
州府志・民俗志》載：「雷地僻濱於海，俗尚樸野」「徐聞樸侈不齊，性悍喜
鬥」「惟鄉村小民或輕生敢鬥，然亦不能堅訟，久則釋矣」「一種椎魯之人，固
執己性，化導不得，其失也；愚胸眼窄小，微利則沾沾喜，微害即嘈嘈怨，官
府小不當，街譚巷說而無所諱其失也；粗鄉曲細，民一言之訐誶，輒至捐生，
其失也」。教育落後，人文凋蔽，「總不好紙筆，男兒生事窮」（《海上雜詠》），
「自明成化戊子後，科目十有缺九」，到嘉慶，因倭寇騷擾，「以致學宮茂草，
弟子員十僅一二」，「久廢講席，求所為執經問業者，歲不一也。故百餘年絕
弦誦聲。」到萬曆朝，徐聞城內，除孔廟學宮外，只有崇德、廣業、復初、明

〔註5〕鄒元標《湯義礽尉朝陽序》，轉引自毛效同編《湯顯祖研究資料彙編》第193
頁，上海古籍出版社，1986年9月。

善四所社學。這種樸野的民俗的，不僅造成社會治安的混亂，也成了徐聞的落後貧困的重要原因。面對這樣現狀，湯顯祖上任伊始便講學論道，從提高人的思想與文化素質這一根本舉措入手，以改變陋俗。「典史添注」是沒有編制冗官，在縣衙不好給他安排住房，就把他安置在衙外的一間公寓裏。湯顯祖就用這間公寓既做住所又用作教堂，親自講學論道，把這臨時性的講堂起名為「貴生書院」。

劉應秋受湯顯祖囑託，寫了篇《徐聞縣貴生書院記》，談到湯顯祖當年講學場面與建貴生書院的由來：「徐聞之人士，知海以內有義仍才名久。至則躡衣冠請謁者，趾相錯也。一聆謦欬，輒競傳以為聞所未聞。乃又知義仍所繫重海內，不獨以才，於是學官諸弟子爭北面承學焉。義仍為之抉理譚修，開發欵綮，日津津不厭。諸弟子執經問難靡虛日，戶履常滿，至廨舍隘不能容。會其時有當道勞餉，可值緡錢若干。義仍以謀於邑令熊君，擇地之爽闓者構堂一區，書其區曰貴生書院。義仍自為說，訓諸弟子。」可見，由於湯顯祖才名遠播，「海之南北從遊者甚眾」，寓所常容納不下。這時恰巧官當權的給了他幾千文「勞餉」，湯顯祖便與知縣熊敏商量，選擇公寓東邊一塊乾爽開闊地，捐出自己「勞餉」，建一座正式的「貴生書院」，並自己寫了《貴生書院說》當作教材教育徐聞弟子們，要珍惜生命。該文說：

> 天地之性人為貴。人反自賤者，何也？孟子羣人止以形色自視其身，乃言此形色即是天性，所宜寶而奉之。知此則思生生者誰。仁孝之人，事天如親。故曰：「事死如生，孝之至也。」治天下如郊與禘，孝之達也。子曰：「天地之大德曰生，聖人之大寶曰位。」何以寶此位，有位者能為天地大生廣生。故觀卦有位者「觀我生」，則天下之生皆屬於我；無位者止於「觀其生」，天下之生雖屬於人，亦不忘觀也。故大人之學，起於知生。知生則知自貴，又知天下之生皆當貴重也，然則天地之性大矣，吾何敢以物限之；天下之生久矣，吾安忍以身壞之。《書》曰：「無起穢以自臭。」言自己心行本香，為惡則是自臭也。又曰：「恐人倚乃身。」言破壞世法之人，能引百姓之身邪倚不正也。凡此皆由不知吾生與天下之生可貴，故仁孝之心盡死，雖有其生，正與亡等。況於其位，有何寶乎！……〔註6〕

「天地之性人為貴」這句被漢儒董仲舒誤作孔子話為後世所引用的重要

〔註 6〕《湯顯祖全集》卷三十七。

命題，實出《孝經‧聖治章》。這裡的「性」，即性命、生命。湯顯祖用於開篇發問：人是萬物之靈，人的生命是最寶貴的，可人反而作踐自己，這是為什麼？接著湯顯祖引出儒家經典，闡明珍惜生命，不僅只是滿足於感觀欲的「食色性」，更要遵守社會道德，講仁義孝道，使自己行為不胡亂行事。天地的盛大功德就是孕育了生命，聖賢最看重的是名位。有名位的人要使更多的人懂得生命的可貴，沒有名位的要效法他人愛惜生命。懂得生命可貴的人才會珍惜自己的生命，並看重天下所有的生命。天地間生性極為廣大，生命是自然的存在，不能用物慾限制它的發展，更不應毀壞別人生命。失去了仁孝之心，會敗壞了社會風氣，將人引向邪惡。這種人雖也活著卻像死去一樣，沒有任何價值。湯顯祖勸世人惜生、尊生、貴生似餘意未盡，在即將調離徐聞動身時刻再題詩一首疾呼：

> 天地孰為貴，乾坤只此生。
>
> 海波終日鼓，誰悉貴生情。〔註7〕

「貴生」是中國傳統文化儒、釋、道三家所共存的重要思想，《老子河上公注》中說：「天地生萬物中，人命最貴。」禪宗六祖慧能說：「佛是自性作，莫向身外求。自性迷佛即眾生，自性悟眾生即是佛。」即是說佛性不能離開生命而存在。沒有眾生就沒有佛。故佛教主張不殺生，佛教更是「重人」重「貴生」。儒家說，「聖人深慮天下，莫貴於生」（《呂氏春秋‧貴生》）道出了古代先賢視貴生為人類之至德。「故所謂尊生者，全生之謂」即尊重生命，也就是保護生命。儒家的生命觀比老莊更加合理，更加系統。湯顯祖的貴生說繼承了儒釋道三家的「貴生」思想，但直接導源理學老師羅汝芳的「赤子之學」、「制欲非體仁『的說教和李贄的「童心說」。湯顯祖說：「如明德（羅汝芳）先生者，時在吾心眼中矣。見以可上人（達觀）之雄，聽以李百泉（贄）之傑，尋其吐屬，如獲美劍。」（《答管東溟》）可見羅汝芳和李贄對他思想影響的重要與深刻。「童心」就是「赤子之心」。「赤子之心」出自《孟子‧離婁下》，形容人的心地善良、純潔，熱愛生命，善待自己，善待別人。「制欲非體仁」是羅汝芳老師顏鈞的話。「仁」的核心就是尊重人，以人為本；「欲」是泛指人的生理需求或欲望，是人的生存和享受的需求。「人為貴」的思想所導出的政治理念，就是要「以民為本」。要「以民為本」，就必須尊重人的價值，尊重個體人存在的權利和意志的表達。「飲食男女」、「七情六欲」就是人的本性、

〔註 7〕《徐聞留別貴生書院》，《湯顯祖全集》卷十一。

天性，就是作為人存在的基本權利和意志的訴求。這理念，用在遂昌「因百姓所欲去留，時為陳說天性大義。百姓又皆以為可」（《答吳四明》）而施政，並反映在他後來所創作的「臨川四夢」中對「善情」的謳歌而對「惡情」的鞭撻。從這一意義上說，這一「說」一「詩」初露湯顯祖的「情」的思想之端倪，「人文思想」的表達。《貴生書院說》是湯顯祖打著「貴生」旗號的一份最初「情」的宣言書。

四、湯顯祖在徐聞供職時間

湯顯祖在徐聞供職多久？何時離開徐聞？這是個長期有爭議至今還沒有定論的一個問題。已故浙江大學徐朔方教授說：「湯顯祖在徐聞停留半年」〔註8〕；已故中國藝術研究院近現代戲曲史家黃芝岡說：「湯於去年（萬曆十九年，1590）九月從南城出發」，「本年（萬曆二十一年，1593）春，湯回臨川」。〔註9〕徐聞縣金虎先生說：「湯顯祖在徐聞雖然不足一年，但卻跨越了兩年。」（《走回老街》）廣東海洋大學劉世傑教授前不久撰文說：「湯顯祖任徐聞典史的時間就接近三年，精確地說是兩年零十個月。」〔註10〕廣東海洋大學文學博士王小岩說：「他（湯顯祖）在徐聞的時間不過一個多月時間。」（《湯顯祖貶謫徐聞與詩文戲曲創作》）然而得到不少人認同的時間是半年六個月。這是因為湯顯祖有書信一通說：「委清署而遊瘴海，秋去春歸，有似舊巢之燕；六月一息，無意（徐朔方改為『異』）垂天之雲也。」（《寄傳太常》）「六月一息」解讀為湯顯祖在徐聞待了六個月不能說有錯。我過去也是這樣理解的。2014 年 3 月徐聞縣民間成立了「貴生學會」，我受邀出席了他們的學術研討會。廣東海洋大學劉世傑教授認為「六月一息，無異垂天之雲」是湯顯祖借鑒莊子用語，說在徐聞停歇了一段時間（並非只待了六個月）；「無異」應為「無意」，因政治上受貶，量移遂昌他也不寄望有多大的前程。他的這一解讀促使我對湯顯祖在徐聞供職時間的新思考。

不錯，「秋去春歸」不容否定，然湯顯祖的「春歸」不是萬曆二十年（1592）的「春」，而是萬曆二十一年（1593）的「春」。湯顯祖是萬曆十九年（1591）十一月初七日還在廣州坐船至南海，經香山、澳門、恩平到陽江，後改乘海

〔註 8〕徐朔方《湯顯祖評傳》第 79 頁。
〔註 9〕《湯顯祖編年評傳》第 185 頁。
〔註 10〕《湯顯祖被貶徐聞典史時間考略》，《首屆徐聞縣貴生論壇研討會論文集》打印稿，湛江市社科聯、徐聞中貴生學會，2014 年 3 月 8 日。

船到潿州島，離島經合浦、石城、遂溪、海康陸路到徐聞時間也應到十一月底了。離開徐聞回臨川，到達曲江是初春，有詩「去雁已開梅嶺雪，歸舟猶帶海人煙。」（《過曲江》）為證。若回歸時間是萬曆二十年（1592）春，那麼湯顯祖在徐聞只供職三個月左右，不到六個月。這三個月時間，他要講學、考察社情民意、籌建貴生書院、跨海遊海南島，還作詩30多首，文《粵行五篇》，無論從時間還是他那病弱身軀都是無法完成的。再者，湯顯祖是萬曆二十一年（1593）三月十八日抵達遂昌的，那湯顯祖在臨川停留的時間有一年左右。這麼長的時間呆在老家，徐朔方先生箋校的《湯顯祖詩文集》，斷湯這段時間在臨川作的詩只有10首，其中有四首詩題標明「初歸」、「新歸」、「嶺外初歸」、「雷陽初歸」，還有一首懷念徐聞鄧母，一首懷念徐聞陳文彬，其他4首是否是這時所作還值得研究。就算這10首全是從徐聞歸家去遂昌前在臨川所作，那一年時間只寫了10首詩，大多在春天作，其他季節就沒詩情？臨川有那麼多的親朋好友及門人，難道湯顯祖閉門謝客不作交遊？不會用詩記下他的交遊活動？這不合湯顯祖的正常為人處世。因此，只有萬曆二十一年（1593）湯顯祖在徐聞過完春節後不久啟程回臨川，在家裏稍作停留即赴遂昌上任，所以詩作數量少，且時間上還在春季。湯顯祖在徐聞供職時間應為一年兩個月左右。

對此問題，周松芳先生經研究後認為，造成湯顯祖在徐聞供職時間眾說紛紜重要原因是徐朔方對《恩州午火》一詩有誤讀，「二月桃花降雪鹽」是指其來時（十一月間）見到早放的如同內地二月始開的桃花。我則認為，嶺南氣候溫暖，十月氣候與陽春三月相近，桃花十月反季節開花是有的現象。《廣州日報》（2012年10月21日）報導韶關一農家十月桃花反季節開放，引人慕名來觀賞，說明這只是零星現象，不具普遍性。恩平市鼇峰公園至今每天早上7時起到晚上9時播放的一首當地民歌是：」桃花美，桃花豔，開在三月間……」可見三月才是怒放之期。湯顯祖在徐聞過完春節後經臨川赴遂昌上任，過恩平時已是二月，桃花已開，不能說徐先生「誤讀」了湯詩「二月桃花降雪鹽」，「誤」的是不應將湯的歸程箋注為萬曆二十年，應是萬曆二十一年。這樣，湯顯祖在徐聞的供職時間為一年零二個月較符合史實。

五、湯顯祖的貶官與「四夢」創作

貶謫徐聞，是湯顯祖人生的轉折，赴嶺南一路勝遊的所見所聞，豐富了

他的人生閱歷，震撼了他的心靈，對他的戲劇創作所產生了重大影響，文藝界老領導，中國現代戲劇的奠基人田漢有詩讚：「庾嶺歸來筆有神。」

（一）大庾（今大余）府後花園女鬼索魂故事是《牡丹亭》無字之藍本。萬曆十九年（1590）九月，湯顯祖從臨川出發取道大庾翻過庾嶺進入嶺南，赴任徐聞貶所，到達大庾（時為南安府治所在地）在驛站小住下，相傳曾向驛承打聽附近有何好景致可作觀賞。驛承告訴他，南安府衙後花園甚好，不防可前去探勝尋幽。湯顯祖來到府衙後花園，但見不大的林園，小橋流水，臺池掩映；花木扶疏，曲徑通幽；牡丹亭、舒嘯閣、芍藥欄、綠蔭亭、梅花觀錯落其間。正值湯顯祖為園林景色流連忘返之際，只見東牆角的一棵大梅樹在一片「叮叮噹噹」的砍伐聲中轟然倒下。湯顯祖好不納悶：園中這梅樹多麼難得，為何要砍？遂上前詢問。眾人你一言我一語，道出了一段離奇故事：前任杜太守之女如花似玉，情竇初開，曾在這花園私會情人，遭父怒責，憂鬱成疾，生前將自己美容描下，藏在紫檀匣內，死後太守將愛女葬在這棵梅樹下。從此每當月黑風高夜，這梅樹便會索索發響，有時還會發出「還我魂來！還我魂來！」的呼喚。現任太守不堪夢魘之苦，因而雇工將這棵索魂梅樹砍掉。湯顯祖聽完這一離奇故事，陷入了深深的思考，以此為題材寫一部傳奇劇的構想在他腦海萌發。當然這只是傳說。

對《牡丹亭》一劇的藍本，湯顯祖自己在《牡丹亭題詞記》中作了交代：「傳杜太守事者，彷彿晉武都守李仲文、廣州守馮孝將兒女事。予稍為更而演之。」但入清以後，研究「湯學」的學者們不斷有人對《牡丹亭》藍本進行研究和考證。到進入二十世紀八十年代，文史家譚正璧先生在《玉文堂書目》中發現了《杜麗娘記》書目（明嘉靖二十年進士晁瑮著），並撰文指出「《牡丹亭》也有藍本」，還對《牡丹亭題詞記》文中「傳杜太守事者」作出解讀說：「乃是指另外有人寫文章（也許是口頭）傳說杜太守的故事，決非湯氏自己在《牡丹亭》傳奇中傳杜太守的事，而且這傳說必還產生在《牡丹亭》之先。……」這個「口頭傳說杜太守的故事」筆者認為就是萬曆十九年（1591）秋，湯顯祖經大庾遊南安府後花園，聽到前太守女兒在後花園私會情人，被太守責罵而憂鬱喪命，死後鬼魂發出「還我命來」的傳說故事。這個故事被編成文言小說《杜麗娘記》又被擴編成《杜麗娘慕色還魂》。正是這個傳說故事深深打動了湯顯祖，加上他又親自觀遊了南安後花園實景，產生了更演成傳奇戲曲動因。因此，湯顯祖不言文言小說《杜麗娘記》和話本《杜麗娘慕色

還魂》，而只言「傳杜太守事者」。

據大餘縣當地學者謝傳梅先生研究，南安府署後花園亭臺樓閣的格局，「大約起建於宋朝，元、明、清直至民國各季，均有修膳。」可見在《牡丹亭》問世前就存在，是先有了傳說故事後再有傳奇《牡丹亭》。《牡丹亭》故事發生在南安。第十齣《驚夢》，杜麗娘云：「望斷梅關，宿妝殘。」第十六齣《詰病》，院公云：「人來大庾嶺，船去鬱孤臺。」第二十二齣《旅寄》，柳夢梅：「我柳夢梅秋風拜別中郎，因循親友辭餞，離船過嶺……一天風雪，望見南安」寫的都是南安風物。南安的見聞是湯顯祖作《牡丹亭》無字之藍本，不是無稽之談。

（二）羅浮山的梅花美人傳說也激發了《牡丹亭》的創作作動因。十月小雪前後湯顯祖到達廣州。抵廣州後，走官道應西行肇慶，過陽江、高州而入雷州半島，但湯顯祖並沒有這樣走，而是繞道去了東莞的羅浮山。「羅浮山」有梅花山之喻，那是因為唐代柳宗元寫了個梅花美人的傳說故事叫《趙師雄醉憩梅花下》，收錄在他的傳奇小說集《龍城錄》中。說的是隋朝開皇年間，趙師雄遊羅浮山。一天，寒冷的傍晚時分，趙師雄喝酒喝得半醉半醒之間，停車在松林旁酒店休息。這時，一個淡妝素服美貌女子，出現在師雄的面前，地上還有殘雪，他上去和這位女子講話，感到芳香撲面而來。女子的言語極為清麗，於是敲開酒家門，買酒與她共飲。又有綠衣童子在一旁歡歌助興。不久，師雄酒醉而睡，等到因風寒而凍醒時，東方已白，發現自己正躺在大梅花樹下，樹上有翠鳥在歌唱，月亮已經落下，女子已經不知去向。師雄感到惆悵、遺憾。後世用「羅浮山」比喻梅花，用「梅下開樽」喻人快活逍遙自在。

中國戲曲學院前院長、中國戲曲學會湯顯祖研究分會周育德會長研究了湯顯祖的貶官和《牡丹亭》的關係後認為：湯顯祖的羅浮之遊和《牡丹亭》的關係十分密切，羅浮山朱明洞得到的「梅花須放早，欲夢美人來」的詩興，是《牡丹亭》創作的最早動因。羅浮山的掌故激發了縈繞在湯顯祖腦海中的「梅花美人」的意趣，他決心把這個美好的意境移栽到小說《杜麗娘慕色還魂》的男主公柳夢梅的身上。大庾嶺的梅花，使他聯想到男主公柳夢梅的名字。遊羅浮而勾起的「梅花美人」之意趣。小說《杜麗娘慕色還魂》中的柳夢梅，是四川成都府人，與廣州毫無關係。他之所以喚作「柳夢梅」是「因母夢見食梅而有孕，故此為名。」湯顯祖有了嶺南之遊，在羅浮山又有了梅花美

人的聯想，才重新解釋了「柳夢梅」名字的來歷，而且特意把他的出身安排到嶺南。《尋夢》齣杜麗娘的臺詞：「愛煞這畫陰便，再得到羅浮夢邊。」，「守的個梅根相見」。「若無湯顯祖的嶺南之旅，《牡丹亭》可能不會進入他的戲曲創作或者說，《牡丹亭》的最初構思，不是在臨川，也不是在遂昌，而是起於嶺南貶謫之旅。」〔註11〕

（三）廣西蔣遵箴脅勢補東床的故實糅進了傳奇《牡丹亭》。登上潿洲島就進入了廣西境地。廣西全州縣有個蔣遵箴，是隆慶二年（1568）進士，做過光祿寺少卿。蔣遵箴任吏部文選郎一職時，在京喪偶，聽說兵部侍郎鄭雒及笄之女十分美貌，便派人上門送禮提親。鄭雒是北直隸（今河北）安肅縣人，與廣西相隔幾千里，且蔣遵箴年齡太大，樣子也難看，鄭雒便拒絕了蔣的請求。但蔣遵箴手中有權，又知鄭雒一心想得那正空缺經略職位，於是便對鄭雒脅勢補東床：你把女兒嫁我，我助你當上經略。如此交易，鄭雒權衡後便點頭答應了。不久，蔣遵箴果然利用職權令鄭雒當上了經略。鄭女遠嫁時，鄭雒的妻子痛哭責備，他也不禁涕下。鄭女嫁給蔣遵箴後不久便死了。

湯顯祖登潿州島後經合浦到徐聞，很有可能在廣西境內聽到這一傳聞，成了他日後寫作《牡丹亭》的素材。有研究者認為，《牡丹亭》中的男主人公柳夢梅，或以蔣遵箴為原型。廣西有個柳州，湯顯祖改其姓氏為柳，籍貫則由廣西換成嶺南。《牡丹亭》中的不少人物和情節暗合時事，如柳夢梅姓名中間一個字有兩個「木」，這是暗指丁丑年（1577）與庚辰年（1580）兩科會試，湯顯祖因拒絕首相張居正拉攏而遭落第。這兩科會試的狀元一個是沈懋學，一個是張居正之子張懋修。這兩人名字中間一個字均帶兩個「木」字，因此湯顯祖暗以「兩木」以譏諷。《牡丹亭》中的柳夢梅帶著杜麗娘的畫像找老丈人杜寶，杜寶不認，反誣柳是盜墓賊並弔起鞭打，後柳夢梅中狀元，杜寶仍不認，直到皇帝讓其「進階一品」，這才相認。這是蔣遵箴多次求鄭雒之女而不得，最後以官位相脅迫做了東床附馬。這些不能簡單看作附會之說，清人著的《曲海總目提要》都作了考述。

這些有本與無本的故事與事件構成《牡丹亭》藍本的全貌，湯顯祖「更而演之」為《牡丹亭》。戲曲文獻研究專家、北京語言大學人文學院教授吳書蔭說得好：「湯顯祖如果沒有和當朝權貴的政治鬥爭生涯，沒有遭到貶發嶺南和任遂昌縣令的經歷，即使再有才華，並具備作劇的種種條件，也創作不出

〔註11〕周育德《湯顯祖的貶謫之旅與戲曲創作》，《戲劇藝術》2010 年第 6 期。

『幾令《西廂》減價』的經典名著《牡丹亭》。」〔註12〕

六、湯顯祖對徐聞社會與文化教育事業的深遠影響

湯顯祖當年講學是在縣衙外，「制府司道（隸屬於巡撫的機構）諸公計為一室以居弟」的住所。他和縣令熊敏商議捐出「勞餉」「構堂一區」建的正式貴生書院還沒落成便量移遂昌知縣。書院建成後，又在明清之間雷州半島頻繁地震中「崩廢」。明清以來歷屆執政聯絡民間作過多次修膳。現存書院是清道光元年（1824）縣令趙榛和道光三年（1826）知縣王道光暨全縣紳士一起卜地重建。該書院佔地約 3030 平方米，建築面積達 528 平方米。課室從「堂一區」（是沒分小課室一間廳堂）擴展到有博學、審問、慎思、明辨、篤行、格物、致知、誠意、正心、修身、齊家和治國 12 間小課室。還有學田 96 石作為會科經費。從書院尚存的《院規條碑》《五夫子賓興條例芳名錄碑》《貴生書院官田碑》等碑刻文獻，可看出書院教學與管理體制已是相當完善。

當年湯顯祖講學以「君子學道以愛人」為宗旨，宣揚「天地之性人為貴」、「知生則知自貴，又知天下之生皆當貴重」，而徐聞弟子們「以知義仍繇重海內，不獨以才」，還有他那受人崇敬的高潔品格。「義仍為之抉理談修，開發款繁，日津津不厭」，「傳以為聞所未聞」（《貴生書院記》），將其高潔品格和文化特徵注入個人生命，其效果不僅改變了「輕生好鬥」的陋俗，還對徐聞的文化的積澱與滲透起著重要作用，豐富了徐聞文化的底蘊，深刻影響著徐聞的文化發展。劉應秋評價書院的興衰關係到道學的弘揚：「義仍文章氣節嚆矢一時，茲且以學術為海隅多士瞽宗，則書院之興頹，吾道明蝕之一關也。」（《貴生書院記》）清代徐聞《五夫子賓興條例芳名碑》載：「自明湯義仍先生來徐創書院，而徐蓋知向學，當時沐其教者，掇巍科登仕，文風極盛。」自明洪武初至萬曆十九年的 223 年間，僅出舉人 14 名，而萬曆十九年到崇禎末年的 53 年，徐聞連年旱災，食不果腹，但因受湯顯祖「貴生」精神的滲透，人人向學，仍出了 13 名舉人。書院建成，它和湯顯祖作的《貴生書院說》都被載入當時的《廣東通志》。劉應秋的《貴生書院記》也載入《雷州府志》，足見貴生書院在當時的雷州半島國乃至廣東省的文化價值與影響。

「崩廢」於明末清初的貴生書院，之所以能在晚明與清代道光、咸豐、

〔註12〕《牡丹亭》不可能成書於萬曆十六年──與《〈牡丹亭〉成書年代新考》作者商榷，「湯顯祖莎士比亞交流網」，發布日期：2012-06-13。

光緒三朝得到卜地重建與修膳而保存下來，是因為後任的清流純吏認識到貴生書院的價值，是一項得民心文教設施，對湯顯祖有敬仰與追慕之情，表示要以先賢為榜樣，想做一個品德高尚受民愛戴的好官。

今天，國家文化教育大發展，人的文明素質大提高，以人為本，「貴生」「尊生」，「講和諧」已成為當今社會的主流價值觀。徐聞人的「輕生好鬥」陋習已掃進了歷史。然而在徐聞，「提起『貴生』精神，知之者寥寥，通之者渺渺」。(《徐聞貴生學會簡章》)面對如此尷尬現象，徐聞縣文教界的精英們去年自願成立了「徐聞縣貴生學會」。該會的辦會宗旨是：「本著弘揚『貴生』精神，提倡貴生思想的本義，在開放自由的學術討論中結社辦會，以民間的力量推動地方文化研究，共同打造文化品牌，從而推動當地文化建設。」「徐聞縣貴生學會」的成立，標誌徐聞對湯顯祖的研究進入了新階段。從個人愛好的散戶到有組織，有隊伍，研究工作常態化。然而對歷史文化名人的研究不應侷限其一個學術觀點、一個學術命題，而應該研究此人在一方的全部活動。對湯顯祖在徐聞的研究，不要畫地為牢，「只談貴生與徐聞」，而應以作於徐聞詩文為主要依據，考察其足跡所到之處的政治作為。

講「貴生」是個具有普世價值的課題，永遠也不會過時，但湯顯祖對徐聞的貢獻不只是講學、創辦貴生書院，立貴生說。湯顯祖立「貴生說」講「貴生」講的也是儒家「仁孝」「禮義」範疇的「貴生」。這種「生」不等同「食色之性」：「知生之為性是也，非食色性也之生」。這種「生」與「仁孝」相結合，納入「禮義」規範。湯顯祖說：「孟子恐人止以形色自視其身，乃言此形色即是天性，所宜寶而奉之。知此則思生生者誰。仁孝之人，事天如親，事親如天。故曰：『事死如生，孝之至也』。」如果一個人沒有「仁孝之心」，「雖有其生，正與亡等」，沒有任何的生存價值。(《為守令喻東粵士大夫子弟文》)因此，今天我們要「弘揚『貴生』精神，提倡貴生思想的本義」其實質也是要繼承與弘揚中國傳統道德。

貴生書院隨著時代的發展，人們對它的價值認識也在變化，這種變化不是降低了它的固有價值，而是增添了新的價值。徐聞縣教育界領導們，站在今天教育大背景下看貴生書院，提出了「貴生課堂」這一富有新意的概念。

其要義是「讓學生和老師自然生命和社會生命都得到延伸」。〔註13〕這正是對《貴生說》「故大人之學，起於知生。知生則知自貴，又知天下之生皆當貴重也」的發揮。

考察湯顯祖在徐聞的活動，尚有許多資源有待深入開發研究。湯顯祖到澗洲島寫下的詩句：「為映吳梅福，回看漢孟嘗」，頌揚西漢末年南昌縣尉梅福的官德；東漢合浦太守孟嘗的勵精圖治。到合浦後，湯顯祖沒有見到郭廷良，卻瞭解到了萬曆六年廉州知府周宗武為官清廉勤政，任上捐錢建廉州城、興修水利、擴建學府等做了許多公益事業，因積勞成疾，任上去世，家中一無所有，廉州吏民為他湊錢安葬，其妻則靠人春米、洗衣養兒度日，「士大夫至今傳其清」。湯顯祖用周的事蹟告誡下屬清正為官。湯顯祖到徐聞上任，表示「萬里炎溟，冰雪自愛」（《答徐聞熊令》），「宜以政正身，以禮先人」（《為士大夫喻東粵守令文》），還捐出「勞響」辦學，並在代寫的《為士大夫喻東粵守令文》中說，身為士大夫，若不能端正自身，如何要求別人端正？身為天子的執法者，就要做個清吏，「清吏之法亦清，濁吏之法亦濁。清吏之法法身，而濁吏之法法人也。」又在代寫的《為守令喻東粵士大夫子弟文》中還談到，士大夫的言行對自己子弟起著示範作用。士大夫「害鄉閭不德」，他的子弟一定「不懷德」；士大夫濫權越職「行刑」，他的子弟「必不懷刑」。少數士大夫，以他的不法行為影響他的子弟，是在「敗名滅種」，與那些怕子弟受餓，卻把含毒的食品給他吃一樣。因此，「貴生課堂」今天的使命不只是「讓學生和老師自然生命和社會生命都得到延伸」的「生命課堂」，還要成弘揚中華民族傳統道德的道德文化課堂和進行反腐倡廉教育的廉政文化的課堂。這樣的研究既高揚「貴生」精神，又具現實教育意義。

當年湯顯祖離別徐聞時很放心不下，曾深情關切：「海波終日鼓，誰悉貴生情？」然幾經興毀尚存的貴生書院可作證：徐聞人一直高揚著「貴生」的大旗，傳承著「貴生」精神。徐聞人早已用實際行為作了回答：「海波終日鼓，深悉貴生情。」

湯顯祖對徐聞文化歷史功績：50多年前中國文化界老一輩領導、當代傑出的戲劇家田漢同志用詩作了謳歌：

〔註13〕譚科奇《「貴生課堂」的理論與實踐》《首屆徐聞縣貴生論壇研討會論文集》打印稿，湛江市社科聯、徐聞縣貴生學會，2014年3月8日。

萬里投荒一邑丞，屏軀哪耐瘴雲蒸？
憂時亦有江南夢，講學如傳海上燈。
應見緬茄初長日，曾登唐塔最高層。
貴生書院遺碑在，百代徐聞感義仍。

2015 年 2 月 15 日改定

湯顯祖的海南「情」

　　湯顯祖何許人也？是明代「絕代奇才，冠世博學」的劇作家，是與西方莎士比亞相比肩的世界戲劇大師。他早莎士比亞 14 年而生，逝於同年。今年是他們忌辰 400 週年。去年 10 月 21 日，國家主席習近平在倫敦金融城市政廳發表題為《共倡開放包容，共促和平發展》演講中提出：湯顯祖「創作的《牡丹亭》、《紫釵記》、《南柯記》、《邯鄲記》等戲劇享譽世界。湯顯祖與莎士比亞是同時代的人，他們兩人都是 1616 年逝世的。明年是他們逝世 400 週年。中英兩國可以共同紀念這兩位文學巨匠，以此推動兩國人民交流、加深相互理解。」習主席的話，體現了國家對湯顯祖價值的高度重視與地位的肯定。

　　湯顯祖出生於江西臨川（今屬撫州市），自幼聰穎過人，14 歲中秀才，才華就受到督學何鏜的推崇。21 歲中江西第八名舉人，已很博學，為海內揚名的大才子。臨川是宋明以來的著名才子之鄉，歷史上叱吒風雲的政治改革家王安石、北宋父子大詞人晏殊、晏幾道、唐宋八大家之一的曾鞏都是此地人。湯顯祖青年時期立志要像王安石那樣：「若吾豫章之劍，能幹斗柄，成蛟龍」，在政治上幹一番事業。自謂「某頗有區區之略，可以變化天下。」為此，他積極投身舉業。然因他品格高潔，當朝首輔張居正籠絡他暗許狀元他拒絕，以致京試連遭挫折。直到張居正死後的次年，已 34 歲才中了個低名次的三甲進士。他任過南京太常博士、詹事府主簿、禮部主事，因上疏論劾輔臣張居正、申時行任用私人，科臣楊文舉等貪贓枉法，並把矛頭指向了皇帝神宗，被眨謫為廣東徐聞縣不入品階的典史。

　　湯顯祖幼年受教於王學左派傳人羅汝芳。羅的「赤子之心」、「制欲非體

仁」的說教，開啟了湯顯祖「主情」思想淵源。「世總為情」，「人生而有情」是他的宇宙觀。在徐聞，湯顯祖講學倡貴生，創辦貴生書院，並還寫下最初面目的「情」的宣言書《貴生說》。一年多後，遷任浙江遂昌縣令。在遂昌五年，勤政愛民、「因百姓所欲去留」而施政，以「情」感化囚犯，除夕放囚度歲，元宵夜組織獄囚觀燈，政聲冠兩浙，深得百姓愛戴。但因朝中反對派勢力屢加阻抑而不得升遷，當皇上派礦監要來踐踏遂昌，他不堪為虎作倀，於萬曆二十六年進京考核，便棄官歸里。3 年後的吏部考察中，還給他一個「浮躁」的評語，奪去了他的職務。

仕進之路既已斷絕，但「變化天下」的壯心未泯，他用戲曲救世，用情悟人，「因情成夢，因夢成戲」，寫出了 400 年盛演不衰的「臨川四夢」，奠定了堪與莎士比亞比肩的世界戲曲大師地位。

未到海南先有「情」

1589 年，40 歲的湯顯祖官升南京禮部主事，這是他仕途最高的職務。在任內，未到海南的湯顯祖卻寫了《定安五勝詩》，神遊了海南定安縣境內的五指山、彩筆峰（即文筆峰）、金雞岫（即金雞嶺）、馬鞍峴（即馬鞍嶺）和青橋水（即橋頭泉）五處山水聖蹟。這是怎麼回事呢？原來湯顯祖的頂頭上司是王弘誨，海南定安龍梅鄉人，庶吉士出向身，曾任翰林院編修、國子臨祭酒、南京吏部右侍郎。這年六月，升南京禮部尚書。王弘誨長湯顯祖 10 歲，也是自幼聰穎過人，5 歲讀書，9 歲參加童子試，文章驚人，受縣令賞識。年僅 19 歲，中鄉試第一名——「解元」。24 歲中進士，選任翰林庶吉士。在學術上，王也是文史學家和詩人，著作豐碩；而且也是個剛正不阿不畏權貴的人，寫過詩文諷刺當朝權貴。王弘誨與湯顯祖有太多的一致，是性情相投的同僚和詩友。王非常鍾情故鄉山水，對五指山和環繞王弘誨家園龍梅村四五里方圍內的文筆峰、金雞嶺、馬鞍嶺和橋頭泉等聖蹟，少年時常登臨遊玩，為官後魂牽夢繞，「**每繪圖懸小齋中，以當少文臥遊**」即用青白色的絲絹繪製有詩有畫的「五勝」卷帙，懸掛在他的小書房內。湯顯祖在他書房看到了，「頗存詠思」，起而唱和。

「五指山」位於瓊州中部，時屬定安縣境內，主峰海拔 1879 米，恰似掌形，直插雲天，是海南的主要勝景，海南島的象徵。湯顯祖的唱和詩寫道：

遙遙五指峰，嶄絕珠崖右。

纖（飛）聳佛（明）輪光，嵌空巨靈手。

迭嶂（嶪）開辰巳，修巒（纖）露申酉。

天霄煙霧中，海氣晴明後。

一峰時出雲，四州紛矯首。

主人毓靈（定安）秀，面峰（晞嵷）鑿虛（靈）牖。

嵐翠古森蕭（灑），揮弄亦已久。

時（方）從吳會間，離離望北（滿星）斗。

詩在光緒四年（1878）修的《定安縣志·藝文志》中可找到，與徐朔方箋校的《湯顯祖詩文集》中的同名詩有 12 個字不同（括號內為徐先生箋校本）。我認為這可能是從王弘誨處得到的最初稿，徐朔方箋校的稿是後來湯的修改稿。詩通過讚頌「五勝」之美，抒發了對海南雖孤懸海外，卻聚集了天地間靈秀之氣，英才輩出，表達了湯顯祖對海南的嚮往和對王弘誨等的一片景仰之情。

泛槎圓夢海南「情」

徐聞與瓊州海南一衣帶水，隔海最近處僅 18 公里，站在踏磊港望瓊州大地依稀可見。對海南懷有嚮往之情的湯顯祖，面前隔岸的瓊州大地，既是王弘誨的家鄉，又是他曾稱讚過的博學多才、高風亮節丘濬、海瑞等當代名臣的家鄉。瓊州是謫客逐臣流放之地，唐有韋執宜、李德裕，宋有蘇軾、李綱、李光、趙鼎、胡銓等賢相名宦、文壇鉅子先後都流放這裡。當神宗貶謫徐聞諭旨下達後，湯顯祖把此看做漢代陸賈為漢高祖安定天下出使越南的使命，並明確表白要藉此勝遊嶺南著名山水：「吾生平夢羅浮、擎雷、大蓬、葛洪丹井、馬伏波銅柱而不可得，得假一尉，了此夙願。」羅浮山在博羅縣，葛洪的煉丹井在羅浮山，大蓬山在潿洲島，他在赴徐聞道中都遊過了，擎雷山在與徐聞相鄰的康海縣境內，隨時可行，唯有東漢伏波將軍馬援征服交趾後在極南邊界上所立銅柱未曾見過。唐人宋之問有詩說：「珠厓天外郡，銅柱海南標。」（《早發韶州》）張渭也有詩云：「銅柱朱崖道路難，伏波橫海舊登壇。」（《杜侍御送貢物戲贈》）「珠崖」「朱崖」就是海南。這裡就是中國陸地的極南邊界。現在自己也淪落瘴鄉，湯對這孤懸海外的極南地域有神密感，他要圓魂牽夢繞海南夢，要跨海去看馬伏波銅柱，憑弔與他一樣曾遭貶在此的歷史先賢。湯顯祖到徐聞後和任過隨州知州（時在家閒住）的徐聞舉人陳文彬

兄弟建立了交情。第二年（1592）冬，在陳文彬等的陪同下，「浮槎」跨海登上了瓊州大地。陪同人員中可能還有定安舉子吳秉機。因有人在海南有地方文獻看到有「湯顯祖與吳秉機奉命南巡」的記載。「然瓊昔於四州，陸路少通，多由海達」。湯顯祖泛舟跨海後應是從瓊西海岸南下環島而行，在臨高、儋州、崖州（三亞）和萬州（萬寧）等地作了考察，並在詩作中留下了他此行的草蛇灰線。詩云：

> 沓磊風煙臘月秋，參天五指見瓊州。
>
> 旌旗直下三千尺，海氣能高百尺樓。

——《徐聞泛海歸百尺樓示張明威》《湯顯祖詩文集》卷十一

那是萬曆二十年（1592）「臘月秋」季節（農曆十二月），湯顯祖從「沓磊港」出發泛海，在海上遠遠看到以「參天五指」為形象的瓊州大地。

湯顯祖踏上瓊州大地，在海口府城通往臨高、儋州、三亞的古驛道旁有個買愁村（今美巢村）。南宋名臣胡銓當年流放崖州經過此村，見荒草淒涼，想起國家與自己的命運，心情十分楚痛與哀傷，寫下「南來怕入買愁村」詩句。現在自己也是遭貶之人，湯顯祖託村名而言心聲，開導自己，要將「買愁」化「莫愁」，於是吟詩一首云：

> 珠崖如困氣朝昏，沓磊歌殘一斷魂。
>
> 但載綠珠吹笛去，買愁村是莫愁村。

——《徐聞送越客臨高，寄家雷水二絕》《湯顯祖詩文集》卷十一

在海南，湯顯祖聽到李德裕死後，皇帝曾授命畫了他的一幅遺像，流落在黎人（也可能就是李德裕的子孫）手中，每年黎人還要拿出來曬一次。李德裕是唐武宗時的賢相，河北贊皇人，晚年因牛、李黨爭中受牛黨構陷，謫貶潮州司馬，繼而再貶崖州（那時崖州在今三亞崖城）司戶參軍，並客死貶所。他死後，子孫流落黎族，成了黎人。想起李德裕生前功勳彪炳，聲名顯赫，朝野無人能比，死後成了鬼門關外客，永遠都做他鄉之鬼，湯顯祖作詩表達對李贊皇不幸遭遇的深切同情與傷感：

> 英風名閥冠朝參，麻誥丹青委瘴嵐。
>
> 解得鬼門關外客，千秋還唱《夢江南》。

——《瓊人說生黎中先時尚有李贊皇誥軸遺相在，歲一曝之》
《湯顯祖詩文集》卷十一

離開臨高後湯顯祖去了儋州，有可能到中和鎮憑弔了蘇東坡。他在《海

上雜詠》之七云：「鳳凰五色小，高韻遠徐聞，正使蘇君在，誰為黎子雲？」說的是當年蘇東坡初到儋州，昌化軍使張中對他很好，讓蘇軾暫住行衙，故舊斷絕，見到海南特有的一種稱為小鳳凰「五色雀」鳥，竟高興把它當成能慰藉自己的知心朋友。後張中又派軍士修葺倫江驛供蘇軾居住，此事不久被人告發，章惇派人去到儋州，將蘇軾趕出官舍，幸得當地黎子雲兄弟幫助建造「桄榔庵」，得以棲身。蘇軾與黎子雲兄弟成為親密的師友，常能在一起喝酒論詩，傾訴情懷。此事勾起了湯顯祖成心思，想到自己也是貶謫之人，他希望在徐聞也能結交到像黎子雲那樣的好友！

　　黎族是海南最早的居民，瓊西的昌江、東方和三亞都是海南黎族的主要聚居地。湯顯祖在黎族聚居地考察了他們的生活習俗，寫下了《黎女歌》，生動細緻描繪了黎女紋身、織錦、對歌和婚嫁等的特有的民俗風情。詩云：

> 黎家豪女笄有歲，如期置酒屬親至。
> 自持針筆向肌理，刺涅分明極微細。
> 點側蟲蛾折花卉，淡粟青紋繞餘地。
> 便坐紡織黎錦單，拆雜吳人採絲致。
> 珠崖嫁娶須八月，黎人春作踏歌戲。
> 女兒競戴小花笠，簪兩銀篦加雉翠。
> 半錦短衫花襉裙，白足女奴絳包髻。
> 少年男子竹弓弦，花幔纏頭束腰際。
> 藤帽斜珠雙耳環，纈錦垂裙赤文臂。
> 文臂郎君繡面女，並上秋韆兩搖曳。
> 分頭攜手簇邀遊，殷山沓地蠻聲氣。
> 歌中答意自心知，但許婚家箭為誓。
> 椎牛擊鼓會金釵，為歡那復知年歲。

這裡說：黎女長到十二至十六歲期間，就要進行紋面、紋肢和紋身。黎家婚期選在農曆八月，每年春季三月三，黎女頭戴著小花笠，插著銀篦還加上山雞的翠色羽毛；男青年挎著竹製的弓箭，色彩鮮豔花幔係紮在腰間，手臂上露出各種圖騰的臂紋，戴著藤帽，輕歌婉調，傾心投情。經一段時間的熱戀，男女雙方關係確定，在結婚的前一天，男方派人到女家，唱支定親歌後，就把一枝特製的箭插在女家牆上，表示婚事已定。到結婚那天，男方要殺牛、敲鑼打鼓去迎親。送娘隊伍到郎家後，就要進行「飲福酒」、「逗娘」、「對歌」

一系列活動到通宵達旦。不深入黎家親目所見，僅靠「知聞」和作者「表現水平的高超」能描出了這樣濃鬱的黎族風情長卷是不可想像的。

> 菁絕瓊西路，能言是了哥。
>
> 不教呼萬歲，只為隴琴多。
>
> ——《海上雜詠二十首》《湯顯祖詩文集》卷十二

湯顯祖明言在去瓊西路上看見了哥。這是一種鳥馳名中外的觀賞鳥，善於仿傚人語。了哥學說話的本領，遠比八哥、鸚鵡逼真，吐字清晰。此鳥只海南有，徐聞沒有。湯顯祖遊了海南，這了哥也是證明。

湯顯祖遊瓊州本是要看歷史文物馬伏波銅柱，但他來到朱崖（三亞）也許此文物已不存在，沒有詩提及此事。然珠崖早在唐武德五年（622）在這裡設臨川縣，宋熙寧六年（1073）改設臨川鎮，與湯顯祖故里同名。這裡河叫臨川水，這裡的港稱臨川港，是著名的鹽漁港。湯顯祖到了這裡，瞭解珠崖的歷史沿革，知道這裡的臨川港還盛產製干貝的江珧（也叫醋螺）。這是故鄉臨川沒有，並作詩云：

> 見說臨川港，江珧海月佳。
>
> 故鄉無此物，名縣古珠崖。
>
> ——《海上雜詠二十首》《湯顯祖詩文集》卷十一

遊瓊州後，湯顯祖是從海口白沙門渡口乘船回到徐聞沓磊港的。湯顯祖有詩《白沙海口出沓磊》說：

> 東望何須萬里沙，南溟初此泛靈槎。
>
> 不堪衣帶飛寒色，蹴浪兼天吐石花。
>
> ——《湯顯祖詩文集》卷十一

「白沙海口」即白沙口，又名神應港，在今海口市南北，明代置守千戶所，稱海口所，屬瓊山縣。這裡是當年出入瓊州最主要的港口。詩描述湯顯祖看到白沙門渡口一望無際的沙灘，感到哪裏要到萬里外去尋沙漠啊，這裡不就有了嗎？不親到海口白沙港哪能有這種感受？

此行湯顯祖還品嘗了海南特產檳榔，知道它的食用與藥用價值：「徘徊贈珍惜，消此瘴鄉心。」到了萬寧，參觀了這裡「纖纖閨指真絕奇」的織藤的工藝；觀賞了海南的花梨木：「花梨似降真」；「半月東來半月西」潮汛；「冬無凍寒」海南，正德元年（1506）在萬州（今萬寧）出現了「檳榔寒落凍魚飛」的雪景奇觀等等。第二年湯顯祖離任徐聞經臨川去遂昌上任，在回歸的路上還

對此遊念念不忘，把瓊州、雷州同作此行經遊之地而寫入詩中：「江楚西歸欲望天，瓊雷東斷瘴雲連」（《高要送魯司理》）。十年後，當他聽到同鄉好友吳拾芝有渡海南之舉，他還深情憶及自己當年的海南遊歷，不忘萬州生產的精美藤作：「沓磊秋高向若登，玉芝煙雨去時曾，秋風海角書囊裏，為賦炎州五色藤。」憶及在海南吃檳榔：「自然瓊樹不妨瓊，能使炎風海外清，但得檳榔一千口，與君相對臥紅笙。」（《聞拾之渡瓊寄胡憲伯瑞芝二首》）

海南入戲「四夢情」

貶謫徐聞，是湯顯祖人生的轉折，赴嶺南一路勝遊，豐富了他的人生閱歷，震撼了他的心靈，對他的戲劇創作所產生了重大影響。遊海南的見聞，有的提煉為戲曲創作素材，寫入他的「臨川四夢」中。在海南吃「醉檳榔」，口沫變成紅色，直至臉熱潮紅，湯顯祖寫入《牡丹亭·圓駕》齣：

> （外）正理，正理！花你那蠻兒一點紅嘴哩！（生）老平章，
> 你罵俺嶺南人吃檳榔，其實柳夢梅唇紅齒白。

《邯鄲記》是湯顯祖「臨川四夢」中藝術成就僅次於《牡丹亭》一部傑作，劇本深刻揭露了封建社會官場的醜惡現實，被人稱之「明代官場現形記」。該劇由唐人沈既濟的小說《枕中記》改編。小說原寫盧生為賢相時被同僚所害，皇帝要把他「投驩（歡）州」（今越南河靜省和義安省南部）。因湯顯祖有遊海南的經歷，知道李德裕貶崖州經受過的險惡環境，把「投驩（歡）州」改為「遠竄廣南崖州鬼門關安置。」劇本從第二十齣《死竄》到第二十五齣《召還》故事發生地點也就移到海南。盧生在這鬼門關的環境裏度過了三年，從階下囚變欽取還朝，當上了丞相，全劇的高潮和轉折發生在海南，是體現劇作思想深度和歷史內容的重要場次。

劇本中通過劇中人物說到海南的曲白有：第二十齣《死竄》中有關海南也入臺詞的有：「〔生〕去去去去那無雁處。海天涯。」第二十一齣《讒快》齣中宇文融：「可恨他妻子清河崔氏，奏免其死，竄居海南煙瘴地方。那裡有個鬼門關。」

第二十二齣《備苦》：「〔生看念介〕：呀，盧生到了鬼門關，眼見無活的也。〔樵〕你是何等人，自來送死。〔生〕我是大唐功臣，流配來此。〔樵〕州里多見人說：有大官宦趕來，不許他官房住坐，連民房也不許借他。」樵夫可憐他，把他領到自己的「碉房住去」。這是蘇軾貶到儋州後，軍使張中將倫江

驛供他居住，章惇派人將蘇軾趕出官舍，儋人黎子雲兄弟等幫蘇軾建造桃榔庵一事的推衍。

湯顯祖還把黎族人和他們的住房排欄（又叫干欄）也寫進劇中。第二十二齣《備苦》：「我們是這崖州蠻戶，生來骨髓都黑，因此州里人都叫做黑鬼。」「〔生〕怎生叫做碉房。〔樵〕你是不知。這鬼門關大小鬼約有四萬八千。但是颶風起時。白日裏出跳。則是鬼矮的離地三寸。高的不上一丈。下面住鬼打攪得荒。我們山崖樹杪架些排欄。」

第二十五齣《召還》中，寫盧生冤情昭雪，欽取還朝，不忘海南黎族百姓對他的關照：「〔生〕君命召，就此起行了。〔黑鬼三人生〕黑鬼們來送老爺。〔生〕勞苦你三年了。【會河陽】「地折底走過，瓊、崖、萬、儋。謝你鬼門關口來，相探。〔丑〕地方要起老爺生祠，千年萬載。〔生〕要立生祠。立在他狗排欄之上，生受他留我住站。我魂夢遊海南。把名字他碉房嵌。」

湯顯祖對海南是如此情深，「臨川四夢」與海南關係又如此密切。因湯顯祖的貶所在徐聞，不在瓊州，不像「五公」那樣為海南家喻戶曉。但湯顯祖遊海南，「湯學」對海南文化的積澱和滲透起著積極作用。他寫的《五指山》詩，收進了光緒版《定安縣志》；「買愁村是莫愁村」詩句提高了莫愁村的知名度，莫愁村世代流傳著湯顯祖來到這村的故事傳說。海南建省後，海南新聞出版界有識之士，對湯顯祖來海南引起了重視，將它作為課題來研究。李啟忠先生選注了湯顯祖遊海南寫下詩，匯入《歷代名人入瓊詩選》出版；周濟夫先生研究了湯顯祖筆下的海南，寫出有創見的研究文章。已是國際旅遊島的海南，是中外遊客的旅遊勝地。湯顯祖對海南歷史人物，山水勝蹟，民情風俗和風物特產的詠贊，是海南的貶官文化的精彩篇章；考證其行蹤所涉是可開發的旅遊資源。湯顯祖是以其戲曲成就站上世界文化巨人之列。他的「臨川四夢」蜚聲海內外，400年盛演不衰，我們要繼承與發揚湯顯祖留下來的文化遺產，應該用海南的地方戲曲和民族歌舞來排演「臨川四夢」，是我們對這位戲劇哲人，一生以戲曲救世的戲劇政治家最好的紀念。

（原載《海南日報》，2016 年 8 月 22 日）

四夢新探

論湯顯祖戲劇中的時間處理

　　古希臘的亞理斯多德在《詩學》中給悲劇下的定義中說：「悲劇是對於一個嚴肅、完整、有一定長度的行動的摹仿。」[註1]所謂「有一定長度」指的就是時間。由此可見，戲劇是一種受時間制約的藝術。沒有時間也就沒有戲劇。戲劇中的時間可分為三種：一是實際時間（即物理時間），就是一齣戲從開場到終場所佔的表演時間；二是心理時間，就是觀眾在看戲時對時間長度的主觀、情緒的印象：三是戲劇性時間，就是對戲劇所反映的實際時間的壓縮或延伸。在我國古籍中，所謂時間，就是古往今來，春夏秋冬，旦暮晝夜。至今，仍代表人們的時間觀念。西方戲劇，要求表演的實際時間和表演事件時間大體上一致。而我國戲曲則往往把表演時間和表演事件時間分開來，用戲劇性時間去主動超越，形成中國戲劇時間處理的特色。湯顯祖戲劇是中國古典戲劇的代表。在他的戲劇中，對時間的處理不僅繼承宋元戲劇的傳統手法，而且還有獨特之處，體現了中華民族戲曲藝術的精粹。筆者就湯顯祖在戲劇中對時間的處理與戲劇的主題、情結構和人物刻畫的關係試作剖析：

一、時間與主題

　　大家都知道，湯顯祖戲劇最為突出的特點是都寫了夢。《牡丹亭》做的是情人幽會夢；《紫釵記》做的是「黃衫客強合鞋兒夢」；《南柯記》做的是酸酸楚楚富貴夢；《邯鄲記》做的是歷盡滄桑，享盡榮華而極欲喪生夢。以夢的內容分，前二夢為愛情夢，後二夢為政治夢；以時間長度分，前二夢為短夢，後

〔註 1〕亞理斯多德《詩學》，羅念生譯，人民文學出版社，1988 年出版。

二夢為長夢。夢幻是一種心理時間，是人在不正常心理狀態下對時間的感覺，也就是人們對時間長度的主觀情緒的印象。用湯顯祖的話來說，叫做「恍惚」。因此，從湯顯祖戲劇中時間特點看，他的「臨川四夢」可稱為「夢劇」，也就是心理時間劇。

中國戲劇寫夢本不是湯顯祖的發明創造。較早有元代史九敬根據莊周夢見蝴蝶的故事作有《莊周夢》雜劇。晚明傳奇作家中，寫夢更是劇作家們慣用手法。但是，湯顯祖的夢之所以寫得不同凡響，就在他四部戲都以夢作為劇情中心，通過夢幻，在「一勾欄之上，幾個色目之中，無不紆徐煥眩，頓挫徘徊；恍然為見千秋之人，發夢中之事」。〔註2〕揭示古往今來各種人物的精神世界，讓觀眾領悟人生真諦。

湯顯祖的哲學觀是個「情」字。他認為「世總為情」〔註3〕，「人生而有情」〔註4〕，「世有有情之天下」〔註5〕。他之可以寫戲是「因情成夢，因夢成戲」〔註6〕。湯顯祖還把情分成「善情」與「惡情」兩類。在他的戲劇中，既運用心理時間對「善情」的熱情謳歌，又運用心理時間對「惡情」的無情批判。為了謳歌「善情」，在《牡丹亭》中，讓主人公杜麗娘在心理時間中，衝破了封建禮教的束縛，與理想中的情人幽會，表達了少女對愛情的追求和要求個性解放的精神，揭示了「理之所必無，安知情之所必有」的深刻思想。在《紫釵記》中，一個「黃衣客強合鞋兒夢」，用心理時間，寄希望於黃衫客這樣的豪俠之士，來幫助世間有情人重諧連理。為了批判「惡情」，在《南柯記》中，讓淳于棼在心理時間中做南柯郡太守二十載，展現了一個本有所作為的豪俠之士，一旦進入官場，就如掉入大染缸，以致鬥志消盡。一覺醒來，感悟「浮世紛紛蟻子群」。在《邯鄲記》中，讓一心追求功名利祿的盧生，在心理時間中，歷盡宦海風波，又享盡榮華，窮奢極欲，淫樂無度，老死在相位而久久不能咽氣，旨在「把人情世故高談盡，則要你世上人夢回時心自忖」。用戲劇中的時間來解釋，所謂「因情成夢，因夢成戲」實際就是現實時間中的情無法宣洩，只有憑藉心理時間去展現，而這種展現又必須遵照戲曲藝術規律，服從主題需要，有戲則長，無戲則短，便運用戲劇性時間對表演事件時間進

〔註2〕《宜黃縣戲神清源師廟記》，《湯顯祖詩文集》卷三十四。

〔註3〕《耳伯麻姑遊詩序》，《湯顯祖詩文集》卷三十一。

〔註4〕《宜黃縣戲神清源師廟記》，《湯顯祖詩文集》卷三十四。

〔註5〕《青蓮閣記》，《湯顯祖詩文集》卷三十四。

〔註6〕《復甘義麓》，《湯顯祖詩文集》卷四十七。

行壓縮和延展。心理時間,在湯顯祖的戲劇中猶如神秘的輕紗,既裹藏著刺向封建專制主義的匕首,又飄散著佛道的煙火;它既抒情,又諷世;它讓人深思,讓人聯想,為中國戲曲美學留下無窮探究的境界。

　　從古今時間關係上看,湯顯祖的「臨川四夢」四部劇作,故事發生時間除《牡丹亭》是宋光宗年間外,其他都是唐代。湯顯祖將它們改成劇作時,讓劇中人物穿著前朝的服裝,搬演當朝的社會生活,把歷史與現實融會貫通,相互滲透,對晚明社會進行揭發和批判。《紫簫記》的「譏託」,竟「為部長吏抑止不行」;《紫釵記》添了一個姦臣盧太尉,為的是討伐因現實中的「盧太尉」;《南柯記》的蟻國,乃是朱明王朝的寫照,而《邯鄲記》有似一部晚明社會的《官場現形記》。

二、時間與情節

　　德國古斯塔夫・弗萊塔克在《論戲劇情節》一書中說:「戲劇情節就是根據主題思想安排的事件。」而事件則又是在一定時間下進行的。那麼湯顯祖的戲劇中的事件(情節)又是如何運用時間來進行的呢?《紫釵記》的事件基本上都是在現實時間中展開的,劇中的情節時間大體就是故事從發生到結束的跨度時間。只有霍小玉夢黃衫客送鞋兒那一情節發生在心理時間。《牡丹亭》的事件安排得複雜,主人公入夢又出夢,由生而死,死而復生,在人間、夢幻和地獄中交錯進行。實際時間、心理時間和戲劇性時間在劇中交替運用。但是一本《牡丹亭》的核心是《驚夢》一折。遊園驚夢中的心理時間是推動全劇情節發展的關鍵。而《邯鄲記》和《南柯記》的事件安排則是從現實進入夢幻再回到現實。對時間的處理猶如電影中的閃回鏡頭——從現實時間到心理時間再回到現實時間。從這兩個戲來看,夢幻時間的發生只不過是短暫的一瞥,但是主要情節都發生在夢中,夢中情節時間基本就是一本戲的情節時間。

　　在湯顯祖的戲劇中,成功運用了中國戲劇時間的運動性。為了情節發展需要,常把時間作慢速運動。《牡丹亭》中杜麗娘的夢,在實際時間中只不過是幾分鐘的瞌睡,而在臺上經杜麗娘和柳夢梅纏綿悱惻的表演,加上花神的舞蹈,實際演出時間起碼要超過半個鐘頭。而《南柯記》淳于棼的夢在實際時間只是「餘酒尚溫」的工夫,而戲劇中情節時間是二十餘年。《邯鄲記》中盧生的夢境醒來,一鍋黃粱米飯都未熟,而情節時間卻是六十年。這兩個戲的全劇實際演出時間最多也不過十多個小時。

　　為了推動情節發展需要，湯顯祖還常常將時間作快速運動。為《牡丹亭》中，杜麗娘和春香去遊園時，僅一個園場就從閨房到了花園，再一個園場又回到了閨房。現實中從閨房到花園和從花園到閨房的時間比戲劇中的時間長得多，但因途中許多時間是沒有戲的，與情節發展沒有多大關係，於是便作快速而過。

　　另外，湯顯祖在《牡丹亭》和《南柯記》中，巧妙地運用了中國戲劇很少運用的「虛下」（即劇中人物走到下場門一邊站不真下）將時間處理成快速。為《牡丹亭》中的《御淮》一齣，李全與眾將士往下場門一靠，接上杜寶就帶兵上場，表明環境轉換了，時間推移了，情節也發展了。在實際生活中，杜寶帶兵趕來，決不只是李全往下場門一靠那一瞬間。再如「弔場」的運用：《南柯記》第二齣《俠概》，周弁、田子華下，劇情告一段落，只留淳于棼和山渣兒作簡短的對話表演，並立即割斷行動線。看起來這段好似多餘的蛇腳，實為第六齣《謾遣》作了必要的鋪墊，節省了情節時間。

　　在湯顯祖的戲劇中，為表示時間的推移，更多是採用中國戲劇所特有的通過演員上下場和他們的唱、做、念、舞的虛擬表演。如《拾畫》一齣，柳夢梅在花園時，通過他的唱、做、念、舞的表演，觀眾不僅從演員身上看到空間環境，而且還從演員身上體察到時間的流逝。

三、時間與結構

　　戲劇結構是「在時間和空間方面對戲劇行動的組織」〔註7〕。湯顯祖的戲劇如何運用時間去組織戲劇行動呢？我國戲劇結構模式是「以時制空」，即以時間率領空間，通過行動進程去表現行動的空間。湯顯祖的戲劇均為平面展開的點線式結構。這種結構模式，時間是出發點，事件的地點、人物活動的空間則在時間的進程中順便帶出，使一個小小的舞臺，能「極人物之萬途，攢古今之千變」。〔註8〕

　　湯顯祖的「臨川四夢」情節線較多，一般都有主線、付線、次付線三條。如《牡丹亭》，杜麗娘行動是主線，柳夢梅行動是付線，杜寶行動是次付線。從橫的方面看，都是採取分齣（即折）的形式。最少的是三十齣，如《邯鄲

〔註7〕（蘇）霍洛道夫《戲劇結構》，李明琨、高士彥譯，華東師範大學出版社，1981
　　　年出版。
〔註8〕《宜黃縣戲神清源師廟記》，《湯顯祖詩文集》卷三十四。

記》；最多是五十五齣，如《牡丹亭》。劇中主人公的行動線，環環相扣，如杜麗娘從「閨塾」、「遊園」、「驚夢」、「尋夢」、「寫真」、「鬧殤」是杜麗娘為愛情從生追求到死的情節線，它的前一齣是後一齣的因，後一齣是前一齣的果，構成一環扣一環的因果關係。這種因果關係由時間的制控獲得了行動的統一。

由於湯顯祖戲劇的結構特點，決定故事進程採用從頭至尾排演。因而，除《邯鄲記》外，其他三戲結構都顯得鬆散，情節拖拉，不善於在戲一開始就展開緊張的矛盾衝突，卻擅長把整齣戲寫成抒情的輕歌曼舞。即使像《幽媾》、《冥判》這樣地獄鬼戲，也不給人恐怖可怕。從戲劇時間速度上看，湯顯祖的戲劇是慢節奏的。在「臨川四夢」中，湯顯祖幾乎沒有在哪一齣戲中製造什麼大的懸念，讓觀眾處於較長時期的緊張心理狀態中。《邯鄲記》中出現過劊子手的手掄大刀要把盧生頭顱砍下，這算是一個懸念，但是馬上一個「聖旨到，留人！留人！」接上裴光庭上場一讀聖旨，觀眾一顆懸著的心馬上就鬆開了。因此，從湯顯祖的戲劇風格來說，是抒情式的；從戲劇時間速度看，它是慢節奏的。

再考察「臨川四夢」每部戲的前三齣，可以稱之為「破題戲」，與情節主線沒有多大關係，但對戲劇時間處理卻頗具特色。第一齣為介紹創作意圖與劇情梗概，第二、第三齣由女主角的「自報家門」，讓觀眾很快地知道角色的身份、身世，既交待了主要人物的「來龍」，又為劇情發展埋下了「去脈」，減少了周折，節省了舞臺時間。

湯顯祖戲劇情節時間跨度不一，《牡丹亭》與《紫釵記》是三年，《南柯記》是二十年，《邯鄲記》是六十年。但它們的演出的實際時間最多不過十多個小時。湯顯祖為了處理情節時間服從演出時間，以分場來割斷戲劇行動的連續發展。如《牡丹亭》在第十齣還是「姹紫嫣紅開遍」的春天，到第二十齣便到了「中秋佳節」了，再到第二十二齣，時間便是杜麗娘死後的三年；《紫釵記》在第二十五齣是「春纖余幾許」，到第二十七齣，便進入「首夏如秋」季節，再到第三十二齣，時間便是李益與霍小玉別後的三年；《南柯記》在第二十齣還是「護送公主駙馬爺南柯赴任去」，到第二十四齣，便是「淳于爺到任二十年」；《邯鄲記》在第十一齣盧生到陝州鑿石開河「工程一月多」，到第十四齣便是「盧生在此三年」，到第二十七齣便是當了二十年的當朝首相，再到第二十九齣，盧生便「年過八十」，「人生到此足矣」嗚呼而去。

另外，湯顯祖戲劇還採取人物上下場形式，割斷人物的連續動作來壓縮情節時間，因為中國戲劇的舞臺在人物上場前只是演員藉以來表演的一塊場地，不具任何意義。只有當人物出場，通過唱念與表演以後，才具特定的時間與空間的意義。例如《牡丹亭》的《御淮》齣，當杜寶上場時，舞臺是一個不具意義的空間，通過表演，表明舞臺空間環境是淮陰城外。他們下場時，表明衝進城了，人物全部下場，舞臺又是一個不具意義的空間，後李全領兵上場，通過表演，才又表示環境轉移到淮陰城外。湯顯祖充分運用中國戲劇舞臺的自由性，表演的虛擬性，用人物上場形式，切割情節時間，不用關幕，可以使戲在舞臺上連貫地演出。

四、時間與人物刻畫

戲劇人物活動離不開時間，而活動的戲劇中人物又無不以一定年齡時間出現。湯顯祖戲劇中的人物一個個栩栩如生，具有強烈的藝術感染力，除他的高度文學修養外，還充分發揮了我國民族對時間的觀念，用特有的年齡時間來體現人物性格。翻閱湯顯祖的詩文，我們可以發現湯顯祖很善於通過談自己年齡來表達自己的思想感情。其中最為突出的要數詩《三十七》〔註9〕，這首詩的題目就是他當時的年齡。寫這首詩時是他就任南京太常博士的第三個年頭。三年來，南京的官場經歷，使他感到理想與現實存在著巨大矛盾，便不免將自己從出生、童年、青年的歲月進行了一番追憶，從而表達他的壯志難求的思想感情。

湯顯祖在他的戲劇中，也通過劇中人物談自己年齡來表達自己的思想感情。如《牡丹亭》中，杜麗娘遊園後回到閨房獨自傷春時，她從自己年齡談起說：「吾今年已二八，未逢折桂之夫；忽慕春情，怎得蟾宮之客？……吾生於宦族，長在名門。年已及笄，不得早成佳配，誠為虛度青春，光陰如過隙耳。」這就把一個情竇初開，不甘青春虛度，渴望得到愛情幸福的少女心理，生動地描繪出來了。而老學究陳最良當聽到杜麗娘因聽講《詩經》動了情場，而傷春，無法理解，竟拿自己年齡來衡量：「你師父靠天，也六十來歲，從不曉得傷個春，從不曾遊個花院。」把一個被封建禮教吞噬了青春，吞噬了靈魂，卻麻木不仁，還要以此來規範他人，把一個封建禮教的犧牲者和維護者的嘴臉自我勾畫得惟妙惟肖。而《邯鄲記》中的盧生，在趙州橋飯店時，與呂洞賓

〔註 9〕《三十七》，《湯顯祖詩文集》卷八。

談到自己年齡說：「到如今呵俺三十算齊頭，尚走這田間道。老翁，有何暢，叫俺心自聊？你道俺未稱窮，還待怎生好？」暴露了盧生不甘窮潦，一心要追求功名富貴的野心。

另外，湯顯祖在戲劇中，還通過劇中人物既談現在的年齡與展示以後的歲月。如《紫釵記》中，霍小玉到霸橋送別李益去邊境，分別時說：「妾年始十八，君才二十有二，逮君壯室之秋，猶有八歲，一生歡愛，願畢此期，然後妙選高門，以求秦晉，亦未為晚。」把一個因出身卑賤，對愛情無限忠誠，但卻充滿了自悲，不願被拋棄，又希望不必馬上拋棄一個封建時代可憐女子的複雜心理生動地體現出來。

湯顯祖戲劇中對主人公年齡規定也具有其特別的意義，賦人物年齡以時代命運的寓意。在他的「臨川四夢」中，女主人公都定在二八妙齡，因為在湯顯祖所處的那個時代，這樣年齡的女兒被封建禮教禁錮得最為厲害，而她們卻對愛情追求最為強烈。男主人公都是三十左右，在那個時代，因科場被權相壟斷，多少有志之士，懷才不遇，到「而立」之年，卻還是「名不成，婚不就」，可是他們並不甘窮潦，像飛蛾撲火一樣，追逐在名利場中，被毀滅。如果湯顯祖戲劇中女主人公年齡換成三十歲，那杜麗娘、霍小玉也決不是現在舞臺上這樣形象，如果把男主人，換成四十出頭，那是「人到中年萬事休」他們對功名利祿的追求未必又那麼強烈，那麼盧生與淳于棼也就不是現在湯顯祖筆下這樣的形象了。

我們從湯顯祖的戲劇中還可以看到：《牡丹亭》和《紫釵記》的戲劇時間都發生在春天，而《南柯記》、《邯鄲記》的戲劇時間都又發生在秋天。這是湯顯祖對時間所賦予的又一寓意，深刻地烘托著主題。湯顯祖既認定「世總為情」，因而在他看來，萬事萬物都有情，時間也是有情的。他借劇中人物杜麗娘的口說：「因春感情，遇秋成恨。」春天是萬物復蘇，充滿生機，是美好的象徵，前二夢是歌頌善情的，於是湯顯祖在劇中安排杜麗娘與柳夢梅幽會在春天，李益向霍小玉「謀釵」也在春天。李益與霍小玉重諧連理也在春天。真是人美、情美、時也美。而後二夢是批判「惡情」的，他的情緒是「恨」的。秋天是一年之中落葉紛飛，萬物衰敗的季節，於是，在湯顯祖戲劇中，盧生去邯鄲道是在莽暮秋，淳于棼在院庭借酒澆愁也是在秋天。盧生與淳于棼做的夢也自然是秋夢。秋，對於這兩個惡情的典型，實為他們形象與靈魂的象徵，也是他們命運的象徵。然而必須加以指出的是，杜麗娘與柳夢梅的奉旨

成婚又都不是發生在春天而發生在秋天，在我看來，那是因為杜麗娘與柳夢梅的團圓本不是真正的喜劇團圓，而是悲劇的團圓。預示他們的結局本質是悲的。《牡丹亭》本就是個悲劇。所以湯顯祖也把它安排在「遇秋成恨」之中了。

　　湯顯祖在戲劇中對時間處理上，由於人物的情緒不同，在同一個時間同一個地點卻有兩種絕然不同的感受。如杜麗娘去遊園時，在他眼中的春天是「夢回鶯囀，亂煞年光遍」，「姹紫嫣紅開遍」，可是只過了一個晚上，同一座花園，同一個時令——春天，卻是「殘紅滿地」，「是這等的荒涼地面」。這是時間（春天）變了嗎？不是，這是在她夢幻幽會地已找不到夢中的情人，於是產生了「昨日今朝，眼下心前，陽臺一座登時變」，杜麗娘的情緒變了，於是他感受的時光也變了，極鮮明地烘托了主人公的內心世界。湯顯祖在戲劇中賦物理時間以人的情感，起到刻畫人物形象的妙用。

（原載《福州師專學報》2002 年 4 期，入編

《湯顯祖研究在遂昌——中國湯顯祖研究會首屆年會論文集》）

《紫簫記》的寫作時間、地點與價值新探

　　《紫簫記》是湯顯祖「四夢」外的半本戲，是個「不成熟的作品」，有說「不成功之作」、「失敗之作」。也許此原因，長期以來不被研究者所看好，選它作課題研究者如鳳毛麟角。1982 年，撫州的周悅文先生曾就《紫簫記》的創作年代撰有一文。此後，湯顯祖研究空前的活躍，每逢「十」的湯公生日或忌日，在湯公故里、遂昌等地都舉辦了湯顯祖的學術研討會，論文集也出版了好幾本，但對《紫簫記》的研究鮮見有人問津。為了不讓這「殘本」太寂寞，不避管窺蠡測之差，就該劇的寫作時間、地點與價值作點新探，以就教於方家與同道。

一、《紫簫記》的寫作時間與地點

　　《紫簫記》的寫作時間和地點，研究者們基本都附和徐朔方先生的意見，「約當萬曆五年秋至七年秋兩年內作於江西臨川」〔註1〕。唯有中國藝術研究院戲劇史家黃芝岡先生認為：「湯寫《紫簫記》初稿，當即在他本年（萬曆八年）回到南京以後。如湯寫這部劇作不在南京，『訛言四方』的事就無從發生。」〔註2〕也許黃先生文中提出的理由過於簡單，未能進一步引用史料展開來談，信服力不強，故附和者寥寥。筆者當年為湯作傳記時，也是採用徐先生的說法。後仔細琢磨了湯的《紫釵記題詞》後，對徐先生這一說法有了動搖，感到《紫簫記》不是萬曆五年至七年作於臨川，而應是萬曆八年作於南京。

〔註 1〕《附錄丁・紫簫記》，徐朔方《湯顯祖年譜》（修訂本），上海古籍出版社，1980 年 5 月。

〔註 2〕黃芝岡《湯顯祖編年評傳》第 94 頁，中國戲劇出版社，1992 年 8 月。

　　引發我不再附和徐先生的說法一條主要原因是湯的《紫釵記題詞》中的那個「遊」字。「遊」者，流動也；「遊宦」指在外地做官；「遊學」，謂遠遊異地從師求學；「遊子」指離家遠遊的人。「往余所遊謝九紫、吳拾之曾粵祥諸君，度新詞與戲」，說的是謝廷諒、吳拾之、曾粵祥三位故鄉友人是從臨川「流動」到他現在的客居之地，和他一起作劇度曲。如同在家鄉臨川，同住一座縣城，朋友之間的串門是很正常方便的事，「遊」從何來？

　　湯詩《赴帥生夢作》云：「子為膳部郎，予入南成均。今上歲丙子，再見集庚辰。……昔是新相知，今為舊比鄰。」〔註3〕錢謙益《列朝詩集小傳·帥思南機》載：「惟審為郎，義入南城，均晨夕過從，故有『著冠須訪戴，脫冠須訪帥』之詩。……惟審有《臨川四俊詩》（應是《四俊詠和湯生作》，載《秋陽館集》卷九），為湯孝廉顯祖、謝秀才友可、曾秀才粵祥、吳公子拾之。湯詩則以惟審為首。」〔註4〕「子為膳部郎，予入南成均」，「惟審為郎，義入南城」說的是帥機任南京禮部精膳司郎中時，湯顯祖來到南京。「今上歲丙子，再見集庚辰」是萬曆四年（丙子）湯從宣城經過回臨川，在南京和帥相見了，到萬曆八年（庚辰）湯顯祖因再拒張居正結納下第，又回到南京國子監讀書。「均晨夕過從」、「昔是新相知，今為舊比鄰」是指萬曆八年湯在南京國子監讀書時與帥機的住所離得很近，常可碰面。「著冠須訪戴，脫冠須訪帥」是說湯這時在南京國子監讀書時和時任祭酒（相當於校長）戴洵關係密切，常到他那裡去，課後又常和帥機在一起。湯顯祖對謝廷諒、曾粵祥、吳拾之來到他鄉遇故知，很是高興，在聚會的飲宴中詩興勃發，首起吟詠，作有《臨川四俊詩》（惜已散佚），帥機即應聲唱和作《四俊詠和湯生作》。然而徐朔方先生為了要使他斷《紫簫記》為「約當萬曆五年秋至七年秋兩年內作於江西臨川」能夠成立，竟把湯顯祖的《臨川四俊詩》和帥機和唱的《四俊詠和湯生作》列為隆慶四年（1570）即湯顯祖中舉那年所發生的事。〔註5〕然幸存的帥機《四俊詠和湯生作》四首，每首詩題分別標明了四友此時的功名身份：「湯孝廉顯祖」，「謝秀才友可」，「曾秀才粵祥」，「吳公子拾之」即湯顯祖是舉人，謝廷諒與曾粵祥是秀才，吳拾之還沒有功名。曾粵祥，字如海，萬曆二十年（1592）中的進士，萬曆二十二年（1594）任福

〔註3〕《赴帥生夢作》，《湯顯祖詩文集》卷8，上海古籍出版社，1982年6月。

〔註4〕錢謙益《列朝詩集小傳·帥思南機》，上海古籍出版社，1983年10月。

〔註5〕見徐朔方《湯顯祖年譜》（修訂本）第23頁，上海古籍出版社，1980年5月。

建南安知縣，次年（1595）卒，時年 36 歲〔註6〕。可知曾粵祥應出生在嘉靖三十八年（1559），小湯顯祖 9 歲，這年他只有 11 歲，還沒中秀才。因此，湯顯祖的《臨川四俊詩》和帥機《四俊詠和湯生作》不可能作於隆慶四年（1570）即湯顯祖中舉那年，只有作於萬曆八年他們在南京相聚並合作創作《紫簫記》所發生的事才有可能。

再說，若作在臨川，臨川雖是「民秀而能文」，「樂讀詩書而好文辭」的文風昌盛之地，但畢竟是遠離京城小縣城，人文素質無法與文化精英聚會之地的留都南京相提並論。直到湯顯祖死後的第五年即天啟元年（1621），臨川全縣人口僅是 73159 丁口〔註7〕，縣城人口估計也就是一萬多，超不了二萬，能看懂駢四儷六，綺麗晦澀的《紫簫記》曲詞能有幾人？若劇中「譏託」是「指當秉國首揆」（《萬曆野獲編》）即張居正幼年從李中溪學禪的事，一座小縣城又能幾人瞭解當朝首輔張居正這段經歷，將劇中人物對號入座？若他們在臨川「度新詞與戲」，不僅「是非蜂起，訛言四方」不能發生，就是「觀者萬人」也是很難達到的事。若作在臨川，即使被人看出語有「譏託」，有「是非」議論，「諸君子」也不會有「危心」。因為湯家雖不是官宦之家，但在臨川是有聲望名門望族，特別是自湯顯祖中舉後，才名鵲起，受官府的尊崇。湯顯祖出的第一部詩集《紅泉逸草》臨川知縣為之進行贊助。傳說萬曆八年（1580）湯顯祖因拒張居正的結納落第而歸，知府古之賢還親自到碼頭迎接，對湯的品格大加讚賞，並說湯此科雖落第，但比中頭名狀元還更光彩。再說《問棘郵草》詩集中有《門有車馬客》等詩，十分明顯抨擊了張居正在科場的以權謀私的行徑。詩集初刻本在臨川刊刻，「行傳達四方馳示」，並沒有「是非蜂起」事情發生。如果該戲是作在臨川，和湯顯祖共「度新詞與戲」就不可能只有謝廷諒、曾粵祥和吳拾之三人，饒侖、周宗鎬、周憲臣、姜耀先等都是湯少年時代結社的好友。他們大都有彈琴拍曲愛好。饒侖、周宗鎬和湯顯祖曾是讀共案，睡同床形影不離的親密夥伴，他倆即使不參與《紫簫記》創作，那「供頓清饒」（美食佳餚）和「酬對悍捷」（應酬接待）之事不可能只見謝廷諒與曾粵祥兩人，他們不參與其中。

〔註6〕《通家之好曾如春》：「曾如海（1559～1595），字粵祥，曾如春之弟。萬曆二十年（1592）進士。萬曆二十二年作福建南安知縣，次年卒。時年 36 歲。福建泉州府志有傳。」楊安邦著《湯顯祖交遊與戲曲創作》第 267 頁，江西高校出版社，2006 年 9 月。

〔註7〕見《臨川縣志》（同治九年版）卷 21，蒙金溪縣史志辦曾銘先生提供。

　　我還要說的一點是，《紫簫記》是一次性的未完稿，最後刊行時作了些修改。《紫簫記》擱筆的原因是演出後「是非蜂起，訛言四方，諸君子有危心」所致，帥機看到湯的未完稿批評「此案頭之書，非臺上之曲」不是擱筆原因，更不是徐朔方先生所說的「由於友人分散而中途擱筆」〔註8〕。「友人分散」正是因劇本不寫了，無「新詞與戲」可度，掃了他們賞玩之興，又都在異鄉客居之地，不便久留，友人們才「分散」。還有研究者雖附和徐朔方提出的作年時間，但地點則說「是他三次春試落第後，兩次遊學國子監時，往返於臨川和南京期間寫作的。」事實若是如此，那這部本是即興自娛自樂而作的《紫簫記》，湯顯祖的友人們，作為合作者卻要在萬曆五年至七年跟隨湯顯祖往返於臨川和南京之間？這顯然是不合情理的事。

　　根據上述分析，筆者對湯顯祖當年寫作《紫簫記》作如下推斷性的描述：

　　萬曆八年的春試再次拒絕了張居正的結納，毅然放棄這科考試，又到南京國子國子監讀書。這一消息很快從京城傳到了臨川。謝九紫（廷諒）、吳拾之（玉雲生）、曾粵祥（如海）等一班少年時代結社的朋友合計一番後，決定去到南京作番旅遊，既觀遊留都繁華美景，又對不幸落第的湯顯祖進行慰問。帥機是大家心目中的兄長，這時正在南京禮部任精膳司郎中，官居五品。他與湯顯祖情誼尤為深厚，少年時被人稱為「同心，止各一頭」的一對。他們在南京住所離得很近，成了「昔是新相知，今為舊比鄰」。謝廷諒三人南京行，有湯與帥在，吃住接待不愁，盡可玩個痛快。他們的到來，成了湯顯祖的故鄉朋友在南京的大聚會。在為他們舉行接風洗塵的宴飲中，湯顯祖文思敏捷，首先出口吟了《臨川四俊詩》，第一首是贊帥機，次為謝廷諒、曾粵祥、吳拾之。帥機接上作《四俊詠和湯生作》〔註9〕唱和，第一首贊湯顯祖，次為謝廷諒、曾粵祥、吳拾之。帥詩云：

> 湯孝廉顯祖
>
> 湯生挺奇質，孕毓應文昌。恣睢辨說圃，崢嶸翰墨場。
>
> 汪洋探丘索，沉鬱挾風霜。厄言自合道，誰知非猖狂。
>
> 謝秀才友可
>
> 謝客體聰明，千言可立就。屬翰吐風雲，摛藻鋪縟繡。
>
> 託仙採澧蘭，載筆光名蚰。曼衍將窮年，聲華自日茂。

〔註8〕徐朔方《湯顯祖評傳》第30頁，南京大學出版社，1993年7月。

〔註9〕帥機《秋陽館集》（卷9），北京出版社，1998年影印本。

> 曾秀才粵祥
> 曾子綴弓裘,稚志輕鸞蘷。擇交附青雲,摛詞多白雪。
> 毫塵若無人,識字能辨霓。早已入吾流,眾徒誹俊傑。
> 吳公子拾之
> 川嶽實不虛,公子亦吾黨。溫沖玉樹芬,明悟秋氣爽。
> 傾蓋已披雲,大篇益心賞。倜儻似此瑜,安得載俱往。

　　文友們的相聚,玩得痛快比吃好還重要。那時人們的娛樂的方式主要還是戲曲。大量有地位的文人開始參與傳奇戲曲的創作,一時間辭調駢麗的作品風靡整個戲曲舞臺。商賈雲集的蘇州,已是「宴會無時,戲館數十處,每日演劇,養活小民,不下數萬人。」〔註10〕留都的南京更是戲曲活動的中心地區。崑曲、弋陽、海鹽等聲腔劇種並存爭勝,戲曲班社出入宮廷、民間和私人之間,寺廟、船舫、酒樓、秦淮河區、私家的園林、廳堂皆有作場之地,人們可隨時隨地自由地觀賞。自譚綸把海鹽腔帶來宜黃,臨川地區青年才俊彈琴拍曲已成時尚。謝廷諒、吳拾之和曾粵祥都是戲曲愛好者。特別是吳拾之,有副「音若絲,遼徹青雲」好嗓音,且擅登場表演。到了南京後,他們的娛樂活動除了逛秦淮河,看戲、喝酒、彈琴唱曲之餘萌發了自己寫戲自己演,過過戲癮念頭。經過一番議論,湯顯祖提議說:「那《太平廣記》中《霍小玉傳》吾每讀為之動容,何不將其敷衍成戲曲?」湯的提議得到大家一致的贊同。捉筆者不用說,自然是湯顯祖自己。他們還為演出事務作了一些分工:謝廷諒負責對外聯絡唱海鹽腔的戲班和演出場地,曾粵祥負責後勤伙食。吳拾之身材苗條,發揮他能唱擅演的特長,客串主角霍小玉,過足戲癮。

　　湯顯祖在寫作中不是簡單的將《霍小玉傳》作戲曲形式的衍譯,而是進行再創作,寄託自己的思想。除兩個男女主人公採自小說外,其他花卿、郭小候、尚子毗等均為新增,將小說中「得官負心」的李益改成「志誠郎君」,把因門閥制度而造成的悲劇結局改成乞巧團圓。

　　當初要寫的這個戲是試圖演繹一段風流故事,用以消遣。劇本在寫作中,帥機是最早看到劇本的一個。他對已脫稿的幾齣便直率指出:「此案頭之書,非臺上之曲也。」可吳拾之戲癮大,不管那麼多,湯氏「一曲才就」,他就拿

〔註10〕錢泳《履園叢話》,中華書局,1979年12月。

去排演。他那好嗓門加上那出神入化的表演,「莫不言好,觀者萬人」。當演到第三十一齣《皈依》時,社會上一時「是非蜂起,訛言四方」,說這齣戲是諷刺當朝首輔張居正的。這是怎麼回事呢?一個寫才子佳人風流韻事的愛情戲怎麼會被人說成譏諷了首相張居正呢?無風不起浪,問題出在這樣一個情節:

> 〔老和尚〕……有箇舊人喚做杜黃裳,作秀才時,曾在俺寺裏讀書,與老僧談禪說偈。如今他出將入相,封為國公,在朔方鎮守。……此人貴極人臣,功參蕭管,甚有高世之懷。倘他到時,老僧將他一兩句話頭點醒,著他早尋證果,永斷浮花。……

> 〔黃裳〕下官想人生少不得輪迴諸苦,今日便解取玉帶一條,乞取名香一辮,向佛主懺悔。明日上表辭官,還山禮佛。……〔法香〕相國莫哄了諸天聖眾。

原來當朝首輔張居正,幼年時曾從李中溪學禪,自號太和居士。離開李中溪時,曾發下誓願,二十年後定來出家。可是二十年以後張居正不是出家,而是當了首相。萬曆二年,當張居正過五十歲生日時,李中溪寫信提醒他往日所立的宏願。可是張居正在回信中說,二、三年後,定來了結前願〔註11〕。可是兩三年也早已過去,張居正並沒有實現他的諾言,不是出家,而是貪戀首輔高位,連父親死了也不奔喪。很明顯,湯顯祖寫杜黃裳就是寫張居正,四空和尚就是李中溪。留都南京是文化精英薈萃之地,對張居正幼年學禪及在科考中與湯顯祖科場有糾葛一事知情者大有其人。因此,當演到這一情節時,有人便將張居正對號入座,「是非峰起,訛言四方」便發生了。此時的張居正大權獨覽,如日中天,留都的南京不能不安插耳目,若這些人打小報告說湯顯祖寫戲譏刺他,那還了得。人言可畏呀!幾個合作朋友為湯顯祖擔心,勸他不要再寫下去。這樣,寫到第三十四齣《巧合》即「參軍去七夕銀橋」,湯顯祖只好擱下筆來。半本《紫簫記》就這樣形成了。南京刻印很方便,為了表明這部戲不是在有意譏諷誰,後來湯顯祖將已脫稿的 34 齣稍作整理,署上「臨川紅泉館編」,交付「金陵富春堂」刊刻。

〔註11〕《答中熙李尊師論禪》:「正昔在童年,獲奉教於門下,今不意遂已五旬矣。……正昔有一弘願,今所作未辦……期以二三年後,必當果此。可得仰叩毗盧閣究竟十事矣。」《張太嶽文集》卷 26。

二、《紫簫記》的價值

　　《紫簫記》是部充滿世俗享樂情趣的賞玩之作。對男女情色與遊俠任氣的描述使文風浮誇而綺麗。全劇辭藻華麗，駢四儷六，結構鬆散，枝蔓旁出。特別是作為劇本缺少矛盾衝突，平鋪直敘，沒有張力。湯顯祖自己也認識到了劇本存在「沉麗之思」、「穠長之累」。帥機批評「此案頭之書，非臺上之曲也」可謂一針見血。然而「不成熟」不等於沒有價值。「一曲才就，輒為玉雲生夜舞朝歌而去」竟「觀者萬人」，說明它能吸引觀眾，並激發了觀眾的想像力和創造力，收到了「是非蜂起，訛言四方」的社會效果。

　　一個作家的早期的作品往往是後來作品的基礎，所表現的思想和藝術上的傾向有一脈相承性。「臨川四夢」的基調和特色能從《紫簫記》中看到雛形，其思想與藝術上價值至少體現在如下幾方面：

　　一、取材傳奇話本小說又重在更張。《紫簫記》取材於唐人最精彩動人的傳奇《霍小玉傳》，而主要關目則採自《大宋宣和遺事》（亨集）中的一段元夕觀燈故事，僅將女主人公拾得金杯改為玉簫。還將小說中李益得官負心改成「不是兩心人」的癡情男兒，愛情悲劇改成乞巧團圓，賦劇本以新的主題。後作的「臨川四夢」都取材話本與小說，但都不是將藍本作簡單的戲曲形式轉換，而是對藍本進行改造和藝術再創造，注入新的思想內涵，體現鮮明的特色。

　　二、以情寫戲，用戲悟情初露端倪。湯少年接受羅汝芳「制欲非體仁」、「天理盡在人慾中」的思想說教，二十來歲時，「輒以六朝情寄聲色「（《與陸景鄴》），晉人深於情的風采也影響了他，從而萌發了他的「情至」觀念。在《紫簫記》的《訪舊》，借劇中李十郎說出了「既生人世，誰能無情」，肯定了「情」的存在；在《巧探》《下定》《捧合》《就婚》等齣中的兩情相悅的描寫，表現了對人性人情的呼喚。此後，湯顯祖「以情寫戲」便不可收拾。如果說《紫簫記》表現的只是飲食男女，悲歡離合之情的話，到《紫釵記》已是「人間何處說相思，我輩鍾情如此」，有了動人的「有情癡」霍小玉，表達了「情」可格「權」；《牡丹亭》的問世，「情不知所起，一往而深，生者可以死，死可又生」標誌「至情」的形成，杜麗娘就是「至情」的化身；《南柯記》揭示「無情蟲蟻也關情」，《風謠》齣所展示的是湯顯祖理想的「有情之天下」；《邯鄲記》「備述人世險詐之情」，「把人情世故都高談盡」，椽筆直刺封建黑暗腐敗的最高層。

三、借史隱喻，初試鋒芒。《紫簫記》寫於湯顯祖第四次落第，後兩次落第全因張居正作梗，積怨難忍，在臨川來的幾個朋友慫恿下，用杜黃裳影射張居正，借古諷今，居然「是非蜂起，訛言四方」。「臨川四夢」的共同特徵是「有譏有託」，觸及晚明社會內政、外交、和道德風尚的方方面面，是一組「社會問題劇」，而「譏託」的運用正是由《紫簫記》開先河。

四、奠定麗詞俊音的語言特色。湯顯祖「十七八歲時，喜為韻語，已熟讀騷、賦、六朝之文」（《答張夢澤》）。漢魏六朝華豔艱澀詩風影響湯顯祖詩文與戲曲創作。《紫簫記》一劇詞藻華美，賓白駢麗，斫字雕句，以詩化的賓白和綺麗的曲詞以表達濃鬱的情感，就是受此身文風影響的結果。後作的「臨川四夢」曲詞的麗詞俊音語言特色，體現了《紫簫記》一劇語言的基調。

五、「天下之政出於一」的思想嶄露。明朝政權的建立，突出了漢民族及其君主尊崇地位，與「夷狄」（北邊少數民族）關係緊張，常發生戰爭。「中國為君之父，夷狄為臣之子」〔註12〕，為當時多數士人所認同的觀念。《紫簫記》的《出山》，寫了吐蕃尚子毗，在唐憲宗時來唐遊太學，與李益、石雄、花卿「才交一臂，便結同心」，回吐蕃後仍時念唐朝友人，說「俺雖胡人，心馳漢道」，並規勸吐蕃贊普與唐和親。這種安定國家，「中國」為大的民族大家庭思想在以後「四夢」中都有描寫。《紫釵記》中大唐皇帝詔諭大、小西河降唐，「不服者興兵誅之」。蕃王老實就範，表白「自古河西稱大國，從今北斗向中華」；《牡丹亭》中金人佔據中華半壁江山，還要奪取江南，大宋的地方文武官都是酒囊飯袋，而金兵招的「溜金王」有萬夫不擋之勇，卻是淮揚一帶盜匪，最後被招安；《南柯記》中檀蘿國為了搶財劫色屢犯槐安，淳于棼發兵圍釋，救出了公主；《邯鄲記》中吐蕃擁有十萬精兵，戰將千員，文臣滿腹韜略，武將智勇雙全，成為大唐西方勁敵，國家安全隱患。盧生因受奸相陷害，被迫掛帥西征，用了「間離之計」，為國家剪除了隱患，被玄宗封為定西侯，食邑三千戶，兼兵部尚書。這些戲劇情節表明了這樣一種觀念：「夷狄」非文明禮儀之邦，國家要安定，應以漢民族政權為中心，「心馳漢道」，「北斗向中華」，尊崇漢民族的君主地位。湯顯祖這種思想於萬曆十一年在時文《天下之政出於一》深入進行了闡述，論述國家要「安且永」，就不能政出多門，必須把政權牢牢掌握在漢民族君主手裏。

〔註12〕羅懋登《三寶太監西樣記通俗義》卷 14，上海古籍出版社點校本，1985 年版。

　　六、為「臨川四夢」為何種腔調所作提供了思考途徑。湯顯祖的「臨川四夢」為崑山腔作，為海鹽腔作，為宜黃腔作，或不為某種聲腔而作是個長期爭論未休的問題。然其處女作《紫簫記》最初的搬演者是吳拾之。吳拾之能唱何聲腔當是湯顯祖「四夢」為何聲腔而作。臨川是海鹽腔盛行地區，嘉靖年間譚綸「治兵於浙」，因丁父憂將海鹽腔戲班帶回宜黃教家鄉弟子，「食其技者殆千餘人」。臨川與宜黃相鄰，又是府治所在地，此時吳拾之能唱只能是海鹽腔。吳是《紫簫記》創作參與者之一，臺本要為他擅長的聲腔而作是情理中的事。吳拾之「夜舞朝歌」引起「是非蜂起」不是個人清唱，定請了唱海鹽腔者加盟合作表演。「海鹽多官語，兩京人用之」（顧起元《客座贅語》），因此，在南京請唱海鹽腔的加盟演唱是完全可以做到的事。湯顯祖棄官回臨川後完成了「臨川四夢」，「傷心拍遍無人會」，自招檀板教的是「宜伶」。此時「宜伶」唱的是海鹽腔，但這種聲腔經過幾十年的發展已變為宜黃化的海鹽腔，也稱宜黃腔。

（原載江西省政府文史研究館編《江西文史》第七輯）

《牡丹亭》的原創聖地在何處？

　　2019年年4月4日，「湯學群」上轉發了一篇《浙江遂昌：〈牡丹亭〉驚豔歐洲馬耳他打響湯顯祖文化品牌》的報導，具有標誌性的中國文化品牌《牡丹亭》繼在英國、西班牙、美國、德國等地演出引起巨大反響後，又在「地中海的心藏」馬耳他「打響」了，我這個撫州籍的湯學研究老朽感到由衷的高興。然而高興之餘，又為《牡丹亭》貼上了「原創聖地遂昌」的標籤而感到不安。我曾多次榮幸應邀出席遂昌舉辦的紀念湯顯祖的活動，他們打出的口號有「天下湯學看遂昌」。2016年遂昌舉辦湯顯祖藝術節，江西南昌和撫州應邀組團帶著《牡丹亭》去參加了，但見滿城貼掛的標語是：「《牡丹亭》原創聖地歡迎你回娘家！」湯翁故里帶《牡丹亭》去遂昌還是「回娘家」？我感到很滑稽！現在，他們組團出訪對外文化交流活動，竟又打出了「《牡丹亭》原創聖地遂昌」，從國內打到國外，為提高在國際舞臺上的知名度與美譽度，他們的工作可謂做到家了。然而《牡丹亭》作於何地是個有爭議的學術問題，遂昌劉宗鶴先生依《中國戲曲通史》的說法，在《〈牡丹亭〉作於遂昌證說》一文中作了論述後得出：「湯顯祖於萬曆二十五年赴京上計之前在遂昌任上寫成了《牡丹亭》傳奇；次年秋定稿，作《牡丹亭記題詞》」〔註1〕。作為湯學研究者的劉宗鶴先生的一家之言，允許存在，無可厚非。學術問題，應用科學謹慎態度來對待，用行政權力，「先入為主」，一家強行定論，清純的學術研究就變了味道。因為《牡丹亭》的作於何地有多家不同的說法，各家都能說出幾條作於他們所在地的理由，若各家都打出「《牡丹亭》原創作聖地」，那「《牡

〔註1〕《戲曲藝術》1997年4期。

丹亭》原創作聖地」何其多也！哪家才是真正的原創聖地？特別是在出訪對外作宣介時，更應該審慎行事，多考慮一下影響與後果。我希望不管哪個地區在打湯顯祖這一文化品牌的時候，不忘神聖的使命是向世界宣介歷史真實的湯顯祖。《牡丹亭》作於何地不僅僅只是個寫作地點問題，它昭示著對傳統文化的尊重，對湯學價值的禮敬。《牡丹亭》作為中華民族最具有標誌性文化符號走出國門，是湯顯祖文化自身具有的普世價值，而不是可作為「旅遊唱戲」而「搭臺」的工具。

下面筆者將檢索到《牡丹亭》的寫作之地諸多說法作個介紹，有遺漏處請方家見示補正！

一、《牡丹亭》作地有多說

（一）作於臨川說

1. 游國恩、王起（季思）、蕭滌非、季鎮淮、費振剛等五位當代中國文學史家合著的《中國文學史》《第五章・湯顯祖》《第一節・湯顯祖的生平》中介紹：「萬曆二十六年（1598）他終於懷著滿腔悲憤，棄官歸臨川，並在這一年完成他的代表作《牡丹亭》」〔註2〕。

2. 湯學泰斗徐朔方在《湯顯祖年譜》中說：萬曆二十六年（1598）「秋，傳奇《牡丹亭還魂記》成，並為作題詞。」他還在《湯顯祖詩文集》《牡丹亭記題詞》作箋注：「明刊《牡丹亭還魂記》題詞署『萬曆戊戌秋清遠道人題』，是作於二十六年（1598），自遂昌知縣棄官歸數月後。」他著的《湯顯祖評傳》第三章第二節論述《牡丹亭》的創作年代：「《牡丹亭題詞》作者自署萬曆戊戌秋。戊戌是萬曆二十六年（1598），湯顯祖在遂昌棄官回家的三五個月內完成這一傑作。」徐朔方、楊笑梅校注《牡丹亭》，在第一齣《標目》注釋（三）說：「《牡丹亭》在一五九八年完成。湯顯祖在這一年罷官回到臨川。」

徐朔方先生還針對《牡丹亭》作年的不同意見，在《戲文》（1983 年第二期）發表了《再談〈牡丹亭〉的創作年代》一文，說《牡丹亭》是湯顯祖的「神來之筆」，「一筆而就」比起「傳說張鳳翼在婚鬧房時不出一個月寫了一本《紅拂記》。《牡丹亭》和它相比，那就從容得多了。」

3. 國學大師侯外廬先生在《湯顯祖〈牡丹亭還魂記〉外傳》專論中說：「湯顯祖在萬曆二十六年（公元 1598 年）寫成了《牡丹亭還魂記》，並作了

〔註 2〕《中國文學史》，人民文學出版社，1963 年 7 月。

一篇題詞。」〔註3〕

4.《中國大百科全書‧戲曲、曲藝卷》湯顯祖條目：「萬曆二十六年（1598）⋯⋯秋天，他從臨川東郊文昌里遷居城內沙井巷。著名的玉茗堂和清遠樓就在這裡，傳奇《牡丹亭還魂記》也在此時完成。」〔註4〕

（二）作於遂昌說

1. 戲劇史家張庚、郭漢城主編的《中國戲曲通史》說：「大約在投劾回家的前一年，即萬曆二十五年（1597），湯顯祖寫成傑出的古典名著《牡丹亭》傳奇；次年秋，作《牡丹亭記‧題詞》，付刻，並演出了這個劇本。」〔註5〕

2. 劉宗鶴先生在《〈牡丹亭〉作於遂昌證說》一文中作了考述後得出：「湯顯祖於萬曆二十五年赴京上計之前在遂昌任上寫成了《牡丹亭》傳奇；次年秋定稿，作《牡丹亭記題詞》。」〔註6〕

（三）作於遂昌、臨川兩地說

黃芝岡先生：「《還魂記》正是他在遂昌做官到投劾回家後一段時間所寫成的」〔註7〕

（四）作於安徽蕪湖說

《蕪湖縣志》（嘉慶十二年修）卷二十四載：「雅積樓在今學舍西民居後，舊為有明李氏懷水居第。懷水嗜學，建此樓貯書萬卷，匾曰：『雅積』。子贊、貢仕宦歸，復廣為收藏。孫原道丐周赤山作賦記其事，自銘於後。世傳湯臨川過蕪，寓斯樓，撰《還魂記》。」李懷永，原籍江西吉水，其祖父李泰生至蕪湖開館教學，隨祖父定居於此。上海朱建明先生認為：「萬曆二十一年前，湯顯祖累試科舉不第，浪跡江湖，遍遊各地，構思、寫作他的偉大名著，並在他退隱後，歸居老家作最後更定，刊刻傳世，並歌之於梨園，這種看法該不是妄斷臆測。」〔註8〕

〔註3〕《論湯顯祖劇作四種》，中國戲劇出版社，1962年6月。
〔註4〕中國大百科全書出版社編輯部編，中國大百科全書出版社出版，1983年8月。
〔註5〕《中國戲曲通史》中，中國戲劇出版社，1981年5月。
〔註6〕《〈牡丹亭〉作於遂昌證說》，《戲曲藝術》1997年4期。
〔註7〕《湯顯祖編年評傳‧導言》，中國戲劇出版社，1992年8月。
〔註8〕《湯顯祖在蕪湖撰作〈牡丹亭〉說》，《黃梅戲藝術》1988年1期。

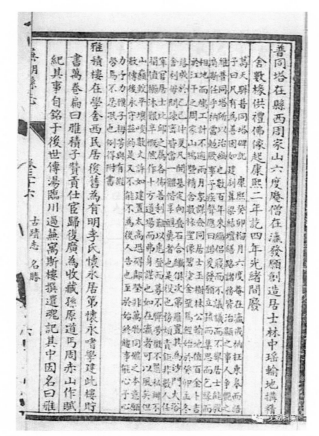

圖為民國八年《蕪湖縣志》中關於「雅積樓」的記載

蕪湖古城內儒林街 18 號的雅積樓（圖片源自蕪湖市檔案局微信公眾號）

（五）作於蘇州崑山說

《昆新兩縣續修合志》（光緒六年刻本）卷十三載：「太史第，太僕寺卿徐應聘所居，在片玉坊，有拂石軒。注：應聘與湯顯祖同萬曆癸未科，顯祖客拂石軒中，作《牡丹亭》傳奇。」片玉坊在今崑山縣城南街，太史第、拂石軒則已不存。蘇州大學周秦教授撰文云：「萬曆十一年（1583）癸未科，徐應聘中式三甲二百一十二名，湯顯祖則是三甲二百一十一名，兩人名次相連。茲後各授官職，又都仕途坎坷，先後以事落職。徐應聘於萬曆二十一年（1593）棄官回籍，家居十餘年；湯顯祖則在萬曆二十五年（1597）赴京上計，翌年春辭官南歸。從時間上看，兩人極有可能在吳中會晤。徐應聘也雅好戲曲，相投的文化旨趣，相似的官場遭遇，以致款留同年老友湯顯祖在宅中寫作，似應在情理之中。與此相表裏，清人江熙《掃軌閒談》有云：王文肅錫爵家居，聞湯義仍到婁東，流連數日，不來謁，徑去。心甚異之。乃暗遣人通湯從者，以覘湯所為。湯於路日撰《牡丹亭》，從者亦日竊寫以報。逮湯撰既成，袖以報文肅。文肅曰：『吾獲見久矣。』可知《牡丹亭》是湯顯祖在寓居吳門期間以及往返吳門途中撰寫完成的。《崑山縣志》還附錄清人張潛之題詠拂石軒的七言絕句一首：『夢影雙描倩女魂，撒將紅豆種情根。爭傳玉茗填詞地，幻出三生拂石軒。』足見湯顯祖寓居吳中作《牡丹亭》的遺事在明清時代曾經家喻戶曉。」〔註9〕

還有位叫陳兆弘先生博客文：湯顯祖《哭婁江女子二首》）內有「『如何傷此曲，偏只在婁江』之句。婁江就是崑山，這就點明了崑山是《牡丹亭》的誕生之地，又是《牡丹亭》最早演出、最先流傳的地方。」

（六）作於萬曆二十一年前說

日本學者青木正兒在《中國近世戲曲史》說：「《牡丹亭》作於萬曆二十一年前」〔註10〕。此說沒有專指作於何地？然若作於萬曆二十一年，其寫作《牡丹亭》的地點就有可能是臨川、南京、北京、蘇州、蕪湖，徐聞等地，唯獨與遂昌不沾邊，因為萬曆二十一年前湯還沒有量移遂昌縣令。

（七）沒有南安府，就沒《牡丹亭》

南安古為統領大庾、南康、上猶、崇義四縣之府，治所在大庾（今大余）

〔註 9〕周秦《牡丹亭與蘇州》，北大中文論壇 www.pkucn.com.。
〔註10〕青木正兒原著，王古魯譯著，中華書局出版，2010 年 01 月。

縣城。湯顯祖貶官徐聞與後轉任遂昌知縣，往返都途經大庾，聽到發生在南安府後花園的人鬼相戀的故事，這故事與後來湯顯祖創作的《牡丹亭》傳奇在時間、地點、人物和情節有著驚人的相似，被稱之為《牡丹亭》的無字之藍本。據大余學者謝傳梅先生多年研究認為，這個傳說故事在宋以前民間流傳兩種版本，被乾道至淳熙年間（1165～1190）在贛州任知州的著名學者洪邁記載在《夷堅志》中，明初的何大掄據此撰成話本《杜麗娘慕色還魂》，湯顯祖又據話本加工為《牡丹亭》。到清代南安府署中猶存牡丹亭、杜麗娘的梳粧檯、梅花觀、麗娘墓等景觀。謝傳梅先生「確信湯顯祖撰寫《牡丹要》成書，雖然是在遂昌辭官歸里之後，其發端開始醞釀這個戲的情節，以及形成完整的戲劇故事，以至後來寫成了這個千古不朽的反理教的愛情名篇，卻完全是在南安府大庾縣。湯顯祖、《牡丹亭》與南安府，與南安府的風物民情，文化背景，有著密不可分的關係。沒有南安府、沒有在南安為仕為民的人物，就沒有《牡丹亭》。」〔註11〕2016 年，大余投資 15000 萬，修建佔地 122 畝的「中國牡丹亭文化園」，還原了牡丹亭、芍藥欄、綠蔭亭、舒嘯閣、梅花觀等牡丹亭劇中十景。2017 年再次投資 1.8 億元，除牡丹亭十景園林建築外，還重新修建南安府衙、牡丹亭劇院、牡丹亭展覽館、婚慶堂、愛神廣場、東方愛神雕像等。「文因景起，景由文傳。」《大余旅遊》的廣告昭示：「四百多年前，明代戲劇家湯顯祖在這裡寫下了傳世名著──《牡丹亭》，使大余成為了中國乃至世界最純美的愛情聖地。」當你走進大余的「中國牡丹亭文化園」，你便親身領略《牡丹亭》的故事發生在這裡。

（八）徐聞也有一說

徐聞沒有自稱為「《牡丹亭》原創勝地」，但有個傳說，說是湯顯祖剛到徐聞時，焦渴難耐，喝了一口叫夢泉井的井水，是夜文思泉湧，創作出了《牡丹亭記》。現有蘇萍先生撰《徐聞與湯顯祖的〈牡丹亭〉》〔註12〕一文提出：湯顯祖到徐聞講學辦書院，提出了「天地孰為貴」和「天下之生皆當貴重」的思想理念，這與他之後劇作《牡丹亭》的思想主張「至情」所表述的內涵是一致的。湯顯祖的徐聞歷經，為其《牡丹亭》提供了十分重要的生活創作根基。《牡丹亭》的「至情」無疑是貴生書院的「貴生」在其創作的思想藝術上的深

〔註11〕《〈牡丹亭〉之謎》，中國文聯出版社，2007 年 5 月。
〔註12〕載《徐聞視窗》2018 年 5 月 31 日。

度再現，或者是其思想藝術創作的進一步的發展和昇華。《牡丹亭》一個求「生」欲望，怎不讓人想起湯顯祖在徐聞貴生書院時，所論述的天下之人務必以「生」為「貴」？學術界儘管對《牡丹亭》寫作時間和地點說法均不一致，但都認為是公元 1591 年離開徐聞後才寫成的。不論從哪一方面來說，徐聞是湯顯祖《牡丹亭》創作的生活土壤和源泉，湯顯祖是到了徐聞才萌發和醞釀寫作《牡丹亭》的。湯顯祖在徐聞貴生書院施教的史實，能明白徐聞與湯顯祖《牡丹亭》之間的必然聯繫。

二、《牡丹亭》原創聖地在哪裏？

「原創」指作者本人所寫，非抄襲剽竊；聖地指有特殊意義和作用的神聖之地。《牡丹亭》為湯顯祖所原創，沒人有異議，然而何處是原創之地需要去偽存真。

首先應排除《牡丹亭》不可能作於萬曆二十一年。青木正兒提出的依據是明天啟年間清暉閣評本《還魂記》王思任（字季重）《批點玉茗堂〈牡丹亭〉詞序》中有「往見吾鄉文長批其卷首曰：『此牛有萬夫之稟』」一句，徐渭是在萬曆二十一年去世的，於是青木便斷定此劇作於該年前。然而徐渭與湯顯祖只是神交，從沒有見過面。湯顯祖的詩文集《湯海若問棘郵草》是萬曆八年刊行後寄給徐渭，十年後徐渭客居北京時才輾轉收到。除此，湯顯祖沒有寄送過其他任何作品給徐渭。「四夢」傳奇最早問世的是《紫釵記》，這部作品到萬曆二十一年還沒有刊行，更不要說是《牡丹亭》。現存的徐渭詩文、筆記找不到有批評《牡丹亭》的任何記載。青木斷定「《牡丹亭》作於萬曆二十一年前」，實據王思任的序以訛傳訛的推衍。徐朔方先生研究認為：「王思任的說法很可能出於誤傳，或者王思任看到的是後人偽託徐渭批評的《牡丹亭》。」

作於安徽蕪湖之說，雖《蕪湖縣志》有載，但只是傳說——「世傳湯臨川過蕪，寓斯樓，撰《還魂記》」，沒有發現直接能證明湯氏作於蕪湖的材料，故不可信。湯顯祖與李原道的關係在他兩人的詩文中都沒見留下有過交遊的蛛絲馬蹟，其他旁人與地方文獻也沒有旁證。史學研究有孤證不立的原則，此原則適合『湯學』研究。《蕪湖縣志》所載，庶幾齣於對湯氏文章品節令人敬佩與「《牡丹亭》一齣，家傳戶誦，幾令西廂減價」，後人編縣志，將傳聞當史實，捕風捉影，穿鑿附會，攀上關係，以抬高當地文化的底蘊。

關於作於蘇州崑山說，首先要解決的問題是要有可信史料證實湯顯祖於

萬曆二十六年（1598）春辭官南歸到過崑山，並拜訪了徐應聘。然我翻遍湯
顯祖詩文沒見留下蹤跡。徐應聘所存的詩文也沒見有人舉出與湯有交遊的記
載。《蕪湖縣志》記的是湯在徐應聘的居所拂石軒作《牡丹亭》，《掃軌閒談》
談的是「湯於路日撰《牡丹亭》」即在去崑山的途中作《牡丹亭》，這樣的記載
聽誰的？本不可令人置信。湯顯祖既辭官南歸，當歸心似箭，哪有雅興在寓
居的吳門與往返吳門途中來寫《牡丹亭》？再說那長達 55 齣的傳奇，不管湯
顯祖怎樣高才，僅每齣的下場集唐詩，能憑記憶在旅途中寫得出來？王錫爵
是湯顯祖考進士的主考官，湯屬他門下，但因湯上疏為刑部主事饒伸申張正
義，並同時揭發了申時行、楊文舉等人的貪腐行為。饒伸是得罪了王錫爵而
革職為民，申時行、楊文舉都是王錫爵的親信，湯顯祖上這樣的奏章也就把
王錫爵給得罪了，以至五年縣官不能遷升。早已退隱在太倉家中的王錫爵，
湯顯祖到了吳中都不去拜訪，還能叫人暗中買通湯顯祖的隨行下人，要他把
湯氏每寫出一齣即抄下送到太倉相國府？《牡丹亭》流傳到江浙是萬曆三十
三年（1605）的事。這年五月，在進賢任縣令的黃汝亨調往北京任禮部主事，
湯顯祖將〈牡丹亭〉劇本送給黃，讓人帶到江浙，流傳到蘇州崑山。崑山是崑
山腔的發祥地，王錫爵讓家班用崑腔演唱這在情理之中。崑山有十七歲的俞
三娘讀《牡丹亭》斷腸而終，湯顯祖得知後到去世的早一年即萬曆四十三年
（1615）才寫了《哭婁江女子二首》。陳兆弘先生博文舉出詩中「如何傷此曲，
偏只在婁江」之句，發揮為「婁江就是崑山，這就點明了崑山是《牡丹亭》的
誕生之地，又是《牡丹亭》最早演出、最先流傳的地方」，這既不是湯詩的原
意，也不符會史實。史實是湯顯祖於萬曆二十六年春歸家將《牡丹亭》趕寫
出來作他 50 歲生日的慶典。劇本完稿即交付宜黃戲藝人首演。宜伶唱的是宜
黃地方化的海鹽腔，演唱的地點是臨川縣城香楠峰下玉茗堂，這些湯顯祖都
寫下詩文為證。

　　徐聞與大余都沒有爭《牡丹亭》是在他們那裡寫就。他們論述的都是《牡
丹亭》的問世與他們有著不可否定的千絲萬縷關係。湯顯祖在《牡丹亭》中
借副末開場說的「俊得江山助」，就是包括南安、徐聞在內的生活歷見，助他
寫出了訴說「人世情」的傑作《牡丹亭》。《貴生書院說》可謂最初的論「情」
的宣言書，以南安府後花園為背景是《牡丹亭》故事發生地。大余謝傳梅說
「沒有南安府，就沒有《牡丹亭》」不是沒有道理。田漢老去過南安與徐聞都
有詩云：「徐聞謫後愁無限，庾嶺歸來筆有神」。如果要爭《牡丹亭》的原創

地，這兩家擺出理由不會比遂昌遜色吧。

《牡丹亭》在哪裏寫就最清楚不過是湯顯祖自己，湯在《牡丹亭記題詞》自署「萬曆戊戌秋清遠道人題」，即是萬曆二十六年（1598），已歸家在臨川。但這個時間被有的學者斷為「定稿」「作《牡丹亭記題詞》」的時間，不是完成劇本寫作時間，劇本早在「萬曆二十五年赴京上計之前在遂昌任上寫成了」。這種可能性雖不能排除，但令人質疑的是：如果是在萬曆二十五年（1597）《牡丹亭》就寫成，湯萬曆二十六年（1598）三月棄官回到臨川，為定稿從春定到秋。《牡丹亭記題詞》那幾行文字，對湯顯祖來說需要幾個月、幾天還是幾小時？這麼長的時間花在定稿上，是一般修改加工還是另起爐灶？誰能說得清楚？「遂昌任上寫成了」《牡丹亭》，湯顯祖的詩文未見云及，地方文獻沒有記載，研究者推斷出的一家之言怎可作為斷定的憑證？湯顯祖在回吳習之信中有「借俸著書」一句，豈能解讀為「『借奉著』的『書』正是以『情』格『理』的《牡丹亭》」？在明代，「詩言志，文載道」的傳統根深蒂固，文人們還是認詩歌和散文為正經「主業」，小說、戲曲都屬難登大雅之堂的雕蟲小技，對劇本一般不稱「著作」。對此，徐朔方先生的論述與我有同感。萬曆二十五年宣城梅鼎祚在信中向湯顯祖要「新著」更不可能是《牡丹亭》，因為《牡丹亭》還沒有刻印成書，到萬曆二十八年湯顯祖在回覆張夢澤的信中還說：「余若《牡丹魂》《南柯夢》繕寫而上」即還是以手抄本流行。《牡丹亭》脫稿後還未梓行，湯便陸續贈送友人，「在萬曆二十九至三十年間，先後將抄本寄給了張師繹、呂胤昌（字玉繩）、梅鼎祚、黃汝亨、陳懿典等友人，讓他們分享他的勞動成果和喜悅之情。」〔註 13〕湯在南京為官時曾將《紫簫記》改成了《紫釵記》，萬曆二十三年他在遂昌又「捉筆了霍小玉公案」即將《紫釵》作了進一步的修改加工，並撰寫了《紫釵記題詞記》並交付刊行，此時刻印成書或有可能。

為尋《牡丹亭》可信的寫作之地，我在再次細讀《牡丹亭》第一齣《標目》中得到可喜的收穫。《牡丹亭》是用傳奇體制寫成的戲曲，首出通常由副末開場，用一支曲子交待創作旨意，另一支曲子介紹劇情梗概。湯顯祖在交待創作旨意時是讓副末乾念一首小詞《蝶戀花》：「忙處拋人閒處住，百計思量，沒個為歡處。白日消磨腸斷句，世間只有情難訴。玉茗堂前朝復暮，紅燭

〔註 13〕《牡丹亭》不可能成書於萬曆十六年——與《〈牡丹亭〉成書年代新考》作者商榷，《文學遺產》2011 年第五期。

迎人，俊得江山助。但是相思莫相負，牡丹亭上三生路。」在詞中，所謂「忙處拋人閒處住」的「忙處拋人」字面上可解讀為忙得顧不上自己，但這裡我的解讀為「拋官」，即湯效陶淵明「不為五斗米折腰」，拋去繁雜的官場回到臨川家鄉過無官一身輕的閒適生活，不是「被拋者湯顯祖『閒處住』（在『閒局』做『閒官』。」湯顯祖是萬曆十二年八月赴南京太常博士到萬曆二十六年三月棄官歸臨川，在官場混了十四年，地點換了三處：南京—徐聞—遂昌。這三地為官哪裏閒哪裏忙呢？在南京禮部掌管禮樂祭祀，根本不用辦公，詹事府主簿職能是輔導人在北京的皇太子，完全是一種擺設。湯在南京所任是地道冷衙閒官。貶官徐聞，湯顯祖「得假一尉了此夙願」，即借機圓遊南國名山秀水之夢，任的職是沒有正式委任的典史「添注」，他閒得無事進行重貴生的講學問道。轉遂昌縣令，是一縣之長，他有志把這個山間小縣治理成他政治理想實驗地，上任伊始，抓文教建設，建書院和圖書館，還向士民「講德問事」。在施政上進行了滅虎、縱囚、除害馬，勸農勵耕、打擊豪強等一系列一系列措施，比起在南京在徐聞可謂忙得多。因此，若說湯顯祖從徐聞遷官遂昌縣令是從「忙處」拋到「閒處」顯然不符湯顯祖的實際處境。何謂「忙人」？湯顯祖有言：「爭名者於朝，爭利者於市，此皆天下之忙人也」（《臨川縣古永安復寺田記》）。湯顯祖既身在官場，便決定了他要「爭名者於朝，爭利者於市」。而「官場乃毒蛇會聚會之地」，你不咬人人家要咬你，儘管湯顯祖在遂昌「政聲兩浙冠」，然不僅未能官復原職，連任麗水通判都去不了。在官場「名利場」上，湯顯祖可悲地敗下陣來，你能說他有心思閒得下來？

「何謂閒人」？湯顯祖也有解釋：「知者樂山，仁者樂水，此皆天下之閒人也。」（《臨川縣古永安復寺田記》）即那些寄情山水仁智之士，他們怡情流水的悠然、淡泊，心儀大山的崇高、安寧。湯顯祖棄官歸臨川，便成了這樣的「閒人」。歸里幾年後，遂昌有人去臨川看他，已是像陶淵明一樣，在夜幕降臨扛著鋤頭回家：「落日寒園自荷鋤」（《平昌齎發弟子數人從師吳越，里居稍有來問者二首》）。因此，只有棄官歸里後的湯顯祖才符合他自己對「閒人」的解釋。所謂「琴歌餘暇，戲叟遊童，時來說語」，說的是湯顯祖的親民行為，並不是他處於「閒局」、「閒官」的寫照；「一睡三餐兩放衙」也明白道出他上午下午都得去官衙處理公務，哪能閒得下來？

「百計思量，沒個為歡處。白日消磨腸斷句，世間只有情難訴」，說的是湯顯祖回到臨川，清閒中常想到人生苦短，怎為世間人尋求有意義的樂趣？

反覆思考後，選擇用傳奇戲曲《牡丹亭》來解開自古沒有誰能說得清楚的一個情字。

「玉茗堂前朝復暮，紅燭迎人，俊得江山助。」交待了他寫《牡丹亭》地方是臨川玉茗堂。「白日消磨腸斷句」為的是表達「世間只有情難訴」，即是說，為了解開「世間情」，湯夜以繼日在玉茗堂琢磨著能打動人心的佳詞麗句。

「紅燭迎人」，語出唐代韓翃的詩《贈李翼》：「王孫別舍擁朱輪，不羨空名樂此身。門外碧潭春洗馬，樓前紅燭夜迎人。」本謂樓前高燒紅燭，是為歡迎夜間來訪的客人。但該詩有句「不羨空名樂此身」，是韓翃讚賞身為貴族的李翼，拋去府第不住而住進園林住宅，追求閒適安逸的生活。湯顯祖引用韓翃《贈李翼》「紅燭迎人」，還是表達他的「閒處住」，含有以李翼自喻之意。因此，湯顯祖詞中的「紅燭迎人」不只是為歡迎夜間來訪的客人，其深層之意是表達他棄官歸臨川後已融入普通百姓之中，常有來訪客人。「俊得江山助」，照字面的解釋是說江山之美使文章增色，但它的深層之意是說十多年的宦海沉浮，使他對現實社會有清醒的認識，豐富的社會生活助他寫出了好的詩文和傳奇戲曲。一首《蝶戀花》，湯將作《牡丹亭》的緣起與時間、地點並肇於筆端。

下面我將這首《蝶戀花》試作意譯：
我拋卻繁雜的官場，
回到閒適的臨川故鄉。
常思量著人生苦短，
如何尋歡打發時光？
選了個世間最說不清楚的情字，
在玉茗堂夜以繼日地寫下我的曲章。
紅燭相伴，現實斂筆端，助我戲文增色，
願普世間癡男怨女，
不要負情亦不為情傷，
要如柳夢梅和杜麗娘，
既然已經相愛，
就應三生三世永不背叛。

譯文如果沒有對原詞造成附會與曲解，那麼《牡丹亭》中這首由副末開場乾念的《蝶戀花》，在交待他的創作旨意的同時不是明白道出了它的寫作之

地是臨川玉茗堂嗎？我還認為，判斷《牡丹亭》的寫作之地還要與其官場失意相聯繫。湯顯祖本志在政治上「變化天下」，然科舉的挫折、15 年的宦海沉浮令他感到「今日陶潛在折腰」，有了「鄉心早已到柴桑」的歸隱之心，因其「胸中魁壘，陶寫未盡，則發而為詞曲」（錢謙益《湯遂昌顯祖小傳》）。在此之前，他有過《紫簫》到《紫釵》的寫戲實踐，體認戲曲具有救世、悟人的功能。《牡丹亭》的問世是實現他人生從官場轉到劇場的正式開始，故其對該劇的醞釀、構思的時間可能較長，但真正的寫作完稿問世及其首演應在其棄官歸隱臨川之後。臨川（今屬撫州市），不僅是湯顯祖出生、成長、埋骨的故里，也是他誕生「臨川四夢」（除《紫釵記》外）地方。只有臨川才配稱是湯顯祖有特殊意義和作用的神聖之地！只有臨川才是湯顯祖原創《牡丹亭》的地方！

蛇腳的後語

初稿寫完，盤點這些年來漫延全國的歷史名人故里之爭，從歷史、小說到神話傳說，被爭的有女媧、黃帝、炎帝、老子、孫子、諸葛亮、周瑜、趙雲、李白、朱熹、曹雪芹等。還有那個神通廣大，一個筋斗可翻十萬八千里孫悟空。這位神話人物，作者寫他出生在傲來國東勝神州花果山，沒想到竟有六個省為其爭家園。山西婁煩縣還特請專家論證，得出孫悟空老家就在婁煩，「這裡的居民大多數都姓孫」，可謂爭出了古今奇觀；小說《金瓶梅》《水滸傳》中的西門慶，本是虛構出來的集淫棍、奸商、惡霸於一身的醜惡典型，可山東陽谷、臨清和安徽黃山為其爭故里一爭爭了十年，爭了個文化的傷痛，黑色的幽默！這些為名人爭故里爭的是對傳統文化的弘揚？非也！有位學者說得好：「名人故里之爭，其實是爭奪一個標誌性的、有吸引力的、具顯示度的文化旅遊資源，以此提升該地區在全國或者省市的知名度。有了影響力就會有客源，就可以吸引投資，帶來收入。」然《牡丹亭》原創地之爭與上述的「名人故里之爭」不能相提並論，它是正能量的。《牡丹亭》作地之爭不是今天才有，歷史上早就存在，但目的不能說沒有共同之處。我今就此問題談點意見，僅希望行政權力少些對具體的學術事務的干預，多為保護傳統文化作些腳踏實地工作，不宜只看到了地方對於文化遺產中經濟價值的追求，而忽視了對文化遺產利用的真正意義。

2019 年 6 月 27 日脫稿，11 月 3 日定稿於海口勝景樓

載《湯顯祖學刊》2020 年第六、七期合刊。

爭鳴之聲

也談新出《湯顯祖集全編》的收穫與遺憾

　　為紀念湯顯祖逝世 400 週年，2016 年初，上海古籍出版社推出了《湯顯祖集全編》。7 月 17 日，廣州周松芳先生在《南方都市報》發表了《新出〈湯顯祖集全編〉的收穫與遺憾》一文，批評「這是截至目前湯顯祖存世詩文、戲曲作品最齊全的深度整理之作。然而，除了新增佚詩佚文構成『續補遺』一集之外，其餘的增訂，實並不多見」，「僅輯佚一項仍存不少疏漏」。顯然，在他看來，這是只有「遺憾」，不見「收穫」的《湯顯祖集全編》。所謂「截至目前湯顯祖存世詩文、戲曲作品最齊全的深度整理之作」名不副實。文章篇末注明：「承浙江大學周明初教授審訂補充」。可見，這不是周松芳先生一人的意見。在此文發表前，周明初教授已向「嶺南行與臨川夢——湯顯祖學術廣東高端論壇」提交了論文《〈以仁王先生文集序〉等十篇文章辨偽》〔註1〕，對「續補遺」中有十篇佚文作了辨偽，指出其中 8 篇出自民間家譜，2 篇為出土文獻的佚文均為偽作或偽作嫌疑。我作為《湯顯祖全編》「續補遺」工作的參與者，感謝「二周」（明初與松芳二先生）的教正，並對與我有關的「僅輯佚一項」的「疏漏」進行了思考，進一步認識到對宗譜中的佚文采錄要「非常謹慎」，但又感實際操作起來並非那麼簡單，辨偽中遇到的有些問題還值得探討。下面，我也談談對新出《湯顯祖集全編》的幾點「收穫」與「遺憾」。

〔註 1〕周明初《〈以仁王先生文集序〉等十篇文章辨偽》，《嶺南行與臨川夢——湯顯祖學術廣東高端論壇論文集》，南方出版傳媒、花城出版社，2016 年，第 129 頁。

一、《湯顯祖集全編》的「收穫」

　　《湯顯祖集全編》問世的背景周松芳先生很瞭解，在文中也說得很精準：徐朔方教授箋校的「《湯顯祖全集》甫一出版，即留下不少遺憾。」「電腦排字，錯誤較多，達 140 處。」徐自己意識到：「這個本子是不能留傳後世的。」事實上也是「並未流行開來，學術界引用的，多半還是過去的《文集》。」隨著徐先生的去世，「徐版的《湯顯祖全集》將成為絕響。」2016 年世界各國紀念戲曲大師湯顯祖逝世 400 週年活動的開展，「湯顯祖研究又非常需要一部新的全集，但如何能有一部新的全集？這是學術界頗焦慮的事情。」正是在這個時候，「經徐朔方先生家屬授權，由上海古籍出版社社長高克勤與上海戲劇學院教授葉長海牽頭，成立《湯顯祖集全編》編輯出版工作委員會」〔註2〕，將增訂出版《湯顯祖全集》任務擔當。2015 年 4 月 22 日在上海開了半天的編輯工作座談會，討論了有關事宜。僅在半年多的時間內，修訂了徐先生生前勘誤出《湯顯祖全集》錯誤 140 餘處，吸收了十餘年來學界主要研究成果，盡可能修訂原書的疏誤，新增了「湯顯祖詩文續補遺」一卷，改大了書的字體，裝飾印刷精美，一套六冊，為立志從事湯顯祖乃至明代文史研究的學者、有意領略湯顯祖文化魅力的讀者，提供了可靠的文本。它和上海戲劇學院葉長海教授主編、上海人民出版社出版的《湯顯祖研究叢刊》，標誌著 2016 年湯顯祖逝世 400 週年系列紀念活動就此拉開大幕，為挖掘中華民族傳統文化的精華，參與世界文化交流盡了一份責任。這是《湯顯祖集全編》出版的意義，我也稱作收穫。

　　對湯顯祖的詩文的散佚，長期以來，我們僅知康熙三十二年（1693）陳石麟重刻《玉茗堂全集》的序文中提到《雍藻》和《問棘郵草》「二編散佚無存」。隨著湯顯祖研究的深入，被發現的佚文越來越多。繼 1958 年《問棘郵草》被發現後，自上世紀 80 年代到目前為止，僅從國家圖書館古籍文獻中發現遺存的湯顯祖的詩文著作就有：1982 年我在（清）王介錫《明文百家萃》中發現八股文 11 篇；在我之後，徐朔方先生又發現了湯顯祖的時文集《湯海若先生制義》，內收八股文 55 篇；2016 年紀念湯顯祖逝世 400 週年前夕，鄭志良副教授又新發現約 20 萬字的湯顯祖《玉茗堂書經講意》。另，我還在家譜和地方志中陸續輯逸到佚文有序、墓誌銘、傳贊、對聯等計 13 篇；江巨榮、

〔註 2〕《出版說明》，《湯顯祖集全編》卷一，上海古籍出版社，2015 年 12 月，第 2 頁。

鄭志良、吳書蔭、徐國華、遂文、胡宏、何天然、羅兆榮、陳偉銘等教授、學者在古籍文獻、家譜發現有湯顯祖的序、記、尺牘、評語、對聯、啟、傳贊、碑銘計 30 多篇。這麼多的佚文，除《玉茗堂書經講意》單獨由江西人民出版社影印出版外，其他基本全部展示在《湯顯祖集全編》中。這是對湯顯祖佚文輯逸工作的大檢閱。參加輯逸的人員既有湯學泰斗、大學教授、文化工作者，也有普通群眾。家譜上的佚文發現還有鄉鎮農民。2016 年 12 月 4 日，撫州湯顯祖國際研究中心劉昌衍先生又在湯顯祖外祖父家的臨川區青泥鎮廣溪吳家，從殘缺的《廣溪吳家七修宗譜》中，發現了兩篇湯作墓誌銘；我出生地黎川縣檔案館收藏的《壽昌寺語錄》中，發現有晚明無明慧經禪帥答湯顯祖書信一通，詩一首（湯的原信與詩無存）；另在洵口鄉的農戶家的家譜中，也載有湯顯祖《寄建武張洪沙（公子）遊武夷六絕》。還有，江西師大文學院歐陽江琳博士，從撫州市臨川區唱凱鎮石溪鄉張家村出土了一塊墓碑，上刻《明孺人潘母王氏墓誌銘》，也是湯顯祖的佚文。湯顯祖輯佚工作沒有結束，最近，在撫州市城東文昌里湯顯祖家族墓葬群出土了湯顯祖親撰的墓誌銘兩篇也是佚文。隨著對古文獻深入發掘，湯顯祖佚文肯定還有新的發現，《湯顯祖集全編》要吸收所有的輯佚成果實難以做到。然從這些輯佚成果看到湯學已深入人心，輯佚工作引起社會廣泛關注，這不能不說也是收穫？

　　對我個人而言，我參加《湯顯祖集全編》的「續補遺」工作，蒙周明初教授指正辨偽中「疏漏」，這對我來說是「遺憾」中的收穫。還有一收穫是，徐朔方先生箋校的《湯顯祖全集》收羅我發現於（清）王介錫《明文百家萃》中的 11 篇時文，就有 8 篇未注明發現者是我，違背了當初他託「探詢人」寫給我的白紙黑字承諾：「注明發現者——你的名字，並告出版社把應有的稿酬寄你。」2000 年，責編韓敬群和我在大連外語學院的湯顯祖學術研討會上見了面，親口承諾再版時會補注我首先發現，可 2001 年再版時他卻自食其言。這次上海古籍出版社增訂出版《湯顯祖集全編》，我向他們反映了此事。上海古籍出版社本著事實求是，尊重輯逸者的勞動成果，在《湯顯祖集全編》詩文卷之五十《制義》卷末加了這樣的按語：「本卷制義徐朔方先生以萬曆《海若先生文》（一名《湯海若先生制義》）為底本，其中八篇《為人臣止於敬》、《夏禮吾能》、《上好禮》、《君子思不出其位》、《鄙夫可與》、《左右皆曰賢未可也》、《其君子實……小人》和《民之歸仁》，亦可見於清人王介錫所編的《明文百家萃》。龔重謨先生曾於二十世紀八十年代初率先發現《明文百家萃》中的這

批文章，連同其他未被收入《海若先生文》的時文凡十一篇，發表在江西省文學藝術研究所編的內刊《文藝資料》（1983 年第 6 期）上。」這樣的按語，為徐先生收拾了殘局，體現了他們的職業操守，令人尊敬！這對我當然也屬收穫。

二、佚文采錄辨偽中的一些問題

（一）佚文的認定

佚文是指失傳或散存於古籍中的文章。一旦被人從古籍中發現並公諸於報刊就不再是佚文。一篇佚文散存在不同古籍文獻中，雖不是常見現象但也並非個例。佚文公諸於眾，後有人在別的文獻中也「發現」，文字內容與早發現一樣或基本一樣，本應不必再採錄，採錄了起碼應注明該文已被誰發現於在何種文獻。徐朔方先生收羅我輯逸的佚文那種做法不可取，我和他發生糾紛原因亦在此。然佚文輯逸成果得不到應有尊重常有發生，湯顯祖的《玉茗堂書經講意》是中國人民大學副教授鄭志良先生 2016 年初在國家圖書館發現，然《中國文化報》記者柯中華、伍文珺在《湯顯祖〈玉茗堂書經講意〉影印出版》中卻說：「據瞭解，今年年初，江西省圖書館、撫州市圖書館等單位經過深入調查，發現湯顯祖尚有一部學術著作《玉茗堂書經講意》存世，卻甚少為學界提及。隨即向該書收藏單位國家圖書館徵求底本，並交由江西人民出版社影印出版。」顯然，這樣的報導與事實有出入，但已被中國社科網、中國作家網、今日頭條、中國民族宗教網等多家網站轉載。就連《〈玉茗堂書經講意〉影印說明》中也只提「一部學界甚少提及的湯顯祖《玉茗堂書經講意》被發現。」是誰發現的呢？隱而不說，留給人想像。還有令我撓心的是，上世紀 80 年代我發現並公諸於眾的《華蓋山志序》和湯顯祖輯注《解縉千家詩注釋合刻》（甲寅年新鐫，原臨川縣圖書館藏，疑似偽託），有人手上明明有我收有該佚文的湯顯祖論文集，卻還要在網站、地方報紙上發新聞，說是他發現了湯顯祖的佚文《華蓋山志序》；還有人說他在臨川發現了湯顯祖的《解縉千家詩注釋合刻》云云。佚文雖不是作者寫出來的作品，但發現與採錄者要付出智慧和心血，理應得到尊重，這是佚文采錄應有的共識。

（二）佚文的辨偽

佚文辨偽關係到佚文的文獻價值，是決定佚文是否採錄的關鍵。我國古籍中偽書存在普遍，作偽的程度也不盡相同，有全偽，有部分偽，有作者偽，

有時代偽，有誤題撰人。然家譜中的序和碑銘中作偽現象應客觀全面的判斷。首先不可否定的是，湯顯祖棄官歸家後，確為鄉村的老人和貧寒讀書人寫過一些譜序和墓誌銘之類的東西。他自己說：「弟既名位沮落，復往臨、樊僻絕之路。間求文字者，多村翁寒儒小墓銘時義序耳。」〔註3〕「棄官一年，便有速貧之歎。……忽偶有承應文字，或不得已。」〔註4〕這種「蹇淺零誶」的「應承文字」令他文學「聲價頗減」。然而他從「平昌赤手而歸」，「棄一官而速貧」，為「治生誠急」「不得已」而為之。在《明故南營聶公馮氏孺人合葬墓誌銘》〔註5〕正文中，竟記載了湯顯祖寫這篇墓誌銘是「奉幣捧筆」，他與墓主並不認識（「爾先祖予不獲睹其豐神」）。這正印證了湯寫這類「承應文字」的「不得已」。若非湯顯祖所作，將這樣的內容寫在墓誌銘中便不好解釋。徐朔方先生獨力箋校的《湯顯祖全集》卷四十收有墓誌銘5篇，卻都不見有作者身份的署名。如沒有，那如何判定是湯顯祖所作？很有可能也有署名身份不符史實處而隱去不錄。我想，徐先生非常清楚，這樣文字是立碑銘者所加。《明故南營聶公馮氏孺人合葬墓誌銘》，不僅署有「賜進士出身承德郎南京禮部祠祭清吏主事湯顯祖手撰」，還署上「臨川縣儒學庠生徐應科書」。這大概是墓主後人，為抬高家族地位和聲望，令作碑銘者署上曾經任過的最高官位，造成「真偽雜陳」，以致署名身份不符史實。辨偽之所以難就在於不僅能將「偽」挑出，還能識得「真」的內容，並加以釐清。湯顯祖在墓誌銘中披露因「奉幣捧筆」而作「承應文字」，對瞭解晚年湯顯祖的「蹭蹬窮老」的生活，具有研究價值。對「真偽雜陳」的佚文我主張不應簡單視為偽作而不予展示。我讚賞簡文輝、葉錦青《淺談古籍偽書的編撰意圖及其價值挖掘》一文中的意見：「正視並重視古籍偽書的客觀存在，提升科學辯偽的理論與技術，深入挖掘偽書中大量蘊藏著的史料價值、思想價值、學術價值、文學價值、語言價值與藝術價值，才是我們應該有的態度。」〔註6〕

〔註3〕《答張夢澤》，《湯顯祖集全編》卷四七，上海古籍出版社，2015年12月，第1925頁。

〔註4〕《答山陰王遂東》，《湯顯祖集全編》，上海古籍出版社，2015年12月，第1852頁。

〔註5〕《湯顯祖集全編‧詩文續補遺》，上海古籍出版社，2015年12月，第2246頁。

〔註6〕簡文輝、葉錦青《淺談古籍偽書的編撰意圖及其價值挖掘》，《古籍整理研究學刊》，2004年03期。

　　周明初教授說徐朔方先生對佚文的採錄「非常謹慎」，我認為不盡然。他收羅我輯逸的佚文不是我寄給他的，是他在我並沒有完全同意的情況下，從已發表在刊物上抄錄入編的，校樣出來也沒寄我校對。他作為《湯顯祖全集》編者，本有審稿辨偽的責任。如果憑這樣的落款就可認作偽作的證據，那徐先生也跟我一樣沒看出來，豈不是不謹慎所致。

　　還令我不解的是，同卷中還有《題葉氏重修宗譜序》〔註7〕一文，落款為：「時萬曆乙未（萬曆二十三年，1595）春之王之吉賜進士出身文林郎知遂昌縣事臨川湯顯祖拜首書贈」。「賜進士出身」、「文林郎」，都屬作偽「馬腳」。這樣同樣性質的「疏漏」，徐先生沒看出來，周明初先生也不知何故沒有看出作為偽作提出來？

　　佚文采錄固然要謹慎，然對佚文的去妄也應謹慎。徐先生將《玉茗堂批訂董西廂》視「偽託」從《湯顯祖全集》中剔除就顯得不謹慎。徐判為「偽託」的理由是：此文末署為「乙未（萬曆二十三年）上巳日」，批訂《董西廂》時「適屠長卿（屠隆）訪余署中，遂出相質」，上巳即三月初三，按序所言，屠隆在春天曾來遂昌。徐先生說：「現在湯顯祖為他寫的六首詩中，沒有一首提到舊地重遊之意，或者時間在秋天以外的其他季節。」〔註8〕然乾隆《遂昌縣志》（卷十一）載有屠隆詩《春日登尊經閣》一首 20 韻，這就證明萬曆二十三年的「春日」屠隆來到遂昌，且登上尊經閣。徐先生說屠隆沒有在春天到過遂昌也就站不住了，視《玉茗堂批訂董西廂》為「偽託」成了誤判。同時代的劇作家張鳳翼（1527～1613 年）在其《〈西廂記〉考》中對此事有提及，可作旁證：「以故赤水屠先生、義仍湯先生均為當世博洽懷覽君子，亦於《西廂》訂正擬閱，蓋不以曲詞口（苴）視之也。」可見，徐先生的「謹慎」在此事上竟成了「疏漏」。徐還說，該文有 63 字，完全抄自陳繼儒《晚香堂小品》。到底是《晚香堂小品》抄《玉茗堂批訂董西廂》，還是《玉茗堂批訂董西廂》抄《晚香堂小品》？徐先生沒有引證加以說明。

　　對《金溪允虞先生屺瞻亭贈言序》周明初教授因「能夠捕捉到的可以證明此文為偽作的有效信息實在少，因此還不足以完全定此文為偽，只能說此文疑似偽作」。嫌疑來自「落款中稱『通家友弟』，但查《湯顯祖集全編》，並無發現湯顯祖與桂紹龍有任何交往的痕跡，湯家與桂家也並無姻親關係。」

〔註 7〕《題葉氏重修宗譜序》，《湯顯祖全集》，北京古籍出版社，第 1631 頁。
〔註 8〕徐朔方《湯顯祖評傳》，南京大學出版社，1993 年 7 月，第 105 頁。

〔註9〕我認為現存湯顯祖的詩文沒有「發現湯顯祖與桂紹龍有任何交往的痕跡」不等於他們就不存在「通家友弟」關係。湯顯祖有首《吳序憐予乏絕，勸為黃山白岳之遊不果》，引用得很廣泛。吳序竟能勸湯顯祖去安徽休寧汪廷訥處「作客打秋風」，可見與湯顯祖應不是一般的關係，然我翻遍湯顯祖現存的詩文，找不到除此之外湯顯祖與吳序有「任何交往的痕跡」。這樣詩作是否也把它打入「疑似偽作」之列？「通家」可指「姻親」關係，也可指世代交好之家。這裡就是指世代交好。本文輯逸者曾銘同志長期在縣地方志辦公室工作，他提交這篇佚文附有「備註」文字：「桂氏家族居住在縣城南門附近，與湯顯祖摯友王民順的西門王家毗鄰，王民順、胡桂芳、桂紹龍三人在萬曆、崇禎時擔任布政使（方伯），故並稱『金溪三方』，王、桂姻親，胡、湯姻親，四人關係很不錯，寫序應該沒問題。」不知能否為「通家友弟」起點「釋嫌」作用？

我認為，對佚文辨偽應從文章整體內容把握，不要抓住文中的某一句不符史實就判為偽託？鄭志良副教授新發現的湯顯祖《玉茗堂書經講意》，作序的是湯的門人周大賚，說湯顯祖棄官歸家後「頗索五經遺旨，里縉紳如帥君謙齋（帥機）、郭君青螺（郭子章）、鄒君南皋（鄒元標）、張學士洪陽（張位）皆勸為經意之刻，諾之未發也。」〔註10〕即這些師友都勸湯顯祖把自己解經的著作刊刻出來，湯顯祖雖答應了，但沒有付諸行動。然而湯顯祖萬曆二十六年（1598）從遂昌棄官回家時，帥機三年前已去世（卒於萬曆二十三年）。周大賚是臨川人，和湯顯祖、帥機都是同鄉，是湯顯祖非常親近的入室弟子，對帥機的去世應該知道。是否可以說，這是作偽者露出的「馬腳」從而斷《湯臨川先生書經講意敘》非周大賚所寫，進而懷疑《玉茗堂書經講意》是否是湯顯祖的？我想問題不是那麼簡單。古籍整理大家王樹民先生主張：「整理古籍遇到此類問題（指精華與糟粕的區分取捨），在無法做出明確判斷時，最好保持原狀，不可妄改或輕棄。」〔註11〕

〔註 9〕《嶺南行與臨川夢》——湯顯祖學術廣東高端論壇論文集》，南方出版傳媒、花城出版社，2016 年，第 146 頁。

〔註10〕周大賚《湯臨川先生書經講意敘》，《玉茗堂書經講意》（影印），江西人民出版社，2016 年 8 月。

〔註11〕趙太和《王樹民的古籍整理思想與方法》，《北京電力高等專科學校學報》，2012 年第 6 期。

（三）關於「專題研究」

周松芳先生提出：「要充分吸收現在研究成果進行修訂，同時進行一些專題研究加以完善，而不是僅僅滿足於輯佚。」此建議當然好。然古籍整理的審定、校勘、標點、分段、注釋等加工工作本屬於專題研究性質。辨偽就是對古籍作研究而非整理。《湯顯祖集全編》對十餘年來學界研究成果確也吸收了，只是難以做到沒有遺珠。如周先生對湯詩「二月桃花絳雪鹽」（《恩州午火》）解讀為「來時（十一月間）所見早放的如同內地二月始開的桃花」，對原徐朔方先生引該詩為據，斷定湯來徐聞後的次年二月回歸臨川少了證據，多了質疑，但也僅是一家之言，姑作周先生一項研究成果，未必能吸收進《湯顯祖集全編》，對該詩箋注中來個徐下周上。因徐先生已作古，周先生這樣解讀這首詩，徐先生若在世他能否認同？能不與徐先生的「意願相違背」？像這樣的「專題研究」我也做了。如湯詩《端州逢西域兩生破佛立義，偶成二首》，徐先生對「西域兩生」［箋］為「指意大利傳教士利瑪竇和特‧彼得籃斯神父」。對此，我撰寫了《湯顯祖在肇慶遇見的傳教士不是利瑪竇》一文，提出了七點質疑。香港城市大學鄭培凱教授為找證據，特委託一位回意大利探親的同事去到利瑪竇的家鄉查利氏這一年的日記。經查，利瑪竇沒有與湯顯祖在肇慶相遇的記載。我深信自己意見是有說服力的。原《湯顯祖全集》中的「箋注」要不要改？吳書蔭教授考證出需要「補正」之處就達 26 條。這些研究成果如何吸進《湯顯祖集全編》而不與徐先生的「意願相違背」？徐先生在《湯顯祖全集》箋注中的疏誤，需要補正並還不只是上面這些，我試舉二例：

1.《同於中甫兄傷右武並別六首》第五首「洪崖不可覿，蕭峰長自清」一句，徐［箋］：「當作蕭峰，在江西新城。」〔註12〕顯然錯了。新城（今黎川）蕭峰在距縣城 20 公里處的社萍鄉竹山村境內的福山，主峰蕭曲峰海拔 1045 米。然湯詩中所說蕭峰是位於南昌市灣里區梅嶺和新建縣大塘之間，距南昌市北 40 公里，俗稱上天嶺。上有大石頭，內有石室、石床、石巷等名勝，為西山勝景之一。酈道元《水經注》載有探尋古蕭峰的蹤跡，書中記述云：「西山有大蕭小蕭二峰，蓋蕭史遨遊之所」。湯顯祖常侍其師張位至上天峰遨遊竟日。

〔註12〕《同於中甫兄傷右武並別六首》，《湯顯祖全集》，北京古籍出版社，1999 年 1 月，第 692 頁。

2.《答羅匡湖》信中說：「二夢已完，綺語都盡。」〔註13〕這裡說的「二夢」應〔箋〕：「指《紫釵記》和《牡丹亭》，因為這兩個戲完成後，湯顯祖劇作中華美綺麗的語言已然用盡，因而在《邯鄲夢記》與《南柯記》中的曲辭都比較淡雅本色。這樣〔箋〕注是必要的，但徐先生卻沒有〔箋〕。但對《寄鄒梅宇》一句「二夢記殊覺恍惚。惟此恍惚，令人悵然」〔註14〕徐朔方〔箋〕：「〔二夢記〕《南柯記》與《邯鄲記》傳奇」。這就使得一些很知名的研究者在引用時把「二夢」「二夢記」混為一談。若把「二夢」理解為《南柯記》與《邯鄲記》傳奇，那麼「二夢已完，綺語都盡」就叫人不好理解。

徐先生對《湯顯祖全集》箋注包括對湯詩的編年和《湯顯祖年譜》，疏漏和值得商榷之處不只這些，如何作補正？這樣的深度整理深到何程度？誰替代徐先生作整理擔綱人？著作權、署名怎定？

（四）關於新增「詩文續補遺」

《湯顯祖集全編》的增訂出版，是經徐朔方先生家屬授權，是合法的。該卷收羅的佚文徐先生已作古未能看到，為避開招來與徐先生「意願相違背」之嫌，沒有將新採錄的佚文插進原《補遺》中，而是另立一卷「續補遺」。且注明了三位「擔綱」者的名字。所謂「擔綱」，實為擔責。也就是說，該卷出了「疏漏」不是徐的責任。該卷接在「補遺」之後，既與湯顯祖詩文融為一體，又集中展示新的輯佚成果，且責任明確。這麼處理周明初先生認為「不是很妥當」，但將湯顯祖全部詩文結集的僅這一部，這40多篇的輯佚新成果又不能單獨出版，不知誰有比這更妥的處理辦法？至於收了三副對聯，有違徐朔方的「編集緣起」問題。我認為徐朔方在「編年箋校」中定下不收「對聯」是對全書內容造成的小殘缺。因為湯顯祖的文學才華最早就是從對對子表現出來的。他五歲就能對對子，而且連對幾次都不怕。對聯是從詩、文中走了出來，成為獨立的文學體裁，是中華傳統文化百花園中一支獨特的奇花異草，一直以詩、詞、曲、聯視作中國文學大家庭的「四姐妹」。湯顯祖文學上「絕代奇才，冠世博學」應在這「四姐妹」都得到展現。不收對聯，就掩蓋了湯顯祖這方面的才華，也暴露了徐先生對對聯在中國文學史上的地位尚欠

〔註13〕《答羅匡湖》，《湯顯祖集全編》卷四六，上海古籍出版社，2015 年 12 月，第 1859 頁。

〔註14〕《寄鄒梅宇》，《湯顯祖集全編》卷四七，上海古籍出版社，2015 年 12 月，第 1938 頁。

正確的認識，我們在「續補遺」中補了這一空白，我認為沒有什麼不妥。

三、也說《湯顯祖集全編》的「遺憾」

我和江巨榮教授、鄭志良副教授「共同擔綱」湯顯祖作品的續補遺整理，是「各人自掃門前雪」的工作，即各自將所自己所輯逸的佚文整理交出版社，由他們編排，校樣出來後寄我們校對。除此，我們沒有其他任務。江、鄭二位是名校教授，古文獻知識豐富，對這樣輯佚整理不在話下，故「門前雪」掃乾淨了。此道對我本陌生，只是我輯逸幾篇佚文出版社要收入增訂，邀我「共同擔綱」，因而做了一回南郭。有「疏漏」主要出在我這裡。如果周明初先生辨偽的 10 篇佚文都是偽作或偽作之嫌，有 5 篇是我提交。這 5 篇佚文雖不是我輯逸，但輯逸者交我處理。我審讀過佚文並加了按語，辨偽不嚴，出了「疏漏」，造成了大書有「遺憾」，責任在我。

對《湯顯祖集全編》的「遺憾」，「二周」文章中已列舉了很多，我僅再作兩點補充：

一是周明初教授是徐朔方先生及門弟子，最清楚其師「意願」，且他研究領域又是中國古代文學和中國古典文獻學，正是繼承徐先生衣缽，主動請纓與校方商量將深度整理《湯顯祖全集》任務擔當的最佳時機，既為紀念湯顯祖逝世 400 週年獻上厚禮，又達到紀念先師徐朔方去世十週年而一舉兩得的目的。周明初教授非常清楚：「今年是湯顯祖、莎士比亞和塞萬提斯三位世界大文豪逝世 400 週年，聯合國教科文組織了相關紀念活動，在英國，著名的 Bloomsbury 出版社出版了《1616：莎士比亞和湯顯祖的中國》」，「整理出版文集，是紀念作家最好的方式之一，因為這是推動作家作品研究最重要的基礎工作之一。」〔註 15〕隨著徐先生去世，《湯顯祖全集》將成絕響。「非常需要一部新的全集」，「是學術界頗感焦慮的事情。」不言而預，周明初教授若擔綱《湯顯祖全集》的修訂整理，定能減少現存的很多遺憾。然而從事整理古籍的人，不但要知識基礎好，而且要有興趣，勇於擔當。也可能周先生興趣不在此或別的原因，因而令人遺憾！

我還要說的另一點是，《湯顯祖集全編》是在徐朔方獨力箋校《湯顯祖全集》基礎上的增訂整理，而《湯顯祖全集》的前身是《湯顯祖集》，這是當年

〔註15〕周松芳《新出〈湯顯祖集全編〉的收穫和遺憾》，《南方都市報》2016 年 7 月 17 日。

中宣部領導親自選定的研究課題，不是某個人的自選題。錢南揚老先生擔綱點校湯顯祖的戲曲，徐朔方先生擔綱箋校湯顯祖的詩文，這是中宣部領導親點的將。他們的合作雖是「上級的意志」，但分工明確，出現學術觀點上有不一致處，是學術研究合作中正常現象。然而《湯顯祖集》問世後，在學術界影響很大，迄今為止一直是最經典流行最廣的版本，說明這種合作是成功的。錢先生是當代曲學大家，他是近代南戲研究的科學基礎奠定人，是繼王國維《宋元戲曲史》以來在戲曲史研究上的重大突破者，在國內外學術界影響很大。尤其是《戲文概論》被公認為填補了中國戲曲史研究中的一個空白。徐先生在戲曲方面的建樹還不能與錢先生相提並論。儘管在湯顯祖劇作腔調和湯顯祖是否有酒色財氣四劇等問題上我是徐先先的附和者，但錢先生選定的湯顯祖傳奇的校點底本我深信是好底本。當年中宣部領導介入《湯顯祖集》的整理工作，不是什麼「強勢行政命令」，而是體現中央對弘揚民族文化遺產的高度重視。沒有中央領導的這樣重視，就出不了《湯顯祖集》這樣的整理成果。到 1999 年，徐先生卻拋開錢老先生為湯顯祖戲曲校點所做的艱苦的工作，卻另選「四夢」底本，獨力箋校《湯顯祖全集》。然「《全集》甫一出版，即留下不少遺憾。」在詩文箋注方面，勘校未得到改正的錯處多達 140 條（這次《全編》已一一改正）。潛藏沒有發現的錯處定還有。他自己也認識到：「嚴格說來，這個本子是不能留傳後世的。」更為嚴重的是，在戲曲校點上，徐先生的許多校點已是錢先生做過的工作。下面我僅將《紫簫記》一劇前十齣兩家同一校點作個比對：

一、《紫簫記》 錢南揚校	一、《紫簫記》 徐朔方校
第一齣　開宗	第一齣　開宗
[1] 原題《紫簫記》，富春本作《新刻出像板音注李十郎紫簫記》，今據富春本改用全名。	[1] 原題《紫簫記》，富春堂本作《新刻出像板音注李十郎紫簫記》，分四卷：一齣至九齣為卷一；十齣至十五齣為卷二；十六齣至二十四齣為卷三；二十五齣至末為卷四。每卷均有：「臨川紅泉館編、新都綠筠軒校、金陵富春堂梓」三行題識。
[2] 富春本分四卷：一齣至九齣為卷一；十齣至十五齣為卷二；十六齣至二十四齣為卷三；二十五齣至末為卷四。卷首無著者名，每卷均有：「臨川紅泉館編、新都綠筠軒校、金陵富春堂梓」三行題識。	[2] 富春堂本無齣目。下同。
[3] 富春本無齣目。下同。	[3] 「眾賓」上原有「末」字，衍。

[4]「眾賓」上原有「末」字，衍，據富春本刪。

[5] 勾消，富春本作「都勾」，失韻，蓋誤。

[5] 勾消，富春堂本作「都勾」失韻，據《六十種曲》本改。

第二齣　友集

[1] 愛，原作「與」，據富春本改。

[1] 愛，原作「興」據富春堂本改。

[3] 官，原誤作「宮」，據富春本改。

[3] 官，原誤作「宮」，據富春堂本改。

[4] 預，當作「豫」。

[4] 預，當作「豫」。

[5] 斟，富春本作「瞻」。

[5] 斟，富春堂本作「瞻」。

[6] 尚未婚宦，富春本作「尚無婚室」，則下文「柏葉」云云便無著落，蓋誤。

[6] 尚未婚宦，富春堂本作「尚無婚室」，下文「柏葉」云云無著落。

[7] 曉，富春本作「早」。

[7] 早，據富春堂本改。

[8] 俺相公目即成誦，富春本作「在相公目過成誦」。

[8] 俺相公目即成誦，富春堂本作「在相公目過成誦」。

[9] 原無「花石尚」三字，據富春本補。

[9]「花石尚」三字，據富春堂本補。

[10]「石尚二客辭別介」下，原有「十郎」二字；「下」字上原有「石尚」二字。案：這幾句白乃是石尚告別語和下場詩，非十郎所念。據富春本刪。

[10]「石尚二客辭別介」下，原有「十郎」二字；「下」字上原有「石尚」二字。據富春本刪。

[11]「勞了」上，富春本有「有」字。下同。

[11] 據富春堂本有補「有」字。下同。

[12] 優，富春本作「佳」。

[12] 佳，原作「優」，據富春堂本改。

[13] 原無「十郎」二字，據辭意補。

[13] 原無「十郎」二字，臆補

第三齣　探春

本《中呂》曲，可借入《雙調》，與上述諸曲名，同辭異者不同。

本《中呂》曲，可借入《雙調》，與上述諸曲名同句格異者不同。

[13] 廝，原作「索」，據富春本改。

[14] 廝，原作「索」，據富春堂本改。

[14] 指，原誤作「拍」，據富春本改。

[15] 指，原誤作「拍」，據富春堂本改。

第七齣　遊仙

[1] 三雍，富春本作「三千」。

[1] 三雍，富春堂本作「三千」。

[2]「喚鄭杜」上，富春本有「左右的」一句。

[2]「喚鄭杜」上，富春堂本有「左右的」一句。

[3] 原無「六娘」二字，據辭意補。

[3] 原無「六娘」二字，臆補。

[4] 原無「鄭杜」二字，據富春本補。

[4] 原無「鄭杜」二字，據富春堂本補。

[5] 原無「官臣」二字，據富春本補。

[5] 原無「官臣」二字，據富春堂本補。

[6] 原無「六娘」二字,富春本注有「鄭」字,據補。

[7] 「有兩個」上,富春本有「稟千歲」一句。

[8] 逐,富春本作「遂」,形近而誤。

[9] 事,富春本作「情」。

[10] 卿,疑是「鄉」字之誤。富春本此句作「溫雅之卿」。

[11] 傳位,富春本作「聖上」。

[12] 「等聞」上,富春本有夾白「這正是悲莫悲兮生別離哩」一句;「閃殺」上有「千歲呵」一句。

[13] 「雲殘」下,富春本有白語:「六娘,就此拜辭了。[鄭]:人日登高之樂,番成岐路之悲。」

[14] 原無「六娘」「秋娘」四字,富春本分注有「鄭」「杜」字,據補。

第八齣　訪舊

[1] 「李十郎」上,富春本有「我」字。

[2] 既生人世,富春本作「既謂之人」。

[3] 秋絕,富春本作「絕死」。

[4] 大,富春本作「人」。

[5] 鎖,原誤作「離」,據富春本改。

[6] 受,富春本作「愛」。

[7] 居民,富春本作「分明」。

第九齣　託媒

[1] [6] 原無「四娘」二字,富春本注有「鮑」字,據補。

[2] 點,原作「番」據富春本改。

[3] 無力憑欄,富春本作「無地遮攔」。

[4] 開,原誤作「聞」,據富春本改。

[5] 「你還有」上,富春本有「四娘為何掩淚傷情」一句。

[7] 「十郎」、「四娘」、「合」,原都在每句之下,據富春本移前。末句下原也有「合」字,衍,刪。

[6] 原無「六娘」二字,富春堂本注有「鄭」字,據補。

[7] 「有兩個」上,富春堂本有「稟千歲」一句。

[8] 逐,富春堂本誤作「遂」。

[9] 事,富春堂本作「情」。

[10] 卿,或當作「鄉」。富春堂本此句作「溫雅之卿」。

[11] 傳位,富春堂本作「聖上」。

[12] 「等聞」上,富春堂本有夾白「這正是悲莫悲兮生別離哩」一句;「閃殺」上有「千歲呵」一句。

[13] 「雲殘」下,富春堂本有白語:「六娘,就此拜辭了。[鄭]:人日登高之樂,番成岐路之悲。」

[14] 原無「六娘」「秋娘」四字,富春堂本分注有「鄭」「杜」字,據補。

第八齣　訪舊

[2] 「李十郎」上,富春堂本有「我」字。

[3] 既生人世,富春堂本作「既謂之人」。

[4] 秋絕,富春堂本作「絕死」。

[5] 大,富春堂本作「人」。

[6] 鎖,原誤作「離」,據富春堂本改。

[7] 受,富春堂本作「愛」。

[8] 分明,原作「居民」,據富春堂本改。

第九齣　託媒

[1] [6] 原無「四娘」二字,富春堂本注有「鮑」字,據補。

[2] 點,原作「番」據富春堂本改。

[3] 無力憑欄,富春堂本作「無地遮攔」。

[4] 開,原誤作「聞」,據富春堂本改。

[5] 「你還有」上,富春堂本有「四娘為何掩淚傷情」一句。

[7] 「十郎」、「四娘」、「合」,原都在每句之下,據富春本移前。末句下原也有「合」字,衍,刪。

第十齣　巧探

[1] 便，富春本作「更」。

[2]「相見介」，富春本作「見鄭介」。

[3] 尚，通作「向」。

[4] 原無「傷」字，據富春本補。下句「傷」字同。

[5] 來，富春本作「得起」。

[6]「妹也」下原有「四娘」二字，衍。富春本無「鮑」字，據刪。

[7]「郡主來」下，富春本尚有「有話對他說、[內應介]」二句。

[8] 屐，原誤作「枝」，據富春本改。

[9] 原無「何如」二字，據富春本補。

[10]「襯」，富春本作「親」。

[11] 原無「從」字，據富春本補。

第十齣　巧探

[1] 便，富春堂本作「更」。

[2]「相見介」，富春堂本作「見鄭介」。

[3] 向，原作「尚」，當改。

[4] 原無「傷」字，據富春堂本補。下句「傷」字同。

[5] 來，富春堂本作「得起」。

[6]「妹也」下原有 [四娘] 二字，衍。富春堂本無「鮑」字，據刪。

[7]「郡主來」下，富春堂本尚有「有話對他說、[內應介]」二句。

[8] 枝，富春堂本作「屐」。

[9] 原無「何如」二字，據富春堂本補。

[10]「襯」，富春堂本作「親」。

[11] 原無「從」字，據富春。

　　像這樣的校點，在徐先生箋校的湯顯祖五部傳奇中，由此可見一斑。我不懂學問是否可這樣做？如果已有的「箋注」和「校點」只要改動幾個字，甚至有的根本就是照搬就可屬於我，那古籍整理的成果如何得到保護？

　　都說人生是一部遺憾的大書，既是大書不存遺憾實也難。科學就是在不斷地對未知世界試錯糾錯中發展出來的。我願隨時聽取學界同仁特別是古籍整理專業人士對我參與整理湯顯祖佚文的批評意見，當以開闊的學術視野和開放包容的胸懷，進行認真思考，積極回應。學術乃天下之公器，不是少數人的專利。學術問題應摒棄門戶之見，堅守學術道德，弘揚科學精神，推進協同創新。這是每位學者應共同履行的使命。

2017 年 6 月修改於海口

湯顯祖與李贄未曾在臨川相會

　　李贄是明嘉靖、萬曆間「異端之尤」的思想家，是晚明富有戰鬥精神的反封建主義啟蒙運動的先驅。他反對禮教，抨擊道學，反對「咸以孔子之是非為是非」，提出天理、人慾沒有區別，「穿衣吃飯，即是人倫物理」。在文學方面，重視小說、戲曲的地位，將《西廂記》和《水滸傳》稱作「古今至文」，與六經、《論語》、《孟子》並提。對文學創作，他反對復古摹擬，主張必須抒發己見。李贄的思想與文學主張對湯顯祖一生影響很大。湯顯祖有言：「見以可上人（達觀）之雄，聽以李百泉（李贄）之傑，尋其吐屬，如獲美劍。」〔註1〕湯顯祖在南京任禮部主事，得知李贄的《焚書》在湖北麻城出版，便寫信託蘇州朋友訪求。李贄被當局以「敢倡亂道，惑世誣民」治罪，並害死獄中，湯顯祖作詩哀悼。湯顯祖在「臨川四夢」所體現反傳統道德，抨擊封建禮教，揭露明代官場黑暗，更可看見李贄思想對其戲曲創作所產生的巨大影響。然而湯顯祖與李贄是否會過面一直是湯學研究者們所關心的一個問題。1962年徐朔方先生在中華書局出版的《湯顯祖集》其《前言》談到李贄與湯顯祖的關係時只是說「和湯顯祖交往不密切」。

　　為紀念湯顯祖逝世366週年，1982年11月在湯顯祖故里——江西撫州市舉行了湯顯祖的學術研討會。我提交的《湯顯祖雜考》一文，披露如下一條資料及我的推斷：「同治九年修《臨川縣志》載李贄為城東正覺寺寫的《醒泉銘》云：『萬曆己亥（即萬曆二十七年，公元1599年），余與湯西兒正覺寺後繫念，寺之伯用材上人邀余茶話，味甚奇。』湯顯祖於萬曆二十六年棄官

〔註1〕《答管東溟》，《湯顯祖詩文集》卷44，上海古籍出版社，1982年版。

歸家，此時正居臨川。李贄既來臨川，一向尊崇李贄的湯顯祖，似不可不謀面；而湯氏文章品節早已馳名海內，李贄似亦不能不訪顯祖。且《銘》文所謂『湯西兒』係顯祖小兒名，然已於去年八月十九日夭亡，此『西兒』指誰？」該文在未開會前早幾個月就打印散發，徐先生為了搶第一個提出湯顯祖與李贄在臨川相會的頭功，以顯其權威，1982 年 6 月由上海古籍出版社出版的《湯顯祖詩文集》的《前言》中，便改為：「湯顯祖罷官的第二年，他和李贄曾在臨川相會。」從此許多研究者都以他這一說法為依據加以引用。

首先，我要用徐先生自己的說法來糾正徐先生所犯的文史常識錯誤。徐先生所說「湯顯祖罷官的第二年」指的是萬曆二十七年（1599），而這年湯顯祖從遂昌回到臨川不是被「罷官」是自己棄官。用徐先生在《湯顯祖評傳》中話說：「湯顯祖在萬曆二十六年二三月間回到臨川。他既沒有辭職，也不是被罷免。他向吏部遞了一個告假單子，就管自己回家了。」〔註2〕「他向吏部告了長假，管自己回家，仍然保留著知縣的官銜，所以叫棄官。」〔註3〕而罷官就是免職，「湯顯祖棄官五年後正式免職。」〔註4〕徐先生將「罷官」與「棄官」一鍋煮，煮得令人好糊塗。此後，徐先生在 1993 年出版的《湯顯祖評傳》中更斷言萬曆二十七年（1599）李贄來到臨川，說李贄「在為正覺寺寫的《醒泉銘》中也提到對西兒的懷念」〔註5〕，「為湯顯祖亡兒撰寫了正覺寺《醒泉銘》」〔註6〕。徐先生為了說明李贄在正覺寺後「繫念」的「湯西兒」就是湯顯祖夭亡的年僅 8 歲的湯西兒，還搬出據說是已失傳的達觀致湯顯祖的長信中提到的「《悼西兒》名序」以和《醒泉銘》中的「湯西兒」相聯繫。然而正覺寺《醒泉銘》是否是李贄所寫？是否「為湯顯祖亡兒撰寫？」下面我將《臨川縣志》所載的《醒泉銘》全文抄錄如下：

> 夫泉行地中而適得用於人間者，此未有不帶氣質者也。如苦泉、
> 酸泉、膻泉之類，第可灌園而已。如得用於人間世而氣質不能累其
> 天者，如中泠惠泉等。**是萬曆己亥，余與湯西兒正覺寺後作繫念**，
> 寺之伯用材上人邀余茶話，味甚奇。余曰：「此河水耶？井水耶？」
> 余雇朗生曰：此水似不帶氣質者，夫井泉而不帶氣質，尤所甚難，

〔註2〕徐朔方著《湯顯祖評傳》第 122 頁，南京大學出版社，1993 年版。
〔註3〕徐朔方著《湯顯祖評傳》第 176 頁。
〔註4〕徐朔方著《湯顯祖評傳》第 178 頁。
〔註5〕徐朔方著《湯顯祖評傳》第 167 頁。
〔註6〕徐朔方著《湯顯祖評傳》第 212 頁。

若中冷惠泉，一出於青山白雲，一出於岷江之心，其清奇固其分內
事也。如茲泉出近於城隍凡井風塵之間，吏人飲之，清奇醒然。醒
近覺，覺近悟，悟則心開，心開則我固有之性。水冷然而湧眼得之，
而明耳得之，而聰鼻得之，而嗅舌得之，而嘗身得之，而覺意得之，
而知又變而用之。耳可以聞聲，眼可以觀色，鼻與舌身與意皆可得
而互用焉。即此觀之，則醒泉之惠世溥矣。然終日汲而飲之，不知
其為醒，不知其為昏，則飲者，負泉多矣。故曰：泉昏則濁泉，醒
則清。予既得此泉清奇之味，又知鐵山之茶，始可配此泉。知而不
能銘，非仁也。銘曰：泉行地中，隱隱隆隆。大旱雲霓，惟泉是宗。
泉而清奇，不帶氣質。飲之夢醒，幽宵白日，人不得道。昏散擾之
醒除昏散。返我靈之，泉銘醒泉，其天本然。我願飲此，益知延年。

這裡說的是臨川城東正覺寺有口水味清奇的古井，此水泡上鐵山的茶葉，
有解夢之功效，讓人如夢初醒，大徹大悟，益壽延年，因此被稱作「醒泉」。
就文的內容看，「作繫念」在這裡是指超度亡靈做佛事。李贄在正覺寺後為「湯
西兒」「作繫念」，「寺之伯用材上人」邀他茶話，品嘗了這醒泉泡的茶，從而
李對醒泉大加讚美，寫下了《醒泉銘》。並不是李贄「為湯顯祖亡兒撰寫了正
覺寺《醒泉銘》。」

查考李贄生平史料，特別是檢閱了林海權先生著《李贄年譜考略》[註7]，
知道李贄從萬曆二十七年全年寓居在南京永慶寺，每月都有可考的活動蹤跡：

　　春，常融二僧自龍湖來訪。早春作詩《又觀梅》；春夏作《復晉
川翁書》；初夏作《書晉川翁壽卷後》；夏間，兩次會見意大利天主
教傳教士利瑪竇；秋七月，《藏書》六十八卷在南京付刻；秋冬間，
閒步清涼寺，瞻拜「既費又復立」的一拂清忠祠；從十月起，李贄
和焦竑、方時化、汪本鈳等五六個友人一起讀《易經》；秋冬之至，
接到梅澹然勸回龍湖的來信；冬十二月，河漕總督劉東升久其子用
相來信招李贄赴山東濟寧。李贄覆信說明無法離開的理由，並請劉
用相來南京蹄《易》以解鬱結。

由此可見，在萬曆二十七年李贄壓根兒就沒有離開過南京。而且此時的
李贄已是 73 歲的垂暮老人，臨川與南京雖同處長江南岸，但相距千里之遙，
不是一個古稀老人能隨意出行的年齡。從上述資料來看，所謂「湯顯祖罷官

〔註 7〕林海權著《李贄年譜考略》，福建人民出版社，2005 年版。

的第二年，他和李贄曾在臨川相會」誠為子虛烏有。那臨川正覺寺的《醒泉銘》也只是假冒李贄之名的偽作。

筆者認為，即使是萬曆二十七年李贄來到臨川，為城東正覺寺寫了《醒泉銘》也不能斷言湯顯祖就與李贄會了面。因為《醒泉銘》中所說的「作繫念」是否就是湯顯祖夭亡的年僅 8 歲的「湯西兒」還是另一個同名同姓者？李贄若真是為湯顯祖已夭亡的 8 歲「湯西兒」「作繫念」那無非出於對湯顯祖文章品節的傾慕，但《銘》中卻沒有出現此「湯西兒」與湯顯祖有任何瓜葛的文字，無法認定此「湯西兒」就是湯顯祖的「湯西兒」而非彼家的「湯西兒」。我認為，湯顯祖與李贄若真是在臨川會見了，對他倆人都是人生交遊中的大事，特別是對湯顯祖來說，李贄是他心目中的所崇拜的一「傑」，不能兩人都沒有詩文記述。故筆者認為，《醒泉銘》不能確定是李贄所作。「湯西兒」無法確實就是湯顯祖的「湯西兒」。李贄與湯顯祖只是神交，始終沒有見過面，更沒有在湯顯祖棄官歸家的第二年而在臨川相見。

（原載東華理工大學學報 2008 年（社會科學版）第 2 期）

正覺寺的《醒泉銘》應是達觀寫的

撫州臨川區東門城外有座犀牛山，早在唐朝初年這犀牛山上就建起了一座古寺叫正覺寺。古寺歷盡滄桑，迄今仍容光煥發，香火旺盛。離正覺寺不遠處有一口古井叫醒泉。這井泉味清奇，配上鐵山的茶葉可以益壽延年。1982年 11 月，我因查閱同治九年修的《臨川縣志》，發現載有晚明思想家李贄為正覺寺寫的一篇《醒泉銘》。全文如下：

夫泉行地中而適得用於人間者，此未有不帶氣質者也。如苦泉、酸泉、膻泉之類，第可灌園而已。如得用於人間世而氣質不能累其天者，如中冷惠泉等。**是萬曆己亥，余與湯西兒正覺寺後作繫念，**寺之伯用材上人邀余茶話，味甚奇。余曰：「此河水耶？井水耶？」余雁朗生曰：此水似不帶氣質者，夫井泉而不帶氣質，尤所甚難，若中冷惠泉，一出於青山白雲，一出於岷江之心，其清奇固其分內事也。如茲泉出近於城隍凡井風塵之間，吏人飲之，清奇醒然。醒近覺，覺近悟，悟則心開，心開則我固有之性。水冷然而湧眼得之，而明耳得之，而聰鼻得之，而嗅舌得之，而嘗身得之，而覺意得之，而知又變而用之。耳可以聞聲，眼可以觀色，鼻與舌身與意皆可得而互用焉。即此觀之，則醒泉之惠世溥矣。然終日汲而飲之，不知其為醒，不知其為昏，則飲者，負泉多矣。故曰：泉昏則濁泉，醒則清。予既得此泉清奇之味，又知鐵山之茶，始可配此泉。知而不能銘，非仁也。

銘曰：泉行地中，隱隱隆隆。大旱雲霓，惟泉是宗。泉而清奇，

不帶氣質。飲之夢醒，幽宵白日，人不得道。昏散擾之醒除昏散。

返我靈之，泉銘醒泉，其天本然。我願飲此，益知延年。

《銘》中「是萬曆己亥，余與湯西兒正覺寺後作繫念」一句引起我的注意。因「萬曆己亥」是萬曆二十七年（1599），早一年（萬曆二十六年）湯顯祖已棄官歸家，並於當年七月二十日舉家從城東文昌里遷入到城內香楠峰下的沙井新居玉茗堂。可不幸的是，八月十九日湯顯祖很疼愛的 8 歲「西兒」在新居玉茗堂夭亡了。「作繫念」是為亡靈超度做法事。「是萬曆己亥，余與湯西兒正覺寺後作繫念」不就是告訴我們在萬曆二十七年（1599）李贄到了臨川，在正覺寺後為湯西兒作了亡靈超度。然《醒泉銘》所說的「作繫念」是否就是湯顯祖夭亡的「湯西兒」還是另一個同名同姓者？《銘》中卻沒有出現與湯顯祖有任何瓜葛的文字，無法認定此「湯西兒」就是湯顯祖的「湯西兒」而非彼家的「湯西兒」。然李贄和達觀是湯顯祖心目中的「雄」「傑」：「見以可上人（達觀）之雄，聽李百泉（贄）之傑，尋其吐屬，如獲美劍。」〔註1〕李贄若真來到臨川，湯顯祖不可能不去見李贄；而湯氏文章品節早已馳名海內，李贄既來到臨川亦不能不訪湯顯祖。於是我推斷湯顯祖與李贄有可能在萬曆二十七年（1599）在臨川見了面。在正覺寺後「作繫念」的就是湯顯祖家 8 歲夭亡的湯西兒。並將推斷寫成考證文字，提交為紀念湯顯祖逝世 366 週年學術會論文。徐朔方先生看到後，他在 1982 年 6 月由上海古籍出版社出版的《湯顯祖詩文集·前言》中將其原說李贄「和湯顯祖交往不密」改而斷定：「湯顯祖罷官的第二年，他和李贄曾在臨川相會」。此後許多研究者都將這此說視為定論加以引用。後我查閱了林海權先生著《李贄年譜考略》，李贄從萬曆二十七年全年寓居在南京永慶寺，整整一年未離開南京，每月都有可考的活動蹤跡可尋：

> 春，常融二僧自龍湖來訪。早春作詩《又觀梅》；春夏作《復晉川翁書》；初夏作《書晉川翁壽卷後》；夏間，兩次會見意大利天主教傳教士利瑪竇；秋七月，《藏書》六十八卷在南京付刻；秋冬間，閒步清涼寺，瞻拜「既費又復立」的一拂清忠祠；從十月起，李贄和焦竑、方時化、汪本鈳等五六個友人一起讀《易經》；秋冬之至，接到梅澹然勸回龍湖的來信；冬十二月，河漕總督劉東升久其子用相來信招李贄赴山東濟寧。李贄覆信說明無法離開的理由，並請劉

〔註 1〕《答管東溟》《湯顯祖詩文集》卷四十四，上海古籍出版社，1982 年 6 月版。

用相夾南京蹄《易》以解鬱結。〔註2〕

　　況且這時李贄已是 73 歲的古稀老人，從南京到臨川，最方便也是水路，這對年過古稀的老人，千里跋涉體力能支？所謂「湯顯祖罷官的第二年，他和李贄曾在臨川相會」誠為子虛烏有。正覺寺的《醒泉銘》也就不可能是李贄所作。

　　那麼這《醒銘泉》到底是誰寫的呢？誰有可能在萬曆二十七年（1599）在臨川正覺寺為「湯西兒」作亡靈作超度？據我最近研究認為，唯有與李贄同被時人稱為「二大教主」的達觀禪師有這種可能。理由有三：

　　一、從時間上看，達觀禪師是萬曆二十六年（1598 年）十二月十九日應知縣吳用先的邀請來到臨川的。第二年即萬曆二十七年（1599）元宵節日，湯顯祖順撫河水路遠送達觀去南昌歸廬山。達觀在臨川待了 20 多天，遊訪了金溪石門、疏山和南城從姑等古剎名山，而正覺寺是當時名揚江南的古寺，與湯顯祖的城東文昌里故居近在咫尺。達觀既來到臨川，不能不訪正覺寺。而這時湯顯祖的西兒剛夭亡僅 4 個來月，湯顯祖還未從「西兒」早殤悲痛中解脫出來。達觀的來到，對好道信佛的湯家為亡兒開示、念佛、誦經，做佛事，是為逝者減輕罪惡，增加他的福分而做的善後超度。而達觀也應會從佛家以慈悲為本樂做這樣法事，為湯家得福消災，在精神上對湯顯祖進行慰籍。

　　二、徐朔方先生說，達觀有一封失傳的長信中提到「《悼西兒》名序」〔註3〕。此序雖失傳，但信是寫給湯顯祖的。從序名《悼西兒》，則可知達觀「悼」的應是湯顯祖的愛子「西兒」，不是別人家的「西兒」。《醒泉銘》所云「是萬曆己亥，余與湯西兒正覺寺後作繫念」，可注解為萬曆二十七年（1599）達觀在臨川正覺寺為「湯西兒」作亡靈作超度。為逝者作亡靈超度，是職業修行僧侶的功課，主法者自己要有工夫，達觀具備這樣條件，而李贄是個學術和尚，非職業修行僧，大概還沒有做法事的工夫，不能勝任。

　　三、正覺寺是湯顯祖青少年時代借宿讀書，飲酒賦詩和棄官歸家後待客賞景交遊議事的好出處。詩《東莞鍾宗望帥家二從正覺寺晚眺，讀達師龕岩童子銘三絕，各用韻掩淚和之，不能成聲》〔註4〕說的是達觀逝後的第五年，

〔註 2〕林海權著《李贄年譜考略》，福建人民出版社，1992 年 11 月版。
〔註 3〕徐朔方著《湯顯祖評傳》第 167 頁：「達觀致湯顯祖的長信提到『《悼西兒》名序』可惜此序已經失傳。」南京大學出版詩，1993 年 7 月版。
〔註 4〕《湯顯祖詩文集》卷十六，上海古籍出版社，1982 年 6 月版。

湯顯祖與東莞鍾宗望及帥機兩個兒子去正覺寺遠眺，讀達觀的《龕岩童子銘》三絕，觸景生情，各用韻含淚唱和的情景。湯的第一首和詩表達的就是對西兒的懷念之情：「天花拂水向城隅，八歲西兒爪髮殊。解道往生成佛子，偶然為父泣遺珠。」和詩第二首云：「達公金骨也塵沙，萬古彭殤此一家。恰是鍾情渾忘卻，十年紅淚映袈裟」，「十年」指的就是萬曆二十六年湯西兒之殤到本年恰十年。「十年紅淚映袈裟這」說的就是達觀在臨川正覺寺為「西兒」作亡靈超度已十年。

綜上所述，故我認為正覺寺的《醒泉銘》是達觀寫的而不是李贄寫的。湯顯祖壓根兒沒有和李贄不臨川會過面。正覺古寺幾經戰火劫難，歷盡滄桑興毀，後人將《醒銘泉》作者張冠李戴，不足為奇。

2018 年立春日脫稿於海口

2021 年 3 月 21 日修改

湯顯祖在肇慶遇見的傳教士不是利瑪竇

　　徐朔方教授早在 1961 年整理《湯顯祖詩文集》中，曾考證湯詩《端州逢西域兩生破佛立義，偶成二首》中「『二子西來』有一人是利瑪竇」。當他看到了《十六世紀的中國：利瑪竇紀行》和《明實錄》有關記載進行「互為印證」後，於 1979 年 12 月寫了《湯顯祖和利瑪竇》一文，發表在《文史》第十二輯（1981 年）。文章「推知」利瑪竇於萬曆十九年（1591）四月到十二月之間曾在韶州進謁了兩廣總督劉繼文。從而臆斷：「可以想見利瑪竇和特・彼得利斯神父（中文名石方西）一定曾在萬曆二十年（1592）春天回到肇慶，而這時正是湯顯祖取道肇慶北歸的時候。由此可見湯顯祖在肇慶遇見的兩位歐洲傳教士正是意大利神父利瑪竇和特・彼得利斯。」[註1] 徐先生這篇考論不僅收進了他的湯顯祖研究專輯《論湯顯祖及其他》，並還納入到他的《湯顯祖評傳》作一個專節，可見他對此論是多麼滿意與重視。筆者瀏覽了基督教進入中國的一些史料後，對徐先生此說不敢苟同，產生了湯顯祖所遇「西域二生」到底是誰的大疑問？

　　西方基督教對中國的傳入很早。早在唐代貞觀九年（635 年）和元朝至元三十一年（1294 年），曾在北京、泉州等地建立教堂。基督教三大教派裂後，西班牙人沙勿略於 1552 年 8 月首次登上了廣東省台山縣的上川島，企圖秘密駛入廣州，未能如願。在 12 月 3 日，因患瘧疾病，躺在一塊大石頭上死去。就在這年的 10 月 6 日，利瑪竇出生在意大利馬契拉塔城，9 歲（1561 年）進

〔註 1〕《湯顯祖和利瑪竇》，徐朔方《論湯顯祖及其他》第 95 頁，上海古籍出版社，1983 年版。

本城耶穌會學校，16 歲（1568 年）到羅馬學院學法律，19 歲（1571 年）開始學哲學、神學和數學天算。1577 年，25 歲的利瑪竇被派往印度天主教傳教團，次年 9 月到達印度果阿（當時屬於葡萄牙）。利瑪竇在印度和交趾支那傳教四年，並在此晉升為神父。

　　自從 1553 年葡萄牙人進入並租居澳門之後，耶穌會士紛紛隨商船前來澳門傳播天主教。1555 年 7 月 20 日耶穌會士是公匝勒斯和伯萊篤到達三年前沙勿略到過的上川島，8 月到 11 月中旬從上川島移居澳門進行傳教。1578 年至 1579 年，意大利人范禮安和羅明堅以天主教神父身份先後來到澳門，開始他的傳教生涯。1582 年經兩廣總督陳瑞的批准，耶穌會士可以在肇慶建造教堂與住宅。8 月，利瑪竇從印度果阿抵達澳門。1583 年 9 月，利瑪竇等人從澳門取水道沿西江而上，進入了當時南方政治、經濟、文化中心的「兩廣總督府」所在地肇慶，在西江邊上建起了「仙花寺」教堂，成立了現代傳教所和聖母院。但好景不長，到 1589 年新任兩廣總督劉繼文為占「仙花寺」作他的生祠，將利瑪竇趕出肇慶，迫使他們在 8 月 15 日昇天節那天遷往韶州。

　　1591 年農曆閏三月，時任南京禮部主事的湯顯祖因上《論輔臣科臣疏》揭發時弊，觸犯了神宗。還好，神宗沒有將他一棍子打死，給了他一條生路，把他降職下放到廣東徐聞縣任典史。湯顯祖在徐聞時間徐朔方先生說是只是約半年六個月，而我認為約一年二個月（我在《湯顯祖在徐聞研究》有專節論述），神宗就為他落實政策（那時叫「量移」），調他到浙江遂昌任知縣應是 1593 年春而不是 1592 年春，湯顯祖從徐聞取道端州（今肇慶）回臨川，在肇慶遇見兩個天主教徒來傳教，湯顯祖去遇見了他們，並用詩記述他的所見：

> 畫屏天主絳紗籠，碧眼愁胡譯字通。
> 正似瑞龍看甲錯，香膏原在木心中。
>
> 二子西來跡已奇，黃金作使更何疑？
> 自言天竺原無佛，說與蓮花教主知。
> ——《端州逢西域兩生破佛立義，偶成二首》

　　「碧眼愁胡譯字通」一句告訴我們：湯顯祖所遇到的「西域兩生」外觀形象是一雙綠眼睛，長得滿嘴捲曲且長的鬍鬚（愁胡），通過翻譯（譯字）對來人進行「破佛立義（即破除佛教立天主教義）」的宣傳。「愁胡」一詞，最常見解釋雖指「發愁的胡人」，然而漢語一字多義、一詞多義是一大特點。漢語中有「愁眉」，指發愁時皺著的眉頭，俗稱愁得眉毛打結。「愁胡」解讀為「西

域兩生」長著長且捲曲的鬍子大概不屬曲解。但有人對「愁胡」一詞解讀說：
「『愁』是一種情緒可形容胡人而不形容鬍子」，然而「胡人」就是長很多鬍
子的人，「鬍」稱之為「鬍子」來歷正在此。《史記‧大宛列傳》記載，西域胡
人「皆深眼、多鬚髯」。唐‧岑參詩：「君不聞胡笳聲最悲，紫髯綠眼胡人吹」
（《胡笳歌送顏真卿使赴河隴》）也是說胡人碧眼多鬚。我們能看到的利瑪竇
畫像不正是多鬚嗎。

　　徐先生認為，這「西域兩生」「正是意大利神父利瑪竇和和特‧彼得利斯
（中文名石方西）」，「一定曾在萬曆二十年（1592）春天回到肇慶，而這時正
是湯顯祖取道肇慶北歸的時候。」「此時歐洲神父由澳門進入內地肇慶長期居
留很難得到明朝政府批准。兩廣總督和肇慶知府都不願再讓第三個歐洲人入
境。正式在廣東內地傳教的先是羅明堅和利瑪竇，羅明堅返回歐洲後由麥安
東替補，麥安東去世由特‧彼得利斯（中文名石方西）接充，人數保持不變。
在此前後，澳門視察教務的司鐸曾增派馬丁內氏和費迪南多入境，但他倆都
是華人。另外還有黑奴及印第安人若干名。他們和詩中所寫『碧眼愁胡』不
合。」[註2] 徐先生還認為，湯顯祖和利瑪竇之所以能在肇慶巧遇是因為「利
瑪竇離開肇慶之後，曾因事由韶州返回肇慶，如他因夜間遇盜到肇慶處理訟
案，又因腳踝扭傷經肇慶到澳門治療。此外當然也有《紀行》所未曾記錄的
他在韶州──肇慶──澳門之間的短期旅行。」這些對「湯顯祖與利瑪竇在

〔註 2〕《湯顯祖和利瑪竇》，徐朔方《論湯顯祖久其他》第 95～96 頁，上海古籍出
　　　　版社，1983 年版。

肇慶會晤已經充分得到證實」。〔註3〕

　　然而從筆者所看到的利瑪竇進入中國傳教文獻，「證實」的不是「湯顯祖與利瑪竇在肇慶會晤」，而是徐先生這一說法不符史實，不合情理，難以立足。

　　（一）利瑪竇於萬曆十年（1582）應召前往中國傳教，次年獲准入居廣東肇慶。他總結前輩沙勿略、范禮安等在中國傳教活動的經驗教訓，認識到要使中國人皈依天主，應使天主教本土化，即與中國傳統儒家學說相結合。從1583年9月10日利瑪竇與羅明堅抵達肇慶後，便削髮斷鬚，穿上僧袍，自稱「西僧」進行傳教活動。臺北輔仁大學校長兼天主總教羅光著的《利瑪竇傳》寫到這事的由來：「（1582年）12月18日巴范濟神父和羅明堅神父乘船前往肇慶……羅明堅神父去肇慶拜制臺（總督，最高地方行政官）比較順利，他送給制臺一座鐵製自鳴鐘，幾具沙漏計和若干眼鏡，然後委婉地提出想在中國學習，制臺也似乎願意讓他們留下。制臺的主簿對他們很客氣，所以準備讓利瑪竇攜一件禮物給主簿祝壽，借機來到肇慶。羅明堅和巴范濟還接受廣州都司的意見，為了在中國獲得社會地位，把自己的頭和臉剃得精光，穿上袈裟同化成中國僧侶。」〔註4〕由此可見，如果1592年春湯顯祖在肇慶所遇的傳教士真是利瑪竇和石方西，那這時他倆應是僧侶打扮，不留鬚髮，雖有「碧眼」但無「愁胡」；既有「愁胡」，就不是那時的利瑪竇的真實面目，就不能妄加肯定是利瑪竇。因為利瑪竇不能因湯顯祖的出現突然長出「愁胡」來。徐先生對這一時期的傳教士應「削髮斷鬚」這一史實是清楚的，但他為了他的臆斷能夠成立，故意隱去具體時間，用「利瑪竇入境多年之後改穿這種寬袍大袖的儒裝，並得到上級教會允許留長鬚髮」〔註5〕相忽悠。讓人們產生了錯覺，以為這時利瑪竇「留長鬚髮」是「得到上級教會允許」。然而利瑪竇「改穿這種寬袍大袖的儒裝，並得到上級教會允許留長鬚髮」那是1594年下半年以後的事。史實是：1592年初春，利瑪竇應瞿太素邀請前往南雄，瞿氏即力勸利氏蓄鬚留髮，且脫去僧服改穿儒服。本年10月24日～1594年11月15日，范禮安神父第四次巡視澳門期間，范約利瑪竇去澳門商量傳教團的一些重大問題。利在與范見面時，「利瑪竇告訴范，有必要放棄僧侶打扮而改

〔註3〕《湯顯祖和利瑪竇》，徐朔方《論湯顯祖久其他》第95～96頁，上海古籍出版社，1983年版。

〔註4〕羅光著《利瑪竇傳》第二章，臺灣學生書局，1983年版。

〔註5〕《湯顯祖和利瑪竇》，徐朔方《論湯顯祖久其他》第96頁，上海古籍出版社，1983年版。

用文人裝束。……利瑪竇說，現在他們應該蓄起鬚髮，在會見文士官僚人等時應著合適的服裝，……范禮安對上述建議一一首肯，並答應親自向總管和教皇提出。於是，從1594年下半年開始，利瑪竇蓄起鬍鬚，1595年5月第一次身穿儒服長須長髮出場。同時神父們開始行文人禮，並以『道人』自稱。」〔註6〕羅光著的《利瑪竇傳》也寫到此事：「1592年11月12日或13日，范禮安神父從日本乘船抵達澳門，利瑪竇立即前往，兩人相見終成訣別。這次會見作出了兩項重大決定，范禮安認為在華直接傳播天主教遲遲不得進展是因為對中國瞭解太少，他要求利瑪竇繼續研習中文。利瑪竇認為他被擋在中國社會之外的另一個重要原因是他與和尚之間的那種純粹是表面上的親緣關係。因為傳教士們也要剃鬚剃髮，過獨身生活，有廟宇，在規定的時間念經。所以利瑪竇建議蓄鬚留髮，以免人們把他們看成僧人。但范禮安未敢當即就作出這一決定，直到1594年7月才正式通知利瑪竇表示同意。」〔註7〕也就是說，從1583年9月至1594年7月這段時間，利瑪竇都是削去「愁胡」穿上僧袍的「西僧」。從1594年7月後利瑪竇才開始「蓄髮留鬚」，1595年5月恢復了他的「愁胡」面目，並脫去了僧袍，改穿儒服去拜見中國官員。這年，

〔註6〕馬愛德《范禮安—耶穌會赴華工作的決策人》：「也就在范禮安第四次巡視時，利瑪竇告訴范，有必要放棄僧侶打扮而改用文人裝束。因為從1583年10月起，他們就削髮並穿上僧袍。利瑪竇說，現在他們應該蓄起鬚髮，在會見文士官僚人等時應著合適的服裝，今後還應考慮遷往另一個空氣更好的省份去，這樣就會有第二個住處的便利條件。范禮安對上述建議一一首肯，並答應親自向總管和教皇提出。於是，從1594年下半年開始，利瑪竇蓄起鬍鬚，1595年5月第一次身穿儒服長鬚長髮出場。同時神父們開始行文人禮，並以『道人』自稱。」轉引自澳門《文化雜誌》1999年4期第51頁。

又〔美〕史景遷《利瑪竇的記憶之宮》（陳恒、梅義征譯）第156至158頁：「利瑪竇明顯地察覺到這些印度基督徒在儀式及服飾方面發等了令人滿意的徹底變化。1580年1月18日，利瑪竇寫信給他科英布拉的神學老師埃馬努埃萊·德戈埃斯，信中陳述了這位老師可能很感興趣的一些內容：『如今，他們的服飾已開始模仿葡萄牙神父（並剃掉了鬍鬚），彌撒時穿的祭服也和我們如出一轍……』就在寫下這段文字後不到四年，利瑪竇自己卻已經剃掉了頭髮與鬍子，身披佛僧的僧袍，坐在了華南地區的肇慶城。……到了1595年夏天，利瑪竇作出了最後的決斷。他給澳門的朋友愛得華多·德桑德寫信說：『我們蓄起了鬍子，頭髮也已經留到齊耳長。與此同時，我們也穿上了文人墨客們參加社交聚會時的裝束（與我們原來穿的僧服截然不同）。我第一次出外遠足了，留著大鬍子，身著達官貴人們出遊時經常穿的長袍……』」上海遠東出版社，2005年出版。

〔註7〕羅光著《利瑪竇傳》第二章，臺灣學生書局，1983年出版。

他根據瞿太素的建議，從韶州北上，5 月中旬到了江西吉安，在這裡拜訪了舊識曲江知縣龍應瑞。他是吉水人，為嫁女來到家中。利瑪竇選擇在陌生地江西改頭換面，是為不讓已習慣其僧服裝扮的廣東人士感到突然，因在明代不同身份的人規定了不同的穿著打扮，一般民眾不得冒穿儒生的襴衫和方巾，不然便會被治罪。利瑪竇與龍應瑞早已相識且關係不錯，估計即使不妥，亦不至於遭受苛責。結果，龍很高興地接待他，並免他行跪拜禮。

（二）在利瑪竇到達澳門之前，耶穌會士就已試圖到中國內地傳教，但遭到拒絕，理由是他們不會說中國話。1575 年，耶穌會士想把澳門一座佛寺裏的一個沙彌吸引信奉基督，由於不懂中國話，操之過急，差一點引起廣州民變。遠東傳教團視察員范禮安神父認為要進入中國這個封閉的帝國傳教，首先要學會中文，不單要學會廣州話，而且要學會官話；不僅要會講，而且還要會讀、會寫。羅明堅神父接受了這一艱巨任務。他物色了利瑪竇，因為利氏頗具語言天賦和數學才能。利瑪竇到達澳門就潛心學習漢語，並在范禮安指導下，饒有興味地瞭解中國的風土人情、國家制度和政權組織，為進入中國做必要的準備。到了肇慶，他潛心研究中國的民情風俗，聘請當地有名望的學者介紹中國的情況，講解經書。1584 年 6、7 月，利瑪竇在一福建秀才的協助下，將羅明堅神父 1581 年用拉丁文寫成天主教理問答，整理、翻譯為中文《新編西竺天主實錄》，迫使利瑪竇在漢語中找出最適合於表述基督教和西方思想的用語，促使了他中文水平的提高〔註 8〕。到 1593 年春湯顯祖經過肇慶時，利瑪竇來中國已是 10 年了。此時的他已是一個中國通，他習漢字，操流利華語，早已融入中國社會，進行傳教活動根本就不需「譯字」便「通」；要靠翻譯進行傳教只能是初入境不久的傳教士。

（三）湯顯祖經過肇慶時，利瑪竇等在肇慶建的歐式「仙花寺」教堂，早被新任總督劉繼文用 60 兩銀子強行買下（利瑪竇用了 600 兩銀子建成）作他的生祠，迫使利瑪竇遷移韶州。人走了，那神聖的「天主畫屏」必定隨人遷徙到韶州供奉，不可能留下在已屬於劉繼文的生祠裏。就算利瑪竇和石方西

〔註 8〕羅光著《利瑪竇傳》第二章寫到利瑪竇的漢語水平說：「1584 年 6～7 月，利瑪竇在一福建秀才的協助下，審訂羅明堅神父初步編寫的教理問答，把它從白話文改成文言文。這一工作很艱辛，迫使利瑪竇在漢語中找出最適合於表述基督教和西方思想的用語。漢文化的博大精深使利瑪竇長年堅持學習漢語，以至後來他不僅能說一口流利的漢語，而且能用中文寫作，著書。這也成為他能在中國立足的重要原因。」

「曾因事由韶州返回肇慶」或是「在韶州—肇慶—澳門之間的短期旅行」也不可能將「天主畫屏」隨身背帶在身邊。

（四）發生在韶州的襲擊傳教士的個案有兩起：一起是 1591 年春節，因利瑪竇在教堂展出一幅聖母與耶穌聖約翰像讓人瞻仰，以「增加百姓的虔誠和信仰」，遭到住地附近人的不滿，晚上向教堂投擲石頭。因瞿太素親自出面把知府謝臺卿請到救堂，知府下令查辦此事，懲罰了首犯。韶州是府治所在地，這樣個案不必「到肇慶處理訟案」；另一起「夜間遇盜」，事發 1592 年 7 月初一個夜晚，20 多個手持火把、梭鏢、斧頭和繩索的人翻牆進入居留地，見人就打，見人就砍。利瑪竇從臥室跳牆而逃，由於窗子距地面有點高，所以把腳崴了，只能吃力地爬到牆根呼救。居留地的一教徒爬上屋頂用瓦片砸襲擊者，襲擊者才逃跑，被斧頭砍傷的裴德立修士二個多月之後才勉強復原，利瑪竇到 9 月 1 日才能艱難行走。〔註 9〕而湯顯祖路過肇慶時間是 1592 年春，此案還未發生。

（五）1591 年深秋，湯顯祖經韶州赴徐聞，特意到漕溪尋訪了禪宗六祖惠能大師弘揚「南禪禪法」的發源地——南華寺。這是受好友劉應秋之託，察看六祖惠能的衣鉢是否還存在？並寫下《南華寺二首》觀遊詩。利瑪竇早在 1588 年就被兩廣總督劉繼文奪去「仙花寺」後被趕來南華寺，因不願與南華寺的僧侶住在一塊，便在韶州城西光孝寺前的西河岸邊蓋了新的教堂與居所。湯顯祖經過韶州，沒有跨進近在咫尺的利瑪竇的教堂門坎。因為湯顯祖遊南華寺有《南華寺二首》，卻沒有遊天主教堂詩。徐先生辯解說：「湯顯祖在韶州的詩沒有提及教士，不等於他不知道或不曾去過當地的天主教聖堂和會所。」徐先生說「湯顯祖在韶州的詩沒有提及教士，不等於他不知道」這話我是贊成的。因為湯顯祖本是個對佛、道都深有研究的宗教信徒，到這裡，不能不關心這座新蓋的「西域」人的教堂，也不能不知這裡有「西僧」利瑪竇。然而「不等於……不曾去過當地的天主教聖堂和會所」就說得有點想當然了。因為若是去了「當地的天主教聖堂和會所」，此時利瑪竇和石方西正在這裡，必定要對湯進行「破佛立義」的天主教義宣傳。若是這此湯顯祖在韶州與利瑪竇見過了，那麼半年後在肇慶與利瑪竇應是重遇，湯在詩中必將與上次會見相聯繫，然而湯顯祖寫肇慶與兩天主教徒會見的詩的字裏行間表達

〔註 9〕《利瑪竇中國箚記》第 186～187 頁。

的只是初遇西方天主教徒沒有交流的所見的新奇。

（六）利瑪竇在中國傳教期間，結交的朋友上至神宗皇帝，下至平民百姓，更多是士大夫階層名流。利瑪竇在日記和回憶錄中記載有名有姓的交友都有100多人。徐光啟、李之藻、王弘誨、沈一貫、李贄、焦竑、劉東升、鄒元標、王汝川等是利瑪竇著作中常出現的幾位王公大臣、社會名流。湯顯祖是晚明文壇鉅子，政界的直節名臣，為朝野所稱道，其社會知名度不在他們之下，正是利瑪竇最想結交的對象。若利瑪竇與湯顯祖真的見面有過交往，利氏不能不留下有關湯顯祖的隻言片字。然香港城市大學的鄭培凱教授曾託回意大利探親的同事到利瑪竇家鄉查利的日記，沒有發現有相見湯顯祖的記載。

以上六疑，說明湯顯祖1592年春在肇慶會見的「西域兩生」就是利瑪竇和特·彼得利斯神父（即石方西）不能令人信服。

有「自視為（徐朔方之說的）『鸚鵡』之一」的南京大學特約研究員宋黎明先生，他重讀了湯顯祖的這兩首詩後也認識到「1592年春湯顯祖端州逢利瑪竇是個無法成立的命題。」因而「不滿足於『學舌』」，「重新考察湯顯祖見面的對象、見面地點和見面的時間」，提出了「他們見面的地點不是端州而是韶州」。然而我要說的是，宋先生煞費苦心製作的「1592年春，『西域兩生』則為利瑪竇和石方西，見面地點為韶州」的命題還是不能成立。因為「萬曆二十年（1592年）春節，利瑪竇應南雄縣一位名叫葛盛華的商人的邀請，和瞿汝夔一同去南雄訪問。瞿汝夔的妾就住在那兒。葛盛華聽瞿汝夔介紹過利瑪竇所傳播的天主教，對此十分熱心。利瑪竇到南雄後為他洗禮，他成了天主教徒，取教名若瑟，接著到韶州的教堂裏修道一個月。利瑪竇在南雄還吸納了另外6個人入教。」可見，1592年春呆在南雄的時間至少也有一個月，即使1592年春湯顯祖經韶州想見利瑪竇也見不到了，他人已去了南雄。〔註10〕

宋黎明先生又說：「也許因為他（湯顯祖）沒有進城，而僅僅在城外慕名拜訪了利瑪竇。」「拜訪」是主動去探望，而「逢」是不期而會，即未經約定而意外地遇見。湯顯祖寫的是「逢」而不「訪」即是未經約定而意外地遇見，而不是主動的「慕名拜訪」。宋先生是南京大學歷史系讀書並教書的高層次文

〔註10〕宋黎明：《湯顯祖與利瑪竇相會韶州考——重讀〈端州逢西域兩生破佛立義，偶成二首〉》《肇慶學院學報》，2012年03期。參見〔意〕利瑪竇〔比〕金尼閣著《利瑪竇中國札記》（何高濟、王遵仲、李申譯）第184～185頁，廣西師範大學出版社，2001年出版。以下有引該書均為同一版本。

化人，連小學生都知道的詞義區別卻弄混了！設想一下，湯顯祖若是在韶州郊外「慕名拜訪了利瑪竇」，那放在韶州教堂裏的「畫屏天主」一定要隨著搬了過去，不然湯顯祖怎寫得出「畫屏天主絳紗籠」這樣的詩句？而宋先生在文中卻說「『天主畫屏』不便攜帶，也不宜離開韶州寓所，甚至一般不會離開祭壇。」而接著又說：「湯顯祖只有在韶州寓所登堂入室，方得一睹『畫屏天主』。」如此自相矛盾說法，可不知宋黎明到底要讓湯顯祖去郊外還是去教堂「慕名拜訪」利瑪竇？也搞不清到底是誰拜訪誰？然而不論宋黎明把他們見面地點安排在城郊還是教堂，都是枉費心機，在時間上和詩的內容上，湯在肇慶所遇不可能是利瑪竇。

那麼湯顯祖在肇慶所遇的「碧眼愁眉」的「西域兩生」有可能是誰呢？筆者認為，那時的廣東是海防前線，地方政府對進入廣東的外國人（包括傳教士在內）雖限制嚴格，但傳教士還是經常往來澳門與肇慶之間。利瑪竇自己都承認：「他（石方西）的入境既沒有提出申請，也沒有等待批准。他是在當局者每個人都很忙碌的時候到達的，沒有人阻止他的到來。」〔註11〕很有可能的是：在利瑪竇移居韶州後，澳門傳教團不願隨便放棄肇慶這塊基地，不時從澳門派出傳教士，到肇慶作短期的傳教活動。那時利瑪竇的傳教策略是適應中國的文化環境，結交學士名人，進貢「遠西奇器」的策略，但來華傳教士內部，有的人主張直接到廣場，到大街小巷宣講「福音」，「從高官大員開始而鄉下的愚夫愚婦，都應該勸他們信教」。湯顯祖在肇慶所遇到的「西域兩生」很有可能就是直接到廣場和大街小巷宣講「福音」的傳教士。後來我讀了羅光著的《利瑪竇傳》，證明我的推斷不謬。史實是：1589 年 8 月 15 日，利瑪竇船離開肇慶，8 月 24 日抵達南華寺，8 月 28 到達韶州城，第二天，利瑪竇在韶州知州僚屬的陪同下選定靠近城西光孝寺前的西河江邊蓋教堂與居所。待總督劉繼文對此批覆後，利瑪竇及時寄送到澳門。「9 月 25 日或 26 日，在澳門的范禮安神父接到報告之後，不僅給建設居留地撥了充足款項，而且從印度召來蘇如漢、羅如望兩名葡萄牙傳教士到澳門，要他們準備去內地傳教。」〔註12〕這就是說，湯顯祖在肇慶所遇見的「西域兩生」有可能就是從印度調來的蘇如漢和羅如望。他倆受范禮安神派遣，像中國的遊方僧似的，背上「絳紗籠」罩的「天主畫屏」的神龕，在肇慶深入到大街小巷進行傳教活

〔註11〕《利瑪竇中國箚記》第 182 頁。
〔註12〕羅光著《利瑪竇傳》第二章。

動。他倆因初入境內，沒有剃鬚斷髮，且中文沒有過關，還要靠翻譯幫他們講述教義，此時北歸的湯顯祖經肇慶與他們邂逅相遇。湯顯祖本無意接受天主教義，但因是順路經過，閒而無事，且出於對洋人和天主教的好奇，便去湊湊熱鬧，看了他們的傳教活動，聽他們宣講教義，並用詩記下這一見聞。從詩的內容也看不出他們作過親密交談。

徐先生在文章中還說：「利瑪竇進入中國的第一件事就是破除對佛教偶像的崇拜。」〔註13〕此話欠妥。利瑪竇進入中國的第一件事是學好中文，最終目的是破除對佛教偶像的崇拜，佈道天主教義。到了澳門是如此，進入內地肇慶建了傳教地，開初也是「緘口不談宗教事」，還是潛心學好漢語，熟悉中國的民情風俗以及與中國士大夫友好交往。因為利瑪竇傳教策略是「根據不同時代，不同民族，採取不同的方法，使人們對基督教感興趣」。為此，他到了肇慶又具體做了三件事：一是開放肇慶圖書館；二是刻印《世界地圖》；三是展覽各種天文儀器，吸收人們參觀。先搏取當地老百姓的好感，彼此相處融洽後，更以西洋奇物和地理學識來接觸讀書人，贏得學者的敬重，再進而宣講天主教義，贈送印刻成書的要理，使人容易信服。正是通過與士大夫的交遊與傳播西方科學，以致教堂經常賓客盈座，從而使基督教得又在肇慶傳播。利瑪竇在中國的傳教，雖然取得了前所未有的成功，但始終沒有達到「破除對佛教偶像的崇拜」這一目的。

徐先生是海內外都很有影響的湯顯祖研究權威，他的《湯顯祖與利瑪竇》一文出來後，湯顯祖在肇慶遇見的兩個傳教士到底是誰的問題上起了誤導作用，在一些研究者的論著中也隨著徐先生的節拍起舞，什麼「劇作家湯顯祖是利瑪竇家中座上客」，「湯顯祖懷著強烈的求知欲去會晤這位外國學者」，「利瑪竇在肇慶廣交朋友，結交了當時著名的文人、大戲劇家湯顯祖，跟他學習中國音樂，並且有所酬唱」等等，頗是煞有介事，神乎其神。筆者在沒有接觸基督教進入中國史料前，對此說也是深信無疑。然而主觀推斷畢竟不能代替歷史事實。湯顯祖在肇慶遇見天主教徒到底是誰？應還其歷史本來面目。

（原載江西省政府《文史縱橫》創刊號與
《湯顯祖研究通訊》2007 年第 2 期，有修改。）

〔註13〕《湯顯祖和利瑪竇》，徐朔方《論湯顯祖其他》第 96 頁，上海古籍出版社，1983 年版。

湯顯祖從未正式任過徐聞典史

　　我讀了廣東海洋大學劉世傑教授《湯顯祖「仙尉」考》一文，我為他能從熟視的文獻中，發現問題，提出問題，並立論成文，紮實做學問精神點了贊。同時也感到在這個問題上還有進一步探討空間。湯顯祖謫徐聞典史問題過去我也未認真研究，以致在有關文中出現表述不當之處。現在劉教授的文章啟發下，再來談談這個問題。

　　湯顯祖是萬曆十九年（1591）閏三月二十五日上疏，四月二十五日被詔切責。五月十六日，降徐聞縣典史添注。這是《明實錄》冊三九四記載，依據可靠。《徐聞縣志·湯顯祖傳》遵《明實錄》表述云：「以建言謫徐聞添注典史」，其他如《明史·湯顯祖傳》：「帝怒，謫徐聞典史」；錢謙益《湯遂昌顯祖小傳》：「謫廣東徐聞典史」；蔣士銓《玉茗先生傳》：「謫徐聞典史」等。這些表述對「典史」與「典史添注」的區分模糊了界線。劉教授在翻看《湯顯祖全集》，帶著思考，發現在湯顯祖的詩文和致朋友們的書信中，「找不到他任『添注典史』的文字，卻看到他自稱。『尉』、『仙尉』、『海上尉』」，因而提出了問題。經他研究後認為，造成這一現象的原因主要有二：一是「明代萬曆皇帝是個小氣鬼，酒色財氣占全了。為了省錢，皇帝用盡了招數。『添注』就是可以把職位低的官員添注為職位高的官員，而拿原來職位的俸祿；這些官員顯然是得到了提拔。也可以把職位高的官員「添注」為職位低的官員甚至不入流的官員，而拿被貶後職位的俸祿，這樣可以為國家省錢。湯顯祖就屬於被貶而『添注』為典史的」；二是「湯顯祖來徐聞，名義上是『典史』，實際上吏部不派其他官員到徐聞任職，湯顯祖就是實際上的『縣尉』。

　　這兩個原因的歸結我認為不完全恰當，問題出在對「典史」、「典史添注」

和「尉」官職概念沒有搞清。首先應明白的是：「尉」「仙尉」、「海上尉」都是一回事，都是「縣尉」。「仙尉」為縣尉的譽稱，出自西漢末年南昌尉梅福的事。宋·周輝《清波別志》卷中：「縣尉曰仙尉，蓋用梅福尉南昌故事……或稱縣尉，則慊然為慢我，是皆習俗使然。」；「海上尉」是說湯在三面環海徐聞任尉官。查閱《漢語大詞典》（第9卷967）和《漢語辭海》得知：「【縣尉】，官名。秦漢縣令、縣長下置尉，掌一縣治安。歷代因之。元於縣尉外，兼置典史。明廢尉，留典史，掌尉事，後因稱典史為『縣尉』。」這裡說，從秦朝就在縣令之下設有掌管一縣治安的縣尉。歷代沿襲下來。到了元代，在縣尉之外，才設有典史。到了明代，廢除了縣尉的設置，保留了典史，掌管縣尉事，即掌管緝捕、獄囚的屬官，後來稱典史為「縣尉」。因此，湯顯祖所說的「尉」、「仙尉」、「海上尉」說的都是「典史」；「典史」也就是實際上的縣尉。湯顯祖稱自己為「尉」只是沿襲傳統叫法而已。不僅湯顯祖自己稱「尉」，他的同僚好友鄒元標也這麼稱：「湯義仍謫朝陽尉」（《存真集》）。

現在回到我為什麼說「湯顯祖從未正式任過徐聞典史」議題上來。萬曆十九年（1591）五月，湯顯祖「降徐聞縣典史添注」。過去「添注」常見的解釋是「編制外的冗官」。這種解釋欠妥。查閱「360百科」等多家百科詞條，對【添注】的解釋是：「添入注擬。注擬，一種登錄姓名，擬定官職，以備委用的冊籍。添入注擬，即等候委用之意。但至明代，有時雖無實缺補授，添入注擬者仍可就職治事。」湯顯祖正是這樣，他「降徐聞縣典史添注」，在未得「實缺補授」情況下，就任「典史」之職治事，又在始終沒有正式委任「典史」這一職務情況下，離開徐聞赴浙江遂昌任縣令。故我說湯顯祖是從未正式任過徐聞典史。

2018年1月於海口勝景樓

莫為浮雲遮望眼
——再談湯顯祖到過海南島

　　徐聞的鍾大生先生有篇「與龔重謨等先生商榷」的文章，正標題是《湯顯祖到過海南島嗎？》（以下簡稱《商榷》）文章的開篇這樣說：

　　　　明朝萬曆年間，湯顯祖被貶謫在廣東省徐聞前後寫了 38 首與徐聞有關的詩歌。描繪當時徐聞社會生活、風土人情等方方面面情況，是歷代先賢留下作品最多、對徐聞文學貢獻最大的作家。但自 21 世紀以來，**他的 38 首詩大部分篇目被幾個非海南籍學者挖掘到海南省**。江西師範大學教授姚品文與復旦大學龍向洋先生合著的《湯顯祖與海南島》，龔重謨與范舟游合著的《湯顯祖被貶嶺南》，高虹與肖豔豔合著的《湯顯祖泛海遊瓊州》，以及最近龔重謨出版的《湯顯祖大傳》等，或**尋求「發現」**提高論文價值，或為**謀劃「發現」**增加海南文化底蘊等等，根據湯顯祖在徐聞所寫的一些詩歌景象，**斷「詞」或斷「字」取義或望文生義「拼湊」以企圖證明說湯顯祖到過海南島**，而且遊覽了一個多月，這些詩是旅遊海南島後所描寫的海南之景，**把湯顯祖留給徐聞人的文化遺產強嫁給海南省**
〔註1〕

　　此文，早在 2016 年 6 月在徐聞舉辦的「嶺南行與臨川夢——湯顯祖學術廣東高端論壇」我就看到，殘存的印象是：作者被狹隘的地方保護主義的「浮

〔註 1〕《湯顯祖到過海南島嗎？——與龔重謨等邊先生商榷》，《湯顯祖研究》2017 年第 1 期。

「雲」遮住了雙眼，罔顧事實，胡攪蠻纏，令人齒冷。若回覆，恐傷了和氣，只有沉默不理。近因海南電視臺要拍我撰稿的《湯顯祖的海南「情」》記錄片，湯顯祖是否去過海南必須面對且要作出正面回答的基本問題；而《商榷》作者滿篇似是而非，故弄玄虛，製造混亂，誤導了讀者。責任心驅使我不能再沉默，應發聲釐清，以正視聽，亦作對《商榷》的遲到的回覆。

一、湯顯祖文化遺產屬於全世界

作為世界文化巨匠的湯顯祖，他的文化遺產不僅屬於中國，也屬於全世界。湯顯祖在徐聞貶所寫下的詩文不唯徐聞所獨享，海南、全中國乃至全世界都可分享，這是常識。湯顯祖在徐聞任職內作的詩不是 38 首，徐朔方教授在《湯顯祖詩文集》箋注的是 13 首，《海上雜詠二十首》箋注作於「貶官徐聞道上」，而我認為是作於「徐聞任上」。因此，湯在徐聞任內寫的詩我認為應是 33 首而不是 38 首。湯在徐聞任上寫的詩作中，並非如鍾大生先生所說的，都是「描繪當時徐聞社會生活、風土人情等方方面面情況」，試舉一首：

> 英風名閥該朝參，麻詰丹青委瘴嵐。
>
> 解得鬼門關外客，千秋還昌《夢江南》
>
> ——《瓊人說生黎中先時尚有李贊皇詰軸遺像在，歲一曝之》

這裡說的是海南五指山區不服王化的黎人中，過去保存了皇上贈送的李德裕的畫像，每年要拿出來曝曬一次。這和徐聞的社會生活、風土人情有幾毛錢的關係？

湯顯祖在徐聞任內所詠，特別是《海上雜詠二十首》多是海南的地理風物、民情民俗和相關的歷史人物故事。湯乘船跨瓊州海峽到了瓊州後，從西線臨高、儋州繞島南下三亞上岸觀遊，然後從萬寧北上到海口的一路的經歷與見聞。這些詩作加上《貴生書院說》《明復說》《為士大夫喻東粵守令文》《為守令喻東粵士大夫子弟文》（後三篇是否作於徐聞尚容討論）四文，這是湯顯祖在徐聞典史任內留下的全部文化遺產。我認為，說湯顯祖在徐聞期間去過海南島，無需故意作什麼「挖掘」，白紙黑字的詩作有蹤可尋，並對他的思想與戲曲創作都產生了影響，為徐聞和海南的貶官文化增添了精彩篇章。而鍾先生卻視湯在徐聞任上所作的詩文只有徐聞才能獨享的「文化遺產」，對外地研究者以詩為據，參考文獻史料，追尋湯在海南的足跡，還原

歷史真實的湯顯祖，便成了「把湯顯祖留給徐聞人的文化遺產強嫁給海南省」的「偽道士」？我是撫州籍研究者，對「湯學」泰斗徐朔方考證《紫簫記》為「萬曆五年至七年秋作於江西臨川」唱反調，撰寫了《〈紫簫記〉的寫作時間、地點與價值新探》一文，堅持認為是萬曆八年湯作於南京。若撫州也有個「鍾大生」，豈不要斥我「吃裏扒外」、「胳膊肘往外拐」，「把湯顯祖留給撫州人的文化遺產強嫁給南京」？然而撫州卻沒有這樣的「寶」，因為撫州畢竟是才子地，湯學研究專家一大撡，懂得學問應如何做，懂得在學術研究中，對歷史文化名人在一地寫下的詩文其價值不侷限於某一地域。因此，在家鄉撫州沒有因此說受到「聲討」，也沒有誰對我發出類似「尋求『發現』提高論文價值」，「謀劃『發現』增加海南文化底蘊」之類莫名其妙，貽笑大方的「高論」。

二、去海南島是湯顯祖貶官徐聞的計劃並履行了的行程

鄒迪光的《臨川湯先生傳》說：「吾生平夢羅浮、擎雷、大蓬、葛洪丹井、馬伏波銅柱而不可得，得假一尉，了此夙願，何必減陸賈使南粵哉！」[註2]說湯顯祖生平做夢都想遊博羅的羅浮山、雷州半島的擎雷山、盛產珍珠的潿洲島（亦稱大蓬萊仙島）、東晉煉丹家葛洪煉丹處和海南「馬伏波銅柱」等嶺南名山勝景，他要利用貶徐聞機遇，了卻他多年的「夙願」，並自喻此行為東漢陸賈為漢高祖平天下而出使越南一樣的使命。湯顯祖的思想自幼受家庭「仙遊」出世和「儒檢」入世的侵潤很深，當他仕途遭遇挫折，委身於自然山水從中尋求其精神寄託，藉此表達其「入世」的情懷，符合他在此處境中的思想狀態。

鄒作《臨川湯先生傳》的時間是在湯棄官歸家後的晚年，「四夢」已完成，「絕代奇才，冠世博學」的湯顯祖已處在「窮老蹭蹬」窘境中，引起社會的關注。萬曆三十六年（1608）鄒邀他去無錫去看他的家班演出《牡丹亭》，湯都出不起路費而未能成行。鄒與湯雖有交誼，但始終沒有媒面，鄒作湯小傳是根據社會傳聞。也就是說，小傳所寫湯的生平事蹟，都是已發生經歷過的事實，當然包括他去海南看「馬伏波銅柱」（是否看到那的另一回事），鄒迪光才能在筆下表現出來。而且這篇小傳寫好後，鄒還特意寄給了湯顯祖本人。

〔註2〕鄒迪光的《臨川湯先生傳》《湯顯祖集全編》（六）《附錄》，上海古籍出版社，2015年12月。

湯收到的時間是 1612 年，時年 63 歲，反映是「感勒良深」(《寄湯霍林》)。我想湯顯祖為人「尚真」，「不真不足行」，鄒迪光若罔顧事實，把傳主沒有經歷的事實胡言亂語寫出來還去告訴傳主，湯收到後的反應豈能是「感勒良深」？事實上這篇小傳無論在湯顯祖生前和逝後，歷代湯學研究者均認可，並作為湯的生平歷史的基本事實廣為引用。

「馬伏波銅柱」是東漢建武十六年(公元 40 年)，交趾女子徵側、徵貳姐妹策反，伏波將軍馬援奉命征戰，大敗徵側，立銅柱於漢最南邊界，紀功而還。唐人宋之問有詩云：「珠厓天外郡，銅柱海南標。」(《早發韶州》)唐人張渭也有詩句：「銅柱朱崖道路難，伏波橫海舊登壇」(《杜侍御送貢物戲贈》)。「珠厓」「朱崖」在海南，總不能說在徐聞吧？湯顯祖在《寄懷徐聞陳公文彬舊遊》有詩云：「猶記浮槎舊勒銘」。「舊勒銘」，謂刻在金石上的銘文，喻建立功勳。這裡我解讀為湯顯祖去海南觀遊「馬伏波銅柱」或未得，但金石上鐫刻著伏波將奉命征戰，大敗徵側的紀功銘文還在。這樣解讀不知是否牽強附會？

為了卻「夙願」，湯顯祖在去徐聞的途中，迂道去了羅浮山，原沒有打算遊澳門也臨時增加了。到了瓊州海峽湯沒有去徐聞貶所報到而是直奔潿洲島，兜一個大灣從廣西合浦折回徐聞。到了徐聞，隔岸相望的便是海南。那裡是「一去一萬里，千之千不還」的歷代謫官流放之地。唐代宰相李德裕、北宋文壇鉅子蘇東坡都流放於此。當朝名丞丘濬、海瑞都是這島上人，是湯心目中「與古聖賢豪傑饌銖兩」。早在南京時，湯就寫有《定安五勝詩》，對海南充滿嚮往之情。嶺南歷來流傳著：「來廣不來瓊，冤枉走一遭」。湯顯祖既來到隔岸的徐聞，豈能獨捨這神秘的熱土不眷顧，讓他的「夙願」留下遺憾？

三、浮雲遮眼，事實打臉

因鍾先生被狹隘的地方保護主義的「浮雲」遮住了他的雙眼。他把湯顯祖在徐聞寫的詩文看作唯徐聞所獨享的「文化遺產」。當看到有人寫湯顯祖到過海南島的文章，鍾先生便如臨大敵，似乎要撥打 110：快來人呀！「湯顯祖留給徐聞的文化遺產」「被幾個非海南籍學者」「強嫁」走啦！他眼睛重點審視的不是文章內容，而是這些作者是否是海南人或廣東人？我是江西籍人，姚品文教授是湖北籍人，便斷定「非海南籍或非廣東籍人」，「把湯顯祖在徐

聞所寫的詩張冠李戴……他們缺乏對瓊州海峽兩岸地理歷史特別是廣東徐聞情況的瞭解，因此一知半解，導致牽強附會了。」〔註3〕然而事實上被鍾先生點名的幾位作者中，除我和姚品文等幾個不是海南人或廣東人外，高虹與肖豔豔則是地道的海南人。還有未被鍾先生發現而沒有點到的至少還有李啟忠、周濟夫二位，他們都是地道的海口市人。李著有《歷代名人入瓊詩選》，入選了湯顯祖的詩作10首，其中有8首作在徐聞；周先生著有《瓊臺小札》，書中有篇《湯顯祖筆下的海南》，列舉了《黎女歌》《檳榔園》《徐聞泛海》《白沙海口出沓磊》《高要送魯司理》《萬州藤障子歌》《海上雜詠》等詩與湯顯祖的關係，肯定了湯顯祖到過海南。李啟忠是海南出版社原社長，周濟夫是《海南日報》副刊老編輯，他們都「對瓊州海峽兩岸地理歷史」「一知半解」「張冠李戴」？都沒有鍾大山先生知情？對此，鍾先生「先知先覺」，在文中早已設計好了回答：「如果他們對徐聞歷史和地理有瞭解，那將是刻意隱瞞了。」啊，他們「刻意隱瞞了」！這真令我大開了眼界，學問還可這樣做？！要使學術上永立不敗地可真要向此君請益！然而持湯顯祖去過海南島的論者還不只是上述這幾個，至少還要加上一個王小岩，吉林人，東北師範大學教授。他撰有《貶謫到徐聞後，湯顯祖都去了哪些景點？》一文，在文中說：「湯顯祖在徐聞期間有海南之遊，因此寫下不少詩歌描寫當地的風土人俗，這包括《送賣水絮人過萬州》、《萬州藤障子歌》、《黎女歌》、《檳榔園》等詩。」（原創：小岩雜俎 2016-08-17）。然我還要告訴鍾先生一條信息：那就是臨高縣的買愁村（今叫美巢村），居然把湯顯祖在徐聞寫的「珠崖如困氣朝昏，沓磊歌殘一斷魂。但載綠珠吹笛去，買愁村是莫愁村」一詩刻在一塊比人還高的大石上，豎在村中。旁邊還立了一幅畫有湯顯祖肖像的宣傳畫，介紹明代江西才子湯顯祖為他們村寫了這首詩，該村還流傳著當年湯顯祖來過這的遺聞傳說。為此還有人發表了文章，也說湯顯祖到過海南。我不知鍾先生聽到這一信息是否會氣得跳腳？會不會為保護「湯顯祖留給徐聞人的文化遺產」遭「強嫁」而與買愁村村民對簿公堂？！

〔註 3〕《湯顯祖到過海南島嗎？——與龔重謨等邊先生商榷》，《湯顯祖研究》2017年第1期。

四、竄改詩題，編造事實

　　鍾大生先生為了增加徐聞「文化底蘊」，竟把湯顯祖一首詩題為《五指山》的詩，改竄為《望五指山》。也許有人認為加個「望」有何大驚小怪？看錯抄錯詩題不是什麼新鮮事。然而鍾大生先生加這個「望」，可是煞費苦心「謀劃」。因為加了這個「望」字，他便對這首詩在文中作了這樣的解讀：「這首詩雖然主要是描寫五指山，但詩觀察點在徐聞縣城西部四五公里處石門嶺。……詩人在登山向南遠視，五指山就入景了。」〔註4〕並還附了石門嶺的照片。鍾大生先生要加的這個「望」的目的是要說明這首詩是湯作在徐聞，詩人「觀望」地點是在徐聞石門嶺，毫無疑義，是屬「湯顯祖留給徐聞人的文化遺產」，不允許「強嫁」！我的天啊！這是湯顯祖在南京為官時寫的《定安五勝詩》中的一首，人還沒有來過徐聞，他怎能從南京跑到徐聞石門嶺登高望五指山啊！說出來實在令人噴飯！再說，五指山距海口200公里外，站在徐聞的石門嶺是望不到五指山的，你就是今天站在海口最高點的火山口山頂用望遠鏡也是望不到五指山，能「入」什麼「景」？湯詩「遙遙五指峰」，「參天五指見瓊

〔註4〕《湯顯祖到過海南島嗎？──與龔重謨等邊先生商榷》，《湯顯祖研究》2017年第1期。

州」都是詩人想像，實指瓊州大地，因為五指山歷來被視為海南島的象徵。《五指山》是湯顯祖《定安五勝詩》中的一首。該詩詩序說得很明白：「敬睹標錄大宗伯王公仙居瓊海定安山水，奧麗鴻清，條為五勝，頗存詠思。某雖性晦天海，神懸仁智，至如幽探閟采，常為欣言。不覺忘其淬懷，永彼高躅云爾。」〔註5〕「大宗伯王公」即王弘誨，海南定安龍梅鄉人，嘉靖四十四年（1561）進士，萬曆十七年（1589）六月升任南京禮部尚書，湯顯祖時為禮部主事，他倆是上下級關係。「定安五勝」為《五指山》、《彩筆峰》（即文筆峰）、《金雞岫》（即金雞嶺）、《馬鞍峴》（即馬鞍嶺）和《青橋水》（即橋頭泉）。五指山在明、清時期屬定安縣境內。王弘誨鍾情故鄉山水，少年時代常登臨家鄉「五勝」遊玩，為官後，「每繪圖懸小齋中，以當少文臥遊」（《王弘誨傳》）即畫成山水畫卷，掛在自己任所的書房，每天進行欣賞，替代回家鄉登臨舊遊。湯在南京禮部和王弘誨既是同僚又是詩友，當他在王弘誨小書房看到用青白色的絲絹繪製的故鄉「五勝」卷帙，「頗存詠思」，起而唱和，寫下《五指山》等五首《定安五勝詩》。鍾先生在文中批評我對湯顯祖的詩「一知半解」，可我對該詩詩序還作了意譯，說清楚了《定安五勝詩》是湯作在南京，而不是作在海南，並還考證了湯顯祖這時沒有到過海南卻能寫出《定安五勝詩》因由。可鍾先生不知為何對該詩序視而不見，還在文中質問我「怎麼兩人沒有交集？」，是讀不懂還是根本沒有看？是我對湯詩「張冠李戴」還是鍾先生你「李戴張冠」？我真不知說什麼好啊！

如果說把湯顯祖在南京寫的《五指山》在詩題上加上一個「望」字，便煞有介事說成站在徐聞石門嶺「遠視」五指山而作的，那只是文品不高尚，而在文中無中生有，刻意編造事實誣人，那便屬人品不磊落。鍾大生先生在文中說：「龔重謨先生講《望五指山》是湯顯祖到了定安後所寫，王弘誨是定安人，怎麼兩人沒有交集？」〔註6〕首先我要聲明：我與范舟游（我的至親，署他名時他不知道，該文若有問題我負全責）合作只有一篇《湯顯祖在嶺南》，發表在澳門《文化雜誌》，除此，鍾先生在文中引用的還有我的《湯顯祖大傳》。另，我還有《湯顯祖研究與輯佚》《湯顯祖在徐聞研究》（湛江社科聯聘我完

〔註5〕龔重謨《湯顯祖大傳》第154頁、第154頁、第155頁，上海人民出版社，2015年12月。

〔註6〕《湯顯祖到過海南島嗎？——與龔重謨等邊先生商榷》，《湯顯祖研究》2017年第1期。

成的研究課題），《明代湯顯祖之研究》（臺灣版）、《湯學探勝》等論著都談到《定安五勝詩》，所談意見一致：「湯顯祖是否跨海遊過海南？徐朔方的《湯顯祖年譜》與《湯顯祖評傳》留下空白。黃芝崗的《湯顯祖編年評傳》則錯把湯顯祖在南京寫的《定安五勝詩》定為貶徐聞後遊海南所作。」〔註7〕而鍾先生竟說「龔重謨先生講《望五指山》是湯顯祖到了定安後所寫」，這就編造的也太離奇了！還有，請鍾先生一定要看清，我在《湯顯祖大傳》等論著中只是這樣說的：「湯顯祖和唱的『五勝詩』，有《五指山》一首收錄在光緒四年（1878）修的《定安縣志·藝文志》中。該詩與徐朔方箋校《湯顯祖詩文集》中的同名詩不是一個版本」〔註8〕，這與「龔重謨先生講《望五指山》是湯顯祖到了定安後所寫」是一回事嗎？我上面這些論著都是公開出版了的，隨時可查，如果鍾先生在我的論著中發現我「講《望五指山》是湯顯祖到了定安後所寫」，請一定要拍照公示於眾；如果找不到，為何要這樣造假？也請給我一個說法！鍾先生在文中無中生有，刻意編造事實以貶低人的學術聲望，受害的還有姚品文教授。他說：《徐聞泛海歸百尺樓示張明威》「這首詩名淺白標明是『徐聞泛海』，龔重謨、姚品文等先生卻改成了『海南泛海』，湯先生到了海南島？！」〔註9〕我沒有鍾先生那樣膽量，竟敢隨意纂改湯顯祖的詩題；也沒有那麼無知，為了要說明湯顯祖到過海南島只要將「徐聞泛海」改為「海南泛海」就可解決問題！我也核對了姚品文教授的《湯顯祖與海南島》一文，字裏行間也沒有找到她將「徐聞泛海」改為「海南泛海」之處。擅改湯顯祖的詩題，將《五指山》改為《望五指山》那是鍾先生的「專利」，我等豈敢隨便效法！

五、曲解《黎女歌》，「黎女」變「徐女」

黎族是海南島原著民族，源於古代百越的一支，在海南有三千多年的歷史。在漢人未進入島上之前，黎人一直生活在這片孤懸海外的熱土上。《黎女歌》生動細緻的描寫了黎家女孩的「繡面」、織綿、對歌、婚娶等生活。1988

〔註7〕龔重謨《湯顯祖大傳》第154頁、第154頁、第155頁，上海人民出版社，2015年12月。

〔註8〕龔重謨《湯顯祖大傳》第154頁、第154頁、第155頁，上海人民出版社，2015年12月。

〔註9〕《湯顯祖到過海南島嗎？——與龔重謨等邊先生商榷》，《湯顯祖研究》2017年第1期。

年 8 月我調海南文體廳工作，9 月廳領導安排我們幾個引進的外省幹部考察了西線八個縣。我曾在昌江縣城第一次看到幾個紋了臉的黎族女子，後又到五指山區看到了黎族風情表演，這時令我想起湯寫的《黎女歌》，深感湯顯祖一定到過海南，如果僅憑想像或傳聞，不深入黎家觀察瞭解生活習俗，決寫不出《黎女歌》這樣的民俗風情詩作：

> 黎女豪家笄有歲，如期置酒屬親至。
> 自持針筆向肌理，刺涅分明極微細。
> 點側蟲蛾折花卉，淡粟青紋繞餘地。
> 便坐紡織黎錦單，拆雜吳人彩絲致。
> 珠崖嫁娶須八月，黎人春作踏歌戲。
> 女兒競戴小花笠，簪兩銀篦加雉翠。
> 半錦短衫花襻裙，白足女奴絳包髻。
> 少年男子竹弓弦，花幔纏頭束腰際。
> 藤帽斜珠雙耳環，纈錦垂裙赤文臂。
> 文臂郎君繡面女，並上秋鞦兩搖曳。
> 分頭攜手簇遨遊，殷山沓地蠻聲氣。
> 歌中答意自心知，但許昏家箭為誓。
> 椎牛擊鼓會金釵，為歡那復知年歲。〔註10〕

《黎女歌》是湯作於徐聞典史任上最重要的一首詩。鍾先生為要「奪回」《黎女歌》被我等「強嫁」海南，在文中肆意作出這樣的曲解：「『黎家』就是『徐聞人家』之意，『黎女』就是『徐聞女孩』之意。因此『黎』字，這裡不可能理解為『黎族』。若果這樣『黎民百姓』就成了『黎族人民老百姓』徐聞『黎語』就成了『黎族的語言』等等。」還說：「如果硬要說這首詩是描寫黎族女孩，也是徐聞黎族女孩，而不是海南黎族女孩。」〔註11〕

然而將「黎」為作為黎族專有族稱早在唐代劉恂就寫入他的著作《嶺表錄異》中：「儋、振夷黎，海畔採（紫貝）以為貨」。儋是儋州，振為振州（今三亞）。《宋會要》（卷一五六六）《番夷》也有載：「俗稱山嶺為黎，居其間者，號曰黎人」。清陸次雲《峒溪纖志》云：「黎人生儋、崖、瓊、萬之間，即塢人

<hr>

〔註10〕《湯顯祖集全編》卷 11，上海古籍出版社，2015 年 12 月。
〔註11〕《湯顯祖到過海南島嗎？──與龔重謨等邊先生商榷》，《湯顯祖研究》2017
　　　　年第 1 期。

也，……是為黎人之祖。因其山曰黎母山。」《中國方志大辭典》：「『黎』即居住在黎母山區的居民。」黎母山是黎族人民的始祖山，在今瓊中黎族苗族自治縣境內，絕不在徐聞。湯顯祖在詩中說：「珠崖嫁娶須八月，黎人春作踏歌戲」，這就明確告訴了我們，他在詩中寫的是海南珠崖（今三亞境內）的黎女，他們的婚娶應在農曆八月。黎家男女相愛毋須像漢族要媒妁之言，自己可在春天通過對歌來自由選擇。鍾先生要將『黎女』變成『徐聞女孩』實在是一廂情願，既不符湯詩明白表達的內容，又不符徐聞的民俗。

紋了臉的海南黎女

「繡面」是海南黎族特有的習俗，是海南黎族罕見的原創性文化現象。宋范成大在《桂海虞衡志》云：「（黎）女久笄黥頰為細花紋，謂之繡面。」南宋周去非《嶺外代答》：「海南黎女，以繡面為飾。」這些論著所說的「繡面」即為黎女紋身。湯詩「黎女豪家笄有歲，如期置酒屬親至。自持針筆向肌理，刺涅分明極微細」，說的是黎家女孩成年時，要如期舉行紋身儀式，要辦酒宴請親屬參加，將自己準備好的針筆（黃藤針與拍針棒）向皮膚表面刺成一定的圖案並塗上顏色。湯詩還有「文臂郎君繡面女，並上秋韆兩搖曳」一句，說的是海南黎族的少男少女戀人們，男孩紋手臂，女孩紋臉，雙雙在秋韆上逍遙擺蕩。鍾大生先生對《黎女歌》中的「繡面」曲解為漢族婦女的「開光」。他在文中說：「『繡面』，女子結婚或過年都要請人為自己美容一番，意為開

光。」〔註12〕還說:「筆者母親在世時,逢年過節,總請人給她『繡面』,姐姐和妻子結婚時也『繡面』。今天該縣徐城街道辦事處東方一路中段老中醫旁等地方,還時常有婦人以替人『繡面』為業謀生,就是印證。」〔註13〕鍾先生在這裡講的「繡面」,那是漢族女孩結婚時請人用細線把臉上的汗毛全刮掉的「修面」,也叫「開光」,這與海南黎族特有習俗的紋身怎能扯成一回事?

為了要說明《黎女歌》描寫的「『黎女』就是『徐聞女孩』」,鍾先生還把本地方言「黎語」與海南的黎語相混淆。他引出南宋王象之《輿地紀勝》《風俗》中的記載:「本州實雜黎俗,故有官語、客語、黎語」〔註14〕,於是他以此為據,似是而非,製造混亂:「由此可見,徐聞自古有黎族人的風俗習慣。又今天徐聞人講的閩南語雷州話,當地人稱為『黎語』。」〔註15〕然而徐聞人講的「黎語」是雷州話的俗稱,屬漢藏語系閩南語的分支;而海南黎族的「黎話」則屬漢藏語系壯侗語族黎語支。徐聞話之所以也稱確「黎話」,據宣統三年《徐聞縣志‧輿地志》載:「舊志謂徐之言語區為三,有官語、客語黎語又謂西鄉之語,別為一種。以今考之,黎語即土音也。土音所習,一邑皆然。」(第60頁)又云;「徐之言語三,有官語,則中州正音也,士大夫及城市居者能言之;有東語,亦名客語,與漳潮大類鄉落通談;又有黎語,即瓊崖臨高之音,惟西鄉之言,他鄉莫曉。」(第59頁)《徐聞縣志》記載甚明:「西鄉語」又稱「黎話」是海口和臨高語混合的變異。造成此語的歷史原因,《徐聞視窗》(2018年5月31日)載有何強《徐聞明清至近現代移民祖籍考釋》一文說:「明弘治十四年(1501年)明孝宗派遣都御史潘蕃、總兵毛銳率兵鎮壓海南儋州符南蛇的黎民起義,海南儋州和臨高一帶的群眾大量被迫逃往海北的徐聞西區定居,造成現在徐聞很特別的西鄉口音。」這種「西鄉口音」與海南黎族的黎話毫不搭架。

我還從互聯網搜索〔徐聞吧〕有關於談徐聞黎話的帖子,可與何強文章互為印證:

〔註12〕《湯顯祖到過海南島嗎?——與龔重謨等邊先生商榷》,《湯顯祖研究》2017年第1期。

〔註13〕《湯顯祖到過海南島嗎?——與龔重謨等邊先生商榷》,《湯顯祖研究》2017年第1期。

〔註14〕《湯顯祖到過海南島嗎?——與龔重謨等邊先生商榷》,《湯顯祖研究》2017年第1期。

〔註15〕《湯顯祖到過海南島嗎?——與龔重謨等邊先生商榷》,《湯顯祖研究》2017年第1期。

　　徐聞講的是雷州話，是屬於閩南語系的方言，與海南話基本一致，略有差別，不是黎話，海南島北部，在海口以南，延伸到定安，有大片區域有講另外一種語言，因講通行的海南話的海南人無法聽懂，誤以為是黎族話，海南人操這種語言的人稱為海口黎，關於這一族群的來源，我做過調查，他們都是來自福建，他們自己稱他們講的語言是家鄉話，實際上這種語言也是福建的一種方言。海南島北部海、澄、文、定等地區，只有澄邁有一小部分黎族人居住，其餘均為漢族，講閩南語系方言，雷州半島就更不存在黎話了。〔註16〕

　　然而身為徐聞人的鍾先生，竟對徐聞的「黎話」與海南黎族的「黎話」的根本區別竟無知到令人吃驚！

六、似是而非，扭曲真象

　　湯詩《白沙海口出沓磊》：「東望何須萬里沙，南溟初此泛靈槎。不堪衣帶飛寒色，蹴浪兼天吐石花。」〔註17〕詩題中的「出」本意為由內而外，與「入」相反，此為湯身在海口「出去」、「出島」之意，不是「從沓磊出發」，而是從海口白沙津出發去沓磊驛。白沙津早在宋代就是官渡，直達徐聞沓磊港。明正德《瓊臺志》卷五載：「神應港：舊名白沙津，……宋於此置渡達徐聞沓磊驛。」〔註18〕《海口市志》載，宋開寶五年（972年）遷（白沙）津建浦，設海口浦。「海口」一名自此始，至今已有一千多年，為瓊州之門戶。「白沙津」以海濱一片潔白沙灘而得名。明正德《瓊臺志》（卷五）中載：海南米糧素來不足，自元初官府在白沙津設有渡船與對岸的雷州半島徐聞沓磊驛相往來。可見，在湯顯祖生活的明代，從海口白沙津去徐聞沓磊驛是正式的官道。湯顯祖環島觀遊到了白沙津，看到一望無際的潔白沙灘，發出了「哪裏要到萬里外去尋沙漠啊，這裡不就是嗎」的感歎！至於湯環島觀遊時間多長，是個可討論的問題，然詩意說的是，那連天的海浪，拍打到岩石上，吐著如雪的石花，感到與來是的氣候變涼了，衣不勝寒，這可推測在海南觀遊不是很短的幾天時間。而鍾先生則認為：「『海口』是白沙灣的比擬『像海之口』的意思，指徐聞『白沙』灣形狀，非指今天海口市。詩題是個倒裝句。意思是說

〔註16〕《徐聞吧》《想問一下徐聞是不是講黎話的（雷州話）？》2019-05-05 17：27。
〔註17〕《湯顯祖集全編》卷11，上海古籍出版社，2015年12月。
〔註18〕明正德《瓊臺志》卷五，海南出版社，2006年版。

『從沓磊出發到了像海之口的白沙灣」〔註 19〕。檢索《徐聞縣志》載：「白沙港，縣東南三十里」；「踏磊港，縣南二十里」。兩港相距不會超過 30 里，但白沙灣沒有一個叫「海口」的地方，鍾先生為了將詩題《白沙海口出沓磊》解讀為「從沓磊出發到了像海之口的白沙灣」能成立，「沓磊」和「白沙」都有「港」可查，唯缺「海口」，鍾先生便隨意揮筆造出了一個「像海之口」來：「『海口』是白沙灣的比擬『像海之口』的意思」。這樣，湯顯祖乘船出海就沒有離開徐聞，只是在「沓磊港」到「白沙港」兩個港灣轉悠，湯顯祖去過海南島也就成了子虛烏有的事了。

對《檳榔園》一詩，我在《湯顯祖大傳》是這樣闡述的：「檳榔是海南的特產，崖州及東路各縣都產，海南民諺有『東路檳榔西路米』之說。檳榔樹高十餘丈，皮似青銅，葉似甘蔗，實大如桃李。其味辛辣芳，有消瘴健胃的功能，還可用作婚聘定禮。湯顯祖品嘗了檳榔果，體驗了它的食用與藥用價值。」鍾先生在文中批評說：「一看到『檳榔』兩字，龔重謨、姚品文等先生敏感而固執是認為這（是）海南特特產……錯矣。徐聞和海南同屬熱帶氣候，自古兩岸盛產檳榔。」檢索「360 百科」得知：檳榔原產馬來西亞，中國主要分布雲南、海南及臺灣等熱帶地區，沒有提到徐聞。鍾先生的話也沒錯，徐聞與海南同屬熱帶氣候，自古同產檳榔。然而自古全國哪個地方不養雞？可一到海南來的人大多都要點吃文昌雞？海南哪個地方沒有椰樹，但文昌縣竟稱椰子是他們的特產，有「海南椰子半文昌」之說。同樣品種，因陽光、氣溫、雨量、土壤和肥力等原因形成特色，不然中國乃至全世界就不存在有特產了。特產指某地特有的或特別著名的產品。就是在今天，徐聞和海南同產檳榔，海南的檳榔在全國就比徐聞著名。而徐聞和海南都種良薑，而徐聞的良薑就比海南出名，稱為徐聞特產。湯顯祖雖然在詩中沒有說「我在海南吃檳榔」，但詩中最後一句：「徘徊贈珍惜，消此瘴鄉心。」「瘴鄉」就是指海南。宋代僧人出身的釋德洪，因入丞相張商英、樞密郭天信門下，徽宗政和元年（1111），張、郭貶黜，亦受牽連，發配朱崖軍（今海南三亞），寫了《渡海》詩云：「萬里來償債，三年墮瘴鄉。逃禪解羊負，破律醉檳榔。」「瘴鄉」在古詩文中實為海南的代名詞。釋德洪發配海南三年，打破戒律吃檳榔到醉。因此湯顯祖詩中的「徘徊贈珍惜，消此瘴鄉心」，「瘴鄉」指的就是海南。他在海南受到百

〔註 19〕《湯顯祖到過海南島嗎？——與龔重謨等邊先生商榷》，《湯顯祖研究》2017年第 1 期。

姓贈送檳榔的禮遇，感到很珍惜，消除了對「瘴鄉」原有的畏懼心情。因此，我說「檳榔是海南的特產」，湯詩《檳榔園》詠的是他在海南見到的檳榔園，不知何錯之有？

另外，湯詩所詠海南風物特產除「了哥」、「檳榔」外還有「花梨木」、「益智子」、「五色雀」、「半月東來半月西」的潮夕，萬寧「真絕奇」的藤器製作與明正德元年（1506）冬天出現「檳榔寒落凍魚飛」的雨雪奇寒；還有北方的喜雀本只能飛到徐聞，飛不過瓊州海峽，今天能在海南看到喜雀，那是明景泰初年指揮李翊將軍，「自高化取雌雄十餘城隍間」，在海南得以繁衍。湯顯祖在徐聞貶所所詠詩作與其棄歸家後創作的《邯鄲記》，涉及海南的風物、民情與人文歷史比徐聞要多，且更有意義。

還有鍾先生對「浮槎」的解釋感到好笑。他說：「『浮槎』是泛著小舟的意思，它可在徐聞沿海近岸泛海，但要『泛』過風大浪大的瓊州海峽可不行，除非撐船人和坐船的不要命才敢坐『浮槎』過海。」這是鍾先生刻意從交通工具上來否定湯顯祖去過海南。然而湯顯祖詩中所說的「浮槎」「靈槎」指的都是木船，就是一種能渡海的交通工具。早在春秋時的孔子就說過：我的政治主張行不通乘桴浮（即浮槎）過海到蠻夷之邦去。宋蘇東坡流放海南儋州 4 年後遇赦北返，寫有詩《六月二十日夜渡海》，其中有句「空餘魯叟乘槎意」。「魯叟」即孔子；「乘槎」說的是孔子曾感歎自己政治主張不通，要乘坐小木船過海去蠻夷之邦。可見當年蘇東坡遇赦北返過瓊州海峽乘坐的是就是湯顯祖詩中稱的「浮槎」即小木筏。在湯顯祖所處的明朝，鄭和都能乘船七次下西洋，在「洪濤接天，巨浪如山」中「雲帆高張，晝夜星馳」，而到了湯顯祖乘「浮槎」竟過不了瓊州海峽？你鍾先生知道湯乘坐的木船有多大？哪天是幾級風多高的浪？阻擋了湯到海南瓊州的航程？

七、湯顯祖去過海南島不容否定

湯顯祖去過海南島有他的詩為據，以下三首有兩首作在徐聞任上，另一首作於棄歸家後。這三首詩任何一首都可作湯顯祖去過海南島的佐證。不知鍾大生先生為何一首也不引用加以解讀？

1.「菁絕瓊西路，能言了哥。不教呼萬歲，只為隴琴多。」（《海上雜詠二十首》之六）〔註20〕湯在詩中明確告訴我們，他在去瓊西路上，在鬱鬱蔥

〔註20〕《湯顯祖集全編》卷 11，上海古籍出版社，2015 年 12 月。

蔥鮮花盛開美景中，看見一種稱為「了哥」的鳥。這種鳥，仿傚人語本領遠比八哥、鸚鵡逼真，還會呼叫「萬歲」。明人高啟《詠苑中秦吉了》詩云：「先聽遙呼萬歲聲」，說的就是唐代武則天養的了歌會長稱萬歲。此鳥只海南有，徐聞沒有。僅憑這一首，湯顯祖去過海南島也不容否定。

2.「見說臨川港，江珧海月佳。故鄉無此物，名縣古珠崖。(《海上雜詠二十首》之十二)」[註21] 湯在詩中告訴我們，他到了瓊州古代曾叫珠崖的縣(今三亞)，宋時曾設為「臨川縣」。這裡有一個港還叫「臨川港」，盛產江珧(也叫醋螺)與海月(一種極扁平貝殼，能做中藥)。湯顯祖的老家是江西臨川縣，眼下看到這江珧與海月，便自然聯想到家鄉臨川沒有這種東西。試想，湯顯祖若不到海南珠崖，怎能一看到江珧與海月便與故鄉臨川相聯想起來？

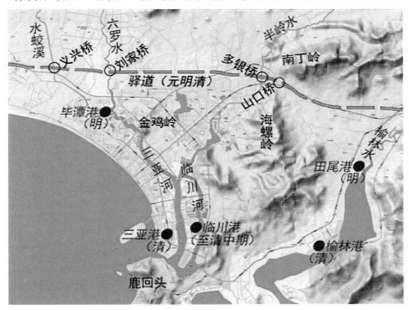

明清時的三亞地圖

3. 萬曆二十一年，湯顯祖離任徐聞經臨川去遂昌上任，在回歸的路上還對觀遊海南島念念不忘，把瓊州、雷州同作此行經遊之地而寫入詩中：「江楚西歸欲望天，瓊雷東斷瘴雲連」(《高要送魯司理》)。十年後，當他聽到同鄉好友吳拾芝有渡海南之舉，還讓他深情憶起當年的海南遊歷，不忘在萬州(今萬寧)生產的精美藤作，憶及在海南吃檳榔：「杳磊秋高向若登，玉芝煙雨去時曾，秋風海角書囊裏，為賦炎州五色藤。自然瓊樹不妨瓊，能使炎風海外

〔註21〕《湯顯祖集全編》卷11，上海古籍出版社，2015年12月。

清，但得檳榔一千口，與君相對臥紅笙。」〔註22〕若湯顯祖沒有觀遊海南的經歷，儘管他有生花妙筆，也編造不出內容這樣具體的詩句。

4. 貶謫徐聞，是湯顯祖人生的轉折，赴嶺南一路勝遊，豐富了他的人生閱歷，震撼了他的心靈，對他的戲劇創作所產生了重大影響。遊海南的見聞，有的提煉為戲曲素材，寫入「臨川四夢」中。如《牡丹亭·圓駕》就由劇中人談到「吃檳榔」：

> （外）正理，正理！花你那蠻兒一點紅嘴哩！（生）老平章，
> 你罵俺嶺南人吃檳榔，其實柳夢梅唇紅齒白。

《邯鄲記》原小說的故事的發生地是「歡州」（今越南河靜省南部），湯顯祖從第二十齣《死竄》到第二十五齣《召還》把戲劇故事發生地移到海南。劇中人物談到海南的臺詞主要處有：

> 第二十齣《死竄》：「〔生〕去去去去那無雁處。海天涯。」

> 第二十一齣《讒快》齣中宇文融：「可恨他妻子清河崔氏，奏免其死，竄居海南煙瘴地方。那裡有個鬼門關。」

> 第二十二齣《備苦》：〔樵〕「州里多見人說：有大官宦趕來，不許他官房住坐，連民房也不許借他。」樵夫可憐他，把他領到自己的「碉房住去」。這是蘇軾貶到儋州後，軍使張中將倫江驛供他居住，章惇派人將蘇軾趕出官舍，儋人黎子雲兄弟等幫蘇軾建造桄榔庵一事的推衍。

> 第二十五齣《召還》中，寫盧生冤情昭雪，欽取還朝，不忘海南黎族百姓對他的關照：「〔生〕君命召，就此起行了。〔黑鬼三人生〕黑鬼們來送老爺。〔生〕勞苦你三年了。」【會河陽】「地折底走過，瓊、崖、萬、儋。謝你鬼門關口來，相探。〔丑〕地方要起老爺生祠，千年萬載。〔生〕要立生祠。立在他狗排欄之上，生受他留我住站。我魂夢遊海南。把名字他碉房嵌。」〔註23〕

不到海南，「臨川四夢」中哪來這麼多的海南元素？

2019 年 10 月 3 日脫稿，11 月 3 日定稿於海口勝景樓

〔註22〕《聞拾之渡瓊寄胡憲伯瑞芝二首》《湯顯祖集全編》卷十九，上海古籍出版社，2015 年 12 月。
〔註23〕《邯鄲記》，錢南揚校點《湯顯祖戲曲集》（下），上海古籍出版社，1978 年 6 月。

「湯顯祖死於梅毒」之說大可質疑

2000 年一期《文學遺產》刊載了浙江大學徐朔方先生的《湯顯祖和梅毒》一文。這篇考證湯顯祖死因的文章，提出了「湯顯祖死於梅毒」。文章認為，「此時梅毒自國外傳入」，湯顯祖的好友「屠隆的死因是梅毒」，「湯氏《訣世語七首》小序」「同屠隆彌留時吩咐他兒子玉衡的話十分相似」，因而「湯顯祖無法想像的是他自己和屠隆一樣死於同一種惡疾」。徐先生還舉出了明人張師繹的《祭故祠部郎臨川湯若士先生文》〔註1〕中引用湯的學生朱爾玉的話——「其疾為瘍於頭」，認為是「梅毒患者後期常見的症狀」，又對湯詩《七年病答繆仲淳》〔註2〕末句「古方新病不相能」作出解釋說：「說明這是一種新病，用傳統的古方無法進行有效治療。這種新病只有新從國外傳入的梅毒才能得到確切的解釋。」

徐先生還明確表示，他寫這篇文章的目的是為了要「還他（指湯顯祖——引者）真實的歷史面目」，「沒有義務為他們隱惡揚善」。徐還認為，「四夢」中的一些齣目中的色情描寫，能說明「湯顯祖致死的疾病和他生平及創作有這樣密切的關係」。

然而梅毒傳入的「真實的歷史面目」是這樣的嗎？湯顯祖真是死於梅毒嗎？「四夢」中的一些色情描寫能與湯氏死因扯得上關係嗎？帶著這些質疑，我翻閱了有關資料，得出不同的結論。

一、梅毒不是明代才由外國傳入的。《呂氏春秋》說：「昔太古……其民

〔註1〕張師繹《月鹿堂文集》卷八。
〔註2〕《湯顯祖詩文集》卷十九。1982 年，上海古籍出版社。下同。

聚生群處，知母不知父，無親戚、兄弟、夫妻、男女之別，無上下、長幼之道。」《列子・湯問》中也說：「男女雜遊，不媒不娉。」這種「雜遊」即有不潔的性行為，就會產生性病。我國最早的古方書《五十二病方》已有「蠱者」這一病名。《左傳》說：「近女室，疾如蠱。」即認為淫亂產生「蠱」，也就是後人稱之的「梅毒」。我國甲骨文有「蠱」字記載。現代科學工作者已在古人的骨上找到梅毒疾病的痕跡，南宋楊士瀛的《仁齋直指》中《走皮趨瘡》項即有「淫夫龜頭上生瘡，初發如粟，撫之則痛」的記載。元人繼洪的《嶺南衛生方》中也曾記載有「楊梅瘡」。到了明代，梅毒不是自國外傳入，而是我國傳統醫學對梅毒的防治取得前所未有的巨大成果。16世紀初，醫學家韓懋著有專治梅毒的《楊梅瘡治方》（1卷），為我國最早醫治梅毒的專著，惜已佚失。與韓懋同時的我國大藥物學家李時珍，他於1589年著成的《本草綱目》中，論及「楊梅瘡」的病症與治療。在湯顯祖去世後的16年（1632）海寧人陳司成在深入調查研究，總結家傳治療經驗及名家秘授的基礎上，寫成了《梅瘡秘錄》一書，今為我國現存的第一部有關梅毒的專著，也是世界上最早使用砷治療梅毒的記載，並指出了預防方法。由此可見，在湯顯祖的時代，「梅毒」不是什麼「新病」，中國傳統的「古方」對此種病並非「不相能」。因而徐先生對「古病新方不相能」的解釋也就不「確切」了。

　　二、「瘍」是惡瘡，不是梅毒。徐先生說湯顯祖死於梅毒的唯一根據無非是明人張師繹的《祭故祠部郎臨川湯若士先生文》中引用湯的學生朱爾玉的話──「其疾為瘍於頭」，並說這是「梅毒患者後期常見的症狀」。「瘍」的本義是皮膚「膿腫的潰爛」。《左傳・襄公十九年》：「荀偃癉疽，生瘍於頭」杜預注：「癉疽，惡創。」唐・張鷟《朝野僉載》卷二：「李氏頭上生四處癉疽，腦潰，晝夜鳴叫。」，可見這種生在頭上的「惡創」（即「惡瘡」）並不是梅毒，也不能說這是「梅毒患者後期常見的症狀」。我諮詢過皮膚病的專業醫生，他說他沒有遇到過梅毒長在頭上的病例。

　　三、湯顯祖致死之疾為梅毒不足信。湯顯祖生活在晚明社會，受當時士大夫習氣的影響，染指蓄妾、娼遊。湯顯祖自己也曾坦認：「吾前時昧於生理，狎侮甚多。」然而這個「前」字表明了主要是年輕時在南京的風流韻事。到萬曆十四年（1586），羅汝芳到了南京講學，和湯見了面，對湯的浪漫生活提出了批評。羅問湯：「子與天下士日伴澳悲歌，意何者，究竟於性命何如，何時可了？」湯顯祖「夜思此言，不能安枕。久之有省，知生之為性是也，非食色

性也知生；豪傑之士是也，非迂視聖賢之豪」。〔註3〕從此湯的風流行為大有收斂。有「娼遊」行為者，有染上梅毒的可能性，但並非必然的肯定。湯顯祖在《答管東溟》的信中，說他以後生活，將從「游衍判渙」轉向「掩門自貞」和「永割攀援」。〔註4〕再從湯顯祖去世的年齡看，已是67歲的老人，距古稀之年僅差三歲，這在那個時代可稱得上高壽。如湯氏當年真的染上梅毒，且中醫「古方」又「不相能」的話，湯顯祖也不可有如此高壽。《撫州府志》對湯的死因記述甚明：「家居二十年。父母喪時，顯祖已六十七歲。明年以哀毀而卒。」

　　四、湯顯祖和屠隆彌留之際的遺言有相似之處，不等於他們死因也相似。湯、屠既為同僚知交，又是詩文摯友，更是戲曲知音。他們都是「狂狷」之仙才，且早年都有風流浪漫習性。但他倆又都崇信佛道，希望死後超度仙界，因而在彌留之際所留遺言有相同之處，本不足為奇，硬要往「死於同一種惡疾」上掛靠，令人感到牽強。而目睹屠隆死狀的是其親翁張應文和友人胡文學。他倆詩文記述屠隆彌留之際的狀況，則又是另外一副樣子。如張應文為屠隆作的小傳說：「及疾革，猶扶床凝望，幾慧虛飆迎我。悵快而卒，得年六十三。」〔註5〕楊德周《明故文林郎禮部儀制司主事赤水屠公墓誌銘》：「先生神素王，乙巳忽患滯下，不火食數日，作辭偈，多達生語……」〔註6〕「滯下」是痢疾，可見屠隆患的也不是梅毒。屠隆之所以被後人認為患梅毒致死，主要依據來自湯顯祖那首《長卿苦情寄之瘍，筋骨段壞，號痛不可忍。教令闌舍觀世音稍定，戲寄十絕》〔註7〕。然而，屠隆彌留之際，湯顯祖遠在江西臨川，相隔千里，其病狀未曾目睹。湯詩所寫，完全是根據傳聞。既然在明代社會士大夫患梅毒不是什麼「大驚小怪，把它看做可卑可恥的事」，那屠隆的親翁張應文又為何為用得著對隆死於梅毒加以隱瞞？可見屠隆是否死於梅毒也還是有待進一步研究的問題。再考察屠隆去世前二年的行蹤：61歲，他還帶家庭戲班出遊，到江西南城與福建武夷山區，赴福州參加烏石臺中秋戲曲晚會，並奮袖串演了《漁陽摻鼓》。62歲，他又與家班留連在常熟烏目山和南通一帶，到明年八月才重病歸家。很難想像，一個六十多歲的老人，又是梅毒

〔註3〕《秀才說》，《湯顯祖詩文集》卷三十七。
〔註4〕《湯顯祖詩文集》卷四十四。
〔註5〕張應文《甬上耆舊詩》卷十九。
〔註6〕《屠隆集》第12冊，浙江古籍出版社。
〔註7〕《湯顯祖詩文集》卷十五。

晚期患者，竟能有如此體力和興致，能和戲班長期跋涉在閩、贛、蘇、浙山水之間？

四、「四夢」中的一些色情描寫與湯氏死因沒有必然聯繫。徐先生列舉的「四夢」中那些色情描寫，是作者出於表現劇本的「意趣」需要，旨在反映那個無惡不包、無醜不備的社會面貌和人們心態。不能認為那些都是糟粕，更不能視為湯顯祖「風流浪漫」經歷的寫照。《金瓶梅》出現在晚明社會，被視為「奇書」，在傳抄階段就引起文人學士的矚目，該書在批判淫慾時流露出某種欣賞意味和低級情趣當然也會影響湯顯祖。湯在表現情愛情節時，出現一些低級情趣描寫，表現了當時文人的創作心態，若硬要與其「死因」相聯繫，硬要為湯的「梅毒病患」尋找依據，不禁令人令人失笑。

另外，徐先生在文中還提到湯的元配吳氏夫人早逝和續娶傅氏是妓女出身問題，以圖來說明「湯顯祖致死的疾病和他的生平及創作有這樣密切的關係」。然而吳氏夫人是在萬曆十三年（1585）逝於臨川與三十多年後湯顯祖的去逝的死疾能產多大關係呢？難道能說青年的湯顯祖感染上梅毒傳染給了吳氏，吳氏死了而湯顯祖頑強地活到了 67 歲？說傅氏夫人是妓女出身似乎能為湯顯祖感染梅毒找到直接的來源。然傅氏是妓女出身有何根據？被徐扯上關係的是那首《少婦歎三首》。徐據「長安少女嫁南郎」一句把「少婦」箋注為「當是傅氏，萬曆十一年娶於北京」。又為了「十七年來彈淚盡」就是湯顯祖的「少婦」，徐箋注斷該詩「作於萬曆二十八年（1600）」。徐這樣箋注是為全詩最後一句「錯呼燈影送鳴珂」的需要。「鳴珂」，本意指顯貴者所乘的馬以玉為飾，行則作響，徐卻將它解讀為「白行簡《李娃傳》之後遂等同於青樓北里，傅氏殆為個中人也。」而萬曆本《臨川湯海若玉茗堂文集》則作《少婦歎示諸山人三首》。萬曆本當經湯氏本人編訂。湯顯祖怎可能在詩中向一些山人訴說自己太太曾經的不雅經歷？〔註 8〕然而湯氏繼配傅夫人出身清白，湯在詩《答內傅》自注：「父傅淳，盛德士也，母京師人。」因此，徐朔文先生將《少婦歎三首》中少婦斷為湯的少婦傅氏沒有可令人信服的依據。我想，如果傅氏夫人今天還健在，她一定要與徐先生對簿公堂，為自己的名聲和人格尊嚴討個說法。湯老夫子地下有知，他大概也會向徐先生交涉：「依子之言，吾之《牡丹亭記題詞》當易之為『生者可以死，死可以生，皆梅瘡所致也』。」徐先生還忽略了這樣一個重要事實：妓女不僅多有性病且大多不能生育，在

〔註 8〕夏寫時先生《湯顯祖死因考》。

那封建專制社會，醫術落後，妓女因職業原因多絕育不孕。可傅氏嫁湯後生有開遠、開先和詹秀等。除詹秀夭折外，開遠、開先均長大成人。他們都有文名，倡導古文，造詣深，且開遠官至監察副使。

綜上所述，筆者認為，徐朔方先生的《湯顯祖和梅毒》一文可質疑之處甚多。「湯顯祖死於梅毒」不足為信。徐先生撰作此文明明是沒有根據想當然的「揚」湯顯祖的所謂「惡」，以顯權威，可在文中又底氣不足，因而難免自相矛盾。前面說，「我們大可不必為此（指湯顯祖染上梅毒——引者）而大驚小怪，把它看做可卑可恥的事」，後面說，「我們沒有義務為他們隱惡揚善」。在談到湯氏的《訣世語》時，徐先生用了近似詆毀的口吻說湯顯祖「表面上說的一套，實際上行的是一套」。徐先生是位有影響的湯顯祖研究專家，不管他寫作此文主觀動機如何，但在客觀上是不負責任「貶低」、「醜化」了湯顯祖，扭曲了歷史真實的湯顯祖，有損於一個世界文化名人在人們心目中的形象。誠然，對待古代文化遺產應站在歷史唯物主義立場進行批判的繼承，然而這種「批判」應以「歷史事實」為依據，而不能似是而非，妄加聯想和推斷。我無意要求徐先生為湯顯祖「隱惡揚善」盡「義務」，然而，任何一個湯顯祖研究工作者又確有「義務」向世界宣傳一個歷史真實的湯顯祖，而不是一個被扭曲了的湯顯祖，一個值得世人學習和弘揚的湯顯祖，而不是一個令人鄙夷的湯顯祖。

（原載《撫州師專學報》2000 年 4 期，有修改）

附：徐朔方《湯顯祖和梅毒》

長久前我曾寫過一篇內容與此相似的文章，1990 年編入《徐朔方集》（1993，浙江古籍出版社）時，我尊重出版社負責同志的意願，自行把它刪除了。他們以友好的口吻對我說，「你這樣寫的目的何在呢？」現在找不到原文，只得重寫。同時被刪的還有一篇論文《請不要破壞漢字》，表面上他們說這不是學術論文，實際上則因為此文批判我黨的新文字運動的左傾主張。其實當時的文字改革委員會已經改組為國家語言文字委員會，黨和政府已經同這種「左傾幼稚病」劃清了界線。可是出版社有些同志還是顧慮重重，當時我考慮到出版社推出我的文集已經蒙受虧損，我想不應該使它在政治上再蒙受損害，因此我作出了讓步。

對於湯顯祖問題，我想最重要的是還他真實的歷史面目。無論人為地抬

高他或貶低他都是徒勞有害的。對待古代文化遺產——文學遺產，我們只能是批判繼承的態度。

既然出入花街柳陌在湯氏詩文中，如同在他以前的古代詩文中一樣，是大量地公開地存在，而此時梅毒已自國外傳入，在這樣的情況下，不管當事人的道德操守如何，被傳染的可能是實際存在的。我們大可不必為此而大驚小怪，把它看作是可卑可恥的事，當然這同所謂衝破封建婚姻制度的大膽行動毫無關係。我們沒有義務為他們隱惡揚善，無論美化和醜化都是不可取的。

據《簡明不列顛百科全書》（中文版，北京，1986）的介紹，廣泛流行的惡性傳染病梅毒始於新大陸。自哥倫布從新大陸回返後，歐洲文獻中才有確實可靠的梅毒記載。哥倫布第一次遠航在1492年，即明孝宗弘治五年。中國文獻有關梅毒的最早記載也在此年之後。沈德符《萬曆野獲編》卷二十三《王百穀詩》說：「時汪太函（道昆）介弟仲淹（道貫）偕兄至吳，亦效其體作贈百穀詩：『身上楊梅瘡作果，眼中蘿蔔翳為花。』時王正患楊梅瘡遍體，而其目微帶障故云。然語雖切中，微傷雅厚矣。」查汪道昆、道貫兄弟作客蘇州有兩次：一在萬曆十一年（1583），一在萬曆十四年（1586），即在哥倫布遠航之後將近一百年。大約過了二十年之後，寧波文人屠隆死於梅毒。有趣的是他的宗譜只說他是病死。他的親翁張應文《鴻苞居士傳》（見《鴻苞集》卷首）記載屠隆彌留時的情況說：「寢疾數日，不火食。命其子玉衡曰：吾將歸矣。其薄斂，殺俗禮，勿淘我。援筆作《辭世詞》⋯⋯書畢翛然而逝。此其為鴻苞居士云。」

胡文學編《南上耆舊詩》卷十九附小傳云：「先是，吳人孫榮祖挾乩仙，稱慧虛子，先生（屠隆）篤信之。及疾革，猶扶床凝望，幾慧虛飆輪迎我。悵快而卒，得年六十三。」

張應文和胡文學可能目擊屠隆的死狀，卻幾乎把他寫成白日飛昇的成仙證道的形象。

湯顯祖根據傳聞寫成的十首七言絕句，題為《長卿苦情寄之瘍，筋骨段壞，號痛不可忍，教令閭舍念觀世音稍定。戲寄十絕》。詩中說：「雌風病骨因何起，懺悔心隨雲雨飛」；又說「非關鉛粉藥是病，自愛燕支冤作親。」可見屠隆的死因是梅毒。梅毒因不潔性交而傳染的事實似乎已經模糊地為人所認識。

湯顯祖這十首詩，可能和汪道貫的贈王伯谷詩一樣「語雖切中，微傷雅

厚」，但是湯顯祖無法想像的是他自己和屠隆一樣死於同一種惡疾。湯氏《訣世語七首》小序說：「僕老矣。幸畢二尊人大事。苦塊中發疾彌留，已不可起。慎終之容，仍用麻衣冠草履以襲。厝二尊人之側，庶便晨昏恒見。達人返虛，俗禮繁窒。怪之，恨之。恐遂溘焉，先茲乞免。」這一段話同屠隆彌留時吩咐他兒子玉衡的話十分相似：「吾將歸矣。其薄斂，殺俗禮，勿溷我。」如果說屠隆當時思想以求仙問道為主，湯氏則在心底保留了更深的儒家操守。表面上說的是一套，實際上行的是另一套。

張師繹《月鹿堂文集》卷八《祭故祠部郎臨川湯若士先生文》引用湯的弟子朱爾玉的話說：「其病為瘍於頭。」「瘍」正是古代對腫瘤或潰瘍的通稱。後者是梅毒患者後期常見的症狀。

湯顯祖有一首詩《七年病答繆仲淳》說：

> 不成何病瘦騰騰，月費巾箱藥幾楞。
>
> 會是一時無上手，古方新病不相能。

據《野獲編》卷二十二《督撫·許中丞》，繆仲淳是蘇州的山人，即游手好閒在官府做幕客的文人。「古方新病不相能」，說明這是一種從未在國內發現的新病，用傳統的古方無法進行有效的治療。這種新病只有新從國外傳入的梅毒才能得到確切的解釋。

湯顯祖死於梅毒，對研究他的作品和生平思想有甚麼關係呢？

湯顯祖考中進士的那一年，夫人吳氏在家鄉病故。他的續娶夫人傅氏是妓女出身。

湯顯祖的傳奇《紫簫記》第七齣《遊仙》前腔〔惜奴嬌〕：「還笑，洞房中空秘戲，正落得素女圖描。」傳奇完成於萬曆五至七年（1577～1579）。他的《紫釵記》傳奇第二十五齣《折柳陽關》，女主角霍小玉和新婚丈夫李十郎告別時，預想到今後獨寢的情景說：「被疊俯窺素女圖。」今美國印地安那大學「金賽性與生育研究所」藏有明版鄔華生《素娥篇》。《素娥篇》和《紫簫記》、《紫釵記》提到的《素女圖》應是同類的貨色。它著重描寫行房的四十三種姿勢，插圖與詩詞對照。

《牡丹亭》是湯顯祖的代表作。它第九齣春香轉述杜麗娘的話：「關了的睢鳩，尚然有洲渚之興，可以人而不如鳥乎？」最後一句一字不易地來自色情小說《如意君傳》。

《牡丹亭》第十齣《驚夢》是膾炙人口的名作。在〔山桃紅〕和相連的

〔鮑老催〕兩支曲子裏有幾句赤裸裸地描寫性行為的句子。在清代的演出本《綴白裘》裏，《驚夢》分成《遊園》和《驚夢》兩齣戲，後來又在兩齣戲中間插入一齣《堆花》。這是民間藝人的傑作。但是懾於《牡丹亭》的傑出成就，他們只是增加了一些加強歡快氣氛的句子，而對湯氏的無法公開表演的原句卻存而不論。我不知道新近的演出本對此作何處理。

湯顯祖《南柯記》傳奇第四十四齣《情盡》，主角淳于棼忍受焚燒手指的劇痛，許下宏願。真誠所至，天門大開。他屠然目睹大槐安國軍民螻蟻五萬戶口同時昇天，包括他的亡父亡妻和親戚故舊在內。這顯然來自《金瓶梅》最後一回普靜禪師薦撥出魂的情節。這也是湯顯祖是《金瓶梅》的最早讀者之一的證明。

既然湯顯租致死的疾病和他的生平及創作有這樣密切的關係，對此避而不提似乎並不適合。

就湯顯祖履歷幾個問題答萬作義先生

　　為紀念湯顯祖誕辰 430 週年，筆者執筆撰寫了《傑出的戲曲家湯顯祖》一文，發表在 1980 年 9 月 24 日《江西日報》副刊。不久《江西日報》轉來讀者萬先生《對〈傑出的戲曲家湯顯祖〉一文的看法》批評文章，就湯顯祖履歷的幾個問題提出了「商榷」。這幾個問題涉及對湯氏生平歷史的基本瞭解，有必要作出答覆。覆信如下：

萬先生：

　　謝你對我們文章的關心，對先生嚴謹的治學精神表示欽佩。蒙指教的幾個問題答覆如下：

　　一、我認為我們文中「祖父和父輩都是既善詩詞歌賦，又愛彈琴拍曲的讀書人」這句話本身語意並不含混。你提出問題的實質是湯顯祖的祖父和父親、伯父是否都有彈琴拍曲這一愛好的問題。這三個人，你對其伯父（湯尚質）是不抱懷疑的，因為有詩《月夜輕點拍》可佐證。然而湯氏祖父懋昭喜愛彈琴拍曲也是有依據的。《文昌湯顯祖氏宗譜·酉塘公傳》談到他祖父四十歲以後隱居城郊酉塘山莊的生活情景說：「由是閉戶潛修，或賦詩以言志，或彈琴以自娛」。湯顯祖父親雖不像他的父兄那樣可以找到詩文根據，但我有理由認為也是個愛彈琴拍曲的人。其理由是：

　　1. 讀書、藏書、樂善好施、業餘彈琴娛情是湯家家風。既然他的父兄都有這一愛好，尚賢又是個「嗜古耽奇」的人，在家庭環境的薰陶下，也跟著彈琴拍曲是完全可能的事。再說湯顯祖父號承塘，是「繼尊公酉塘志也」。承塘確也繼承了酉塘之志：酉塘「閉戶潛修」，承塘「可聞不可見」；酉塘「或賦詩以言志」，承塘「為文高古，舉行端方」；酉塘「或彈琴以娛情」，承塘在那一

家庭環境中焉能不彈琴拍曲以娛情乎？

2. 湯家藏有元人院本上千種，湯顯祖對許多曲詞的精彩唱段都可一一背誦，湯尚賢對這些院本不能不瀏覽。

3. 當時臨川地區海鹽腔盛行，從藝的演員上千人，嗜唱此腔在臨川城鄉已蔚然成風，在一些書香人家更是當做一種雅趣，這一雅趣事實上在湯家已形成。

二、關於三年後，湯顯祖是否進京參加了會試問題。三年後，當是萬曆五年後的第三年即萬曆八年（1580 年）。這年湯顯祖 31 歲，確是到北京參加了會試。但到京後他並沒有入圍考試。這是因為張居正得知湯來了，又派了他的親信王篆和兒子懋修去見湯。他們舊話重提，又談鼎甲條件。湯顯祖不僅避之若浼，還說了「吾不敢從處女子失身也」一樣有骨氣的話。此事鄒迪光在《湯義仍先生傳》中說得很明白：「庚辰（萬曆八年，1580），江陵子懋修與其鄉之人王篆來結納，復啗以巍甲而不應，曰：『吾不敢從處女子失身也。』」鄒傳是湯顯祖生前親身看到過的，故此事不會有錯。對湯顯祖進京後不入圍應試，臨川民間有種說法是：湯顯祖是絕頂聰明人，他深知入圍考試也必然落第，若這科又落第了，知情者對我同情，不知我者還說我才不如人。其實從常理上看，對湯這一做法不難理解。因為三年前的落第不是他拙於才情，而是觸忤了時相張居正。今番張家又羅網重開，不就範必將重蹈覆轍，像湯顯祖這樣高智商的人怎沒明智之舉？你舉的《門有車馬客》這首詩是湯顯祖 28 歲至 30 歲以前所作，入編在他的詩文集《問棘郵草》中。這首詩寫的是二十八歲那年上京赴考前，曾在安徽宣城姜奇方家作客，遊開元寺認識了沈懋學，同他們在開元寺一起課文時，張居正派來一個父輩（張的一個叔父，不是王篆）人物，用甜言蜜語來拉攏他，要湯陪張的兒子同場科考，遭到湯的拒絕的情景。你把湯顯祖 30 歲以前寫的《門有車馬客》來說明湯 31 歲時再拒張派王篆來結納，從而證明湯顯祖參加了這科會試，這是你一時疏忽，鬧了個張冠李戴。

三、你認為 1593 年春天，湯顯祖調到浙江遂昌任知縣不是調升，而我們卻堅持認為是「調升」。湯顯祖從一個典史添注即沒有編制的九品臨時小官到一個七品縣太爺，不是「升」算什麼呢？在論述湯顯祖生平事蹟的文章中，類似提法很多。趙景深先生稱「稍升浙江遂昌知縣」（《曲論初探·湯顯祖傳》），《中國戲曲通史》論湯顯祖及其「四夢」謂「被貶的第三年，湯顯祖又升為遂

昌知縣」（張庚、郭漢城主編）。你列舉的《列朝詩集小傳》（錢謙益著）、《玉茗堂選集》（沈際飛輯）和《撫州府志》中有關的湯顯祖傳我都看過了。還有鄒迪光所作的《臨川湯先生傳》，他用的是「轉遂昌令」，這「轉」字當然就是「遷調官職」，從低職位「轉」到高職位，也就是升了。明清間為湯顯祖作的傳記中把湯從徐聞調遂昌用「升」「遷」的很多，《明史‧湯顯祖傳》用了「稍遷」，《萬曆十一年癸未進士同年序齒便覽‧湯顯祖簡歷》用的是「壬辰升遂昌知縣」，萬斯同的《湯顯祖傳》用的是「稍遷遂昌知縣」，清蔣士銓的《玉茗先生傳》用的是「升遂昌知縣」，《遂昌縣志》用的是「升縣令」，《徐聞縣志》用的是「遷遂昌知縣」。《明史》在談到湯從太常博士升禮部主事時，用了「就遷禮部主事」，可見「遷」就是「升遷」。至於「量移」那是唐代的一種制度，當罪官貶至遠處，遇赦則酌量移至近處，白居易有詩云：「一旦失恩先左降，三年隨例未量移」，可見這種赦期是每三年一例。然而明代已沒有此制度，何來「赦期」？。對於「量移」用現在的話來說，有點似「落實政策」，受量移的貶官，雖不是都官復原職，但生活與工作條件都得了改善，絕大多數都較原職升了。湯顯祖這次調遂昌和唐代對貶官酌量移近性質差不多，借用了「量移」一詞，並非遇到什麼「赦期」。

四、《廟記》一文，我們說他是我國戲曲史上談表演藝術的一篇寶貴文獻，感覺不到有「悖於客觀願望」，而是文章實質使然。誠然，《廟記》內容豐富，但從湯氏當初寫《廟記》的動機目的而言是為紀念宜伶表演藝術大師——清源師，刻意把他放到與孔子、佛老同等地位看待，號召宜伶學習清源師的高尚品德和對戲曲表演藝術的執著追求，創造出「形神兼備」且「如其人」的舞臺藝術形象。全文 1100 多字，其中涉及聲腔源流的僅 107 字。這是湯顯祖在談表演藝術順帶提到的一筆，為的是表彰將海鹽腔帶入宜黃的有功之臣譚綸，勉勵大家要努力提高表演技能，不要讓譚大司馬在九泉之下長歎：「奈何我死而道絕也！」經三百多年後，這段文字成了記載聲腔流變的重要文獻，為我們今天研究戲曲聲腔源流提供了極為難得的文字依據。這是當初湯顯祖下筆時所未料的意外收穫，不是湯當初寫作的意圖。再說戲曲是要靠演員表演塑造舞臺藝術形象的藝術，沒有表演何談戲曲？一部戲曲史其實就是戲曲表演藝術的發展史。從具體的、狹義的角度說《廟記》是談表演藝術的重要文獻，與稱它是我國戲曲史上一篇的重要文獻並不矛盾。

　　囿於我對湯氏生平與著作瞭解的膚淺，以上意見不知可否得到你的認同？有何意見，盼再來信指教！

　　專此奉覆，順祝

教安！

龔重謨 1980 年 10 月於撫州

附：傑出的戲曲家湯顯祖

　　湯顯祖是我國早期傑出和有影響的戲曲家之一。今年 9 月 24 日是他 430 週年誕辰。430 年前，他誕生在我省臨川縣城東文昌里（今屬撫州市）。在我國近世戲曲史上，他的地位可與關漢卿並駕齊驅；在世界戲曲史上，他的名字與莎士比亞一樣響亮。湯顯祖字義仍，號若士，別署清遠道人，出生在一個開明的中、小地主家庭。祖父和父輩都是既善詩詞歌賦，又愛彈琴拍曲的讀書人。他家有數萬卷藏書，其中有元人院本近千種，為湯早年學習和以後從事戲劇創作提供了良好的條件。

　　湯顯祖從小就很聰明，13 歲從羅汝芳學習理學，對少年湯顯祖有很大影響。後來又是崇尚李贄，並與以禪宗反對朱程理學的達觀和尚結為好友。這些人的思想對以後湯氏的思想及其戲劇作品具有反抗性有著深刻的影響。

　　湯氏是個頗有風骨的文人。由於他不肯阿諛權勢，以至在仕途中幾經挫折。當他 28 歲到北京趕考時，首輔張居正為了想讓自己兒子及第而又顯得有真才實學，要找兩位名士陪伴，便私下派人來拉攏湯顯祖，並暗許功名，但湯氏斷然拒絕，因此沒有被錄取。3 年以後，張居正又派他的同鄉王篆和自己兒子懋修來與湯結納，再次許以功名，湯還是沒有答應，並表示：「吾豈敢從處女子失身也。」湯因此也就不參加這科考試。直到張居正死後的次年（1583）他 34 歲時才中了個三甲進士。第二年，他出任南京太常寺博士閒職，1589 年升任禮部主事。1591 年，他在禮部主事任內，因上《論輔臣科臣疏》，公開對輔臣申時行和科臣楊文舉、胡汝寧進行彈劾，還指責了神宗朱翊鈞本人。這份奏疏像一顆重型炮彈，震動了整個朝廷。神宗大怒，把湯降到廣東徐聞縣去做典史小官。

　　到了徐聞以後，湯顯祖建立了貴生書院，並親自講學，轉變當地輕生好鬥不知禮義的不良民俗。1593 年春天，他調升到浙江遂昌縣任知縣。一到遂昌，他便在城裏瑞山腳下建立「相圃書院」，發展文教事業，並組織群眾打

虎，一舉消滅了虎患。後來，他又在除夕放囚犯回家過年，元宵節放囚犯出獄去看燈。由於湯顯祖在遂昌施行的一些政治措施，觸犯了當地地方豪紳，因而遭到他們的反對和上司的挑剔，終因不附權貴而被議免官，從此不再出仕。

湯顯祖的戲曲創作活動早在青年早期就開始了。他的處女作《紫簫記》就是 28 歲至 30 歲年間在臨川寫的。《紫簫記》取材於唐人小說《霍小玉說》加以渲染而成的。全劇平淡，曲詞賓白也過於豔麗，可說是他早期不成熟的作品。後來，他在南京供職時，將《紫簫記》改為《紫釵記》，使內容富有人民性和現實性，並在劇中譏諷時事。湯氏的《紫釵記》和他回臨川以後寫的《牡丹亭》，《南柯記》、《邯鄲記》都是以夢為劇情中心，所以後人稱他的四種傳奇為「臨川四夢」。其中《牡丹亭》是湯氏根據話本短篇小說《杜麗娘慕色還魂》再創作的。劇情是寫少女杜麗娘因遊春傷春，相思夢中遇到的理想情人而死，死而復生，最後衝破家庭阻攔與情人結成眷屬。《牡丹亭》是我國戲曲史上浪漫主義傑作。它揭露了封建禮教的罪惡與脆弱，號召被封建禮教和虛偽理學束縛的青年，起來爭取個性解放和自由幸福而鬥爭。作者賦予愛情以超越生死界限的力量，在當時歷史條件下，是具有進步意義的。

由於《牡丹亭》反映了那個時代青年婦女的苦悶，喊出了她們的呼聲，加上它自身具有激動人心的浪漫主義藝術力量，所以它一問世，在當時社會產生了強烈的震撼力量，達到「家傳戶誦，幾令『西廂』減價」的地步。並在婦女界出現不少遺聞軼事。如婁江女子俞二娘讀了劇本自傷身世而自殺；杭州商小玲因表演過度情真而死在臺上；揚州女史金鳳鈿因讀《牡丹亭》慕湯而情死，死前還囑咐要用《牡丹亭》殉葬。

湯顯祖不僅進行戲曲創作，而且還參加演出活動。他的居所玉茗堂，就是當年他「手掐檀板教小伶」指導宜黃戲演員進行排練和演出的場所。他對戲曲表演藝術有自己的卓越見解。他寫的《宜黃縣戲神清源師廟記》，就是我國戲曲史上談表演藝術的一篇極為寶貴的文獻。

湯氏在戲曲理論上，堅持「以意、趣、神、色為主」，不必「一一顧九宮四聲」，反對以沈景為首的格律派所謂「寧協律而詞不工；讀之成句，而謳之始協」的形式主義。他自己在創作中，有時為了內容需要便不受格律拘束。正如他自己所說：「余意所至，不妨拗折天下人嗓子。」

　　湯顯祖除創作除「臨川四夢」外，還著有《紅泉逸草》、《雍藻》（今佚）、《問棘郵草》和《玉茗堂集》詩文二千多篇。他的詩文成就遠比戲劇遜色，但為研究湯顯祖生平及其著作提供了極為寶貴的資料。

　　　　　　　　　　　　　　　　（原載 1980 年 9 月 24 日《江西日報》）